REINHARD PETER

Der Kanzler – sie nannten ihn Beuscherl

REINHARD PETER

Der Kanzler – sie nannten ihn Beuscherl

Eine Polit-Satire

Seifert Verlag

Umwelthinweis:
Dieses Buch und der Schutzumschlag wurden auf chlorfrei gebleichtem Papier gedruckt. Die Einschrumpffolie – zum Schutz vor Verschmutzung – ist aus umweltverträglichem und recyclingfähigem PE-Material.

Der Druck dieses Buches wurde unterstützt vom Bundesministerium für Kunst, Kultur, öffentlicher Dienst und Sport und dem Land Vorarlberg.

Bundesministerium
Kunst, Kultur,
öffentlicher Dienst und Sport

Vorarlberg
unser Land

1. Auflage

Umschlaggestaltung: Markus Haralter
Verlagslogo: © Padhi Frieberger
Druck und Bindung: Finidr, s.r.o.
ISBN: 978-3-904123-71-6

Printed in the EU

INHALT

Anstelle eines Vorworts: GRATIAS AGO – Ich danke!

Politik ist nicht wie der kleine Maxi sich das vorstellt.
Es ist in Wirklichkeit viel schlimmer.

(Bekanntes Zitat von unbekanntem Autor)

DIFFICILE EST SATIRAM NON SCRIBERE – Es ist schwer, keine Satire zu schreiben. Der römische Dichter Juvenal hat ein weiteres Mal jemanden dazu gebracht, politische und gesellschaftliche Zustände nicht kritisch zu analysieren, sondern auf die Schippe zu nehmen.

Mein Dank gilt in erster Linie den Regierungen der letzten Jahre, die mir die Rutsche gelegt haben.

In zweiter Linie einigen wenigen Freunden, die beiläufig die Bemerkung fallen ließen, ich möge doch einmal ein Buch schreiben. Hätten Sie dies doch unterlassen! Sie wären nicht als Nebenfiguren mit beträchtlichem Aktionsradius in die Satire eingeflossen. Es sind dies Dr. Josef Fitz und Dr. Thomas Seifert aus dem Vorarlberger Rheintal im Westen Österreichs sowie Mag. Oswald Redl aus dem Waldviertel im obersten Norden Österreichs. Besonderen Dank aber schulde ich Frau Dr. Maria Seifert, die als Verlagsleiterin sich persönlich um mich und das Buch mit Verve gekümmert hat.

Schließlich muss ich, um allfälligen Klagen entgegenzutreten, noch darauf hinweisen, dass die Handlungen natürlich *nur erfunden* sind. *Sollten Ähnlichkeiten oder gar Übereinstimmungen mit lebenden oder bereits verblichenen Personen moniert werden, versichere ich jetzt schon, dass dies alles nur frei erfunden oder total zufällig erfolgt ist.*

Dann darf ich die geneigten Leserinnen und Leser einladen, die erste Szene im Prolog aufmerksam zu lesen. Sie führt uns in ein Wiener Heurigenlokal namens »Weinderl«, wo der neue österreichische Bundeskanzler Dr. Franz Bummerl nicht nur wohnt, sondern jetzt gerade den Chefredakteur der deutschen »Klappe«-Zeitung empfängt.

Reinhard PETER
Februar 2023

Prolog

»Ist Ihnen vielleicht net gut, lieber Herr, hot Ihnen des Beuscherl net gschmeckt?«, fragt Hilde Papouschek, Wirtin des Gasthauses »Weinderl« im Wiener Heurigenbezirk Pötzleinsdorf, ihren deutschen Mittagsgast. Otto Köter, Chefredakteur der deutschen »Klappe«-Zeitung, war nach Wien gekommen, um den neuen österreichischen Kanzler zu interviewen.

Man schrieb Donnerstag, den 7. Mai 2026. Der Zeiger der Uhr im holzgetäfelten Winkel des Lokals war auf 11.20 Uhr gerückt.

»Schmeckt irgendwie lecker, Frau Papouschek. Wat is denn da drinne?«, erkundigt er sich und blickt prüfend auf den ragoutartigen Inhalt seines Tellers, dann in die blitzenden Augen der Wirtin.

»Also, ich nehme da Herz und Lunge vom Schweinderl, Milz und Niere vom Kalb, Gewürze, Sardellen und natürlich den richtigen Essig, wir nennen unser Beuscherl ja auch saures Lüngerl«, hebt Frau Papouschek an zu erklären. Sie kommt aber nicht weit, denn der Mann aus Berlin verdreht die Augen, greift sich an die Kehle und schnappt nach Luft.

»Sie wollten doch das essen, was unser Kanzler am liebsten isst! Er wird jeden Moment da sein, Herr Redakteur. Für Sie hat er sich um halb zwölf extra eine halbe Stunde Zeit genommen, denn nachher geht nix mehr. Um zwölf gibt es das Mittagessen«, wirft Hilde Papouschek bedeutungsvoll ein.

»Wo ist hier das WC?«, presst Köter im Aufstehen heraus. »Sie meinen das Häusl. Jessas, Sie werden doch wohl nicht …« Den Rest hört der Klappe-Chef nicht mehr und läuft in der von Frau Papouschek angezeigten Richtung den Flur entlang. Kurz vor der rettenden Tür ergießt sich ein Strahl des eben konsumierten Beuscherls. Just als sich Köter zur weiteren Erleichterung durch die Toilettentür flüchtet, kommt Franz Bummerl, der sein neues Domizil wie immer durch den Hintereingang betreten hatte, um die Ecke.

»Na, haben wir so früh am Tag schon zu viel getankt, lieber Herr?«, ruft der Kanzler dem Fliehenden hinterher. »Aber vielleicht haben Sie recht: Multae sunt causae bibendi.«[1]

Aufgeregt eilt Frau Papouschek ihrem prominenten Pensionsgast entgegen:

»Herr Bundeskanzler, äh Franz, das war der Herr Köter. Hast du ihn nicht erkannt?«

Erkannt aber hat die Gunst der Stunde des Kanzlers Hündin, deren Warten auf die Heimkehr von Herrchen zum Mittagessen samt Schläfchen heute offensichtlich honoriert werden würde. Sie schlabbert gierig die noch wenig fermentierte, aber stark riechende Hinterlassenschaft des deutschen Gastes auf den Fliesen.

»Pfui, Kaia, pfui«, ruft Franz Bummerl entsetzt. Mit vereinten Kräften gelingt es, die Hündin wegzuziehen.

»Geh, Hilde, bring dem Herrn einen Birnenschnaps oder zwei und setz ihn ins Hinterzimmer, ich komme dann gleich. Und heute möchte ich dann wieder mal ein Beuscherl.«

Zwei Wochen zuvor hatte die an Regierungskrisen und Politskandalen wahrlich nicht darbende Republik einen weiteren Höhepunkt an Merkwürdigkeiten und Skurrilitäten erlebt.

Am Donnerstag, dem 22. April 2026, Schlag 9.00 Uhr, versammelte die Vaterlandspartei den Parteivorstand an ihrem Stammsitz, der Lichtenfelsgasse im Bezirk Wien Innere Stadt. Ein Steinwurf davon entfernt das Wiener Rathaus, von dem wiederum ein ebensolcher die Zentrale der SPÖ in der immer noch gegenüber der Ringstraße liegenden Löwelstraße erreichen könnte, wo sich zeitgleich deren Parteigranden versammelt hatten.

---

1 Es gibt viele Gründe zu trinken.

In den Machtzentren wollte man heute das sich seit einem halben Jahr hinziehende Drama zur Bildung einer Regierung mit der Unterzeichnung des Koalitionsvertrages besiegeln. Vorausgegangen waren monatelange heftige Auseinandersetzungen, bis hin zu Tumulten im Parlament, Demos in mehreren Städten und vier Versuchen von Sirikit Panzenböck, der Bundespräsidentin, eine Regierung zustande zu bringen.

In den Wahlen zu Weihnachten war die von Schwarz über Türkis jetzt zu Gelb mutierte Vaterlandspartei unter ihrem neuen Obmann Waldemar Hintner knapp stärkste Partei geworden. Dahinter die Sozialdemokraten, die Grünen, die AFÖ als Nachfolgepartei der FPÖ und die WTÖ, die neue Partei der Weintrinker. Die Sondierungen der Parteien waren mehrmals in Koalitionsverhandlungen gemündet, die allesamt ergebnislos verlaufen waren. Mit der Vaterlandspartei wollte niemand. Gegen diesen bürgerlichen wiedererstarkten Panzer konnte aber auch keine Regierung gebildet werden, weil sich abwechselnd die AFÖ und die Weintrinker zierten.

In den Bundesländern hatte sich inzwischen eine Bürgerbewegung etabliert, die gegen den Stillstand protestierte und Neuwahlen forderte.

Einen Tag zuvor hatte eine in der Geschichte des Landes beispiellose Aktion Politik und Öffentlichkeit in Aufruhr versetzt. Am Mittwoch, dem 22. April 2026, traten der Wiener Kardinal Pius Pobitzer, die Präsidenten von Gewerkschaftsbund und Industriellenvereinigung, Skilegende und Olympiasieger Hermann Maier, Martha Bodhal, besser bekannt als Jazz-Gitti, und der höchste General des Bundesheeres, Arnulf Wunschak, in einer gemeinsamen Pressekonferenz in der Wiener Bogner-City auf.

Im Einkaufstempel des Wiener Bau- und Partylöwen Roland »Malta« Bogner, harrten österreichische und internationale Medien der Dinge, die da kommen sollten.

Die Proponenten verlangten von der Bundespräsidentin unverzüglich, VP und SPÖ ein letztes Mal zu ernsthaften Verhandlungen zu zwingen.

»Die Kirche hat auch schon mal Leute exkommuniziert, die sich staatsfeindlich verhalten haben«, sagte der Kardinal in Richtung Vaterlandspartei und deren Parteiführer Waldemar Hintner. Der sozialdemokratische Gewerkschaftsboss Leopold Feichtinger drohte seiner Parteivorsitzenden Mira Dollinger mit der Abwahl durch die Gewerkschafter, falls sie nicht an den Verhandlungstisch mit der VP zurückkehre, und zwar »gschwind«, wie er sich ausdrückte. Hermann Maier und Jazz-Gitti warfen ihre ganze Popularität in die Waagschale und schworen, binnen 48 Stunden eine neue Partei gründen zu wollen.

»Die Proteste und Demos in Linz, Salzburg, Graz und Villach sind dagegen ein Lercherl, wenn wir erst mal durch das Land fegen«, rief ein sichtlich erregter Olympiasieger, und Jazz-Gitti sprach von einem Aufstand der Frauen, den sie anführen werde.

»Aber dann spielt's Caramba mit diesen Männerbagagen«, schmetterte die resolute Bardin in die Mikrofone.

»Kränk di net« war einst ihr Erfolgshit gewesen, eine Ansage an Verzagte und Alltags-Loser. Doch was sie jetzt von sich gab, klang nach Aufruf zur Rebellion. Deutsche und österreichische Fernsehanstalten berichteten live in einer Sondersendung. Selbst der Hausherr der Bogner-City mischte sich ein und gab der Auslandspresse Interviews.

»Wann da jetzt nix weitergeht, wird's tuschen«, sagte »Malta« dem Sender Abu Dhabi Al Oula und übersetzte gleich selbst: »There will be a great bang-bang, hoabt's mi?«

Die Drohungen fruchteten. Noch am selben Abend kamen unter Aufsicht der Bundespräsidentin VP-Hintner und Mira Dollinger, die Vorsitzende der SPÖ, in der Wiener Hofburg zusammen. Am Ende des Heldenplatzes vor der Hofburg hatten zwei Panzer des Bundesheeres Aufstellung bezogen. Sie waren den Verhandlern nicht verborgen geblieben. Der Schock über den Aufruhr saß tief. Die beiden Protagonisten kämpften mit ähnlichen Szenarien betreffend ihrer Zukunft. Hintner versuchte sich die Fronleichnamsprozession durch das heimatliche Gänserndorf vorzustellen. Als Exkommunizierter würde er sich auf dem Bauernhof verstecken müssen. Seine liebe Gattin Marianne könnte sich den Opernball abschminken und müsste wie seit Jahr und Tag mit dem örtlichen Feuerwehrball vorliebnehmen. Nein, das wollte er nicht.

Auf sozialdemokratischer Seite plagten Mira Dollinger nicht weniger große Verlustängste. Die Parteivorsitzende, die sich als Kassiererin einer kleinen SPÖ-Bezirksorganisation in jahrelangem Clinch mit den Männern nach oben an die Spitze geracklert hatte, sah sich in die Simmeringer Postgarage im 11. Wiener Gemeindebezirk zurückversetzt, wo sie wieder als Hygienebeauftragte werkeln würde.

»Sperrt sie ein bei Wasser und Brot!«, titelte die »Kronen Zeitung«. »Werden ein Landwirt und eine frühere Putzfrau uns aus der Krise führen?«, fragte ein anderes Boulevardblatt.

Vor der Hofburg waren protestierende Kleingruppen aufgezogen. »Wir wollen endlich eine Regierung« oder »Anarchie statt Lethargie« war auf Transparenten zu lesen.

Die Pressekonferenz vom Vormittag war inzwischen viral gegangen, und in sozialen Medien herrschte Aufregung. Morddrohungen wurden in alle Richtungen geäußert.

»Jazz-Gitti und Hermann Maier for President« versuchte die Krise ins Groteske zu ziehen.

Die beiden Parteivorsitzenden hatten indessen von ihren Gremien Vollmachten zum Abschluss eines Koalitionsvertrages erhalten. Außer Frage stand die Verteilung der Macht: Hintner als Chef der stärksten Partei sollte Bundeskanzler, Dollinger Vizekanzlerin werden.

Als im nicht weit entfernten Stephansdom die kleinen Glocken Nr. 8, 9 und 10 um 7.00 Uhr zur Morgenmesse bimmelten, traten Hintner und Dollinger samt Bundespräsidentin Sirikit Panzenböck auf den Balkon der Hofburg und reckten die Daumen in die Höhe. Unten auf dem Heldenplatz drehten die Panzer ab. Als die kleinen Glocken verstummten, erklang von ebendemselben Stephansdom jetzt die Pummerin, nachdem Kardinal Pobitzer dies stante pede[2] verfügt hatte.

Jene Wiener, die das politische Geschehen zur frühen Stunde noch nicht kannten, ergingen sich in Befürchtungen und Mutmaßungen der schlimmsten Art. Der gelernte Wiener weiß, dass Österreichs schwerste und größte Glocke nur zu den höchsten kirchlichen Festen, zu Neujahr oder beim Tod des Papstes oder des Erzbischofs geläutet wird. Was da wohl passiert wäre?

Zurück im Spiegelsaal des imperialen Geschichtsklotzes, sagte eine sichtlich erleichterte Bundespräsidentin in Richtung verschlafenen Medienpulks:

»Meine Damen und Herren, ich darf ihnen berichten, dass sich Vaterlandspartei und Sozialdemokraten auf eine Regierung geeinigt haben. Die Parteivorstände haben zugestimmt. Die Unterzeichnung des Koalitionsvertrages wird hier morgen in der Hofburg um 10.30 Uhr stattfinden. Anschließend werde ich die Angelobung vornehmen. Ich danke Herrn Hintner und Frau Dollinger, dass sie persönliche und parteiliche Interessen in den Hintergrund und das Wohl unserer Heimat Österreich in den Vordergrund gestellt haben.«

Waldemar Hintner, der künftige Bundeskanzler, wirkte angeschlagen und müde. »Sie können davon ausgehen, dass

2 Stehenden Fußes; sofort

wir beide uns mit aller Kraft bemühen werden, die in uns gesetzten Erwartungen zu erfüllen und unser Land aus dieser Krise in eine gute Zukunft zu führen.«

Mira Dollinger – auch ihr standen die Anstrengungen ins Gesicht geschrieben – ergänzte: »Ich danke Herrn Hintner, dass er uns so entgegengekommen ist wie wir ihm. Ich bitte um Verständnis, dass Sie jetzt und heute keine Details mehr erfahren werden.«

Sagte es und entrückte mit dem künftigen Bundeskanzler und der Bundespräsidentin durch eine Tapetentür in den Bauch der imperialen Anlage.

Eine Karriere endet, bevor sie beginnt

Der folgende Morgen war ungewöhnlich warm und gewittrig. Regen und vereinzelte Blitze gingen über dem Hof des Großbauern und VP-Obmannes Waldemar Hintner im niederösterreichischen Gänserndorf nieder. Eine gewisse Aufregung und hektischere als gewohnte Betriebsamkeit hatten das Ehepaar Waldemar und Marianne Hintner zu dieser frühen Tageszeit in Beschlag genommen. Hintner fühlte sich seit dem ereignisreichen Vortag müde und schlapp, die quälenden Verhandlungen hatten ihm zugesetzt. Ein firmendes Frühstück, von Gattin Marianne in mehreren Tranchen aufgetragen, sollte da für diesen Tag, an dem ihr Waldemar Bundeskanzler werden würde, Abhilfe schaffen.

»Schau, Waldi, ich hab dir gestern noch eine rot-weiß-rote Krawatte beim KiK gekauft«, säuselte die strahlende Frau Kanzlerin in spe, »und mit dem Kleid für den Opernball beginne ich gleich morgen.«

Eier mit Speck, in viel Butter gebraten, dazu ein Stück Bauernbraten vom Vortag und ein fettes, ziegelartiges Tortenstück sollten den eigentlich auf Abspeckkurs befindlichen Gatten auf den großen Tag einstimmen.

Herr Pelikan, der Chauffeur der Vaterlandspartei, war pünktlich um sieben Uhr zur Stelle und steuerte die schon in die Jahre gekommene Parteikarosse samt dem in feinen Zwirn gesteckten Parteiobmann über die Bundesstraße 8 aus dem Marchfeld in die 35 Kilometer entfernte Wiener Innenstadt.

Eben hatte man den Bahnhof Deutsch-Wagram passiert, als der Chauffeur sich vorsichtig nach dem Tagesablauf zu erkundigen versuchte. »Herr Hintner, bin ich nach der Angelobung überhaupt noch Ihr Chauffeur? Soll ich nach der Bundesvorstandssitzung auf Sie warten?«

Aus dem Fond des Audi kam keine Antwort. Doch dann glaubte Heinrich Pelikan schwere Atemzüge, gefolgt von einem Röcheln zu vernehmen. Entsetzt blickte Herr Pelikan in den Rückspiegel. Der künftige Bundeskanzler hatte die Augen weit geöffnet, die Lippen wollten etwas sagen, aber außer einem leiser werdenden Atemgeräusch konnte der Chauffeur nichts verstehen. Herr Pelikan reagierte sofort, fuhr an den Straßenrand, bremste scharf und riss die Hintertür auf. Zu diesem Zeitpunkt war Hintner nicht mehr bei Bewusstsein.

Notarzt und Rettung waren in wenigen Minuten zur Stelle und rauschten dann in Windeseile mit Polizeieskorte und dem Parteiführer davon. »Apoplex«, wollte Herr Pelikan aus dem Mund des Notarztes vernommen haben.

Er telefonierte mit der Parteizentrale, wo man mit diesem Begriff ebenso wenig anfangen konnte wie der niedergeschlagene Wagenlenker. Herr Pelikan fuhr dem Rettungswagen hinterher, bis dieser beim Allgemeinen Krankenhaus der Stadt Wien einbog.

Zwischen der Parteizentrale und dem AKH liefen jetzt die Telefone heiß, aber vorerst herrschte keine Klarheit über den

Zustand des Patienten, außer dass er nicht bei Bewusstsein wäre.

Eine halbe Stunde später meldete sich Primarius Dr. Wernher Benzer in der VP-Zentrale und fragte nach einem »Verantwortlichen«. Diesem, dem schon seit der Früh mit der Vorbereitung des Parteivorstandes beschäftigten Generalsekretär Kaspar Bauernfeind, beschied Dr. Benzer in getragenem Tonfall: »Ich muss Ihnen bestätigen, dass Herr Hintner – vereinfacht ausgedrückt – einen schweren Schlaganfall erlitten hat. Er liegt jetzt im Koma, und es schaut nicht gut aus. Ich fürchte, Herr Bauernfeind, aus dem Bundeskanzler wird heute und wohl auch später nichts.«

Nach einem kurzen Räuspern ergänzte Dr. Benzer: »Tut mir leid, Herr Bauernfeind.« Eine künstliche Pause abwartend, fährt der Primarius fort: »Als Sympathisant Ihrer Bewegung muss ich mit Bedauern feststellen: Jetzt haben wir wieder das Bummerl!«

Generalsekretär Kaspar Bauernfeind musste unvermittelt an das in Österreich weithin bekannte weinerliche Wienerlied »Ana hat imma das Bummerl« des schon verblichenen Horst Chmela sen. denken. Wie oft wurden und werden Menschen mit dem Ausdruck »jetzt host aber das Bummerl« getröstet, wenn wieder einmal etwas schiefgelaufen war! Wie eben der Verlierer beim »Schnapsen«, einem beliebten Kartenspiel, einen dicken Punkt – das Bummerl – auf sein Notizblatt malen muss. Das Bummerl markiert den beklagenswerten Loser. Mit Tränen in den Augen sang Bauernfeind leise:

»Ana hat imma das Bummerl
ana muass imma verlier'n
i' hab' mei' Leb'n lang das Bummerl,
weil i' vom Glück a Stiefkind bin.«

Die Ersatzbank ist leer

Die Kenntnis vom Unglück des VP-Obmannes blieb für eine kurze Zeit der Bundespräsidentin, der SP-Vorsitzenden Dollinger und natürlich der Vaterlandspartei vorbehalten. Diese ist jetzt um neun Uhr zum Abnicken des ausgehandelten Koalitionsvertrages samt Ministerliste in ihrer Zentrale in der Lichtenfelsgasse zusammengekommen.

Auf dem Tisch liegt der »Befehl« der Bundespräsidentin und die Aufforderung des künftigen Koalitionspartners, die Sache um 10.30 Uhr mit Unterzeichnung des Vertrages samt Angelobung durchzuziehen. Bis dahin würde wohl ein »Ersatzkanzler« bereitstehen. Die Not war groß, das Entsetzen des Parteivorstandes an seinen fahlen Gesichtern abzulesen. Während der stellvertretende Parteiobmann Ing. Josef »Joe« Tammerl, ein Steinmetzmeister aus dem oberösterreichischen Molln, provisorisch das Ruder übernimmt und die Sitzung eröffnet, stieren 30 Augenpaare auf ihre Handys. Die Hysterie im Netz ist bereits in vollem Gange. »VP wieder in der Klemme«, »Wer ersetzt den mit dem Tode ringenden Hintner?«, »Platzt die Angelobung jetzt?«

Die deutsche »Klappe«-Zeitung titelte online »Tohuwabohu im Ösi-Land. Designierter Kanzler nach Schlaganfall in Klinik. Leere VP-Ersatzbank!«

Ein folgenschweres Missverständnis

Es gab niemanden im Parteivorstand, der Anstalten machte, den wohl für immer arbeitsunfähigen Hintner zu ersetzen. Um 9.10 Uhr wird der Generalsekretär ans Telefon hinausgerufen. Ein dringender Anruf der SPÖ.

»Was wollen die denn jetzt schon?«, murrt der so Gerufene. »Grüß Sie, Dollinger hier«, bellt die Vorsitzende und künftige Vizekanzlerin. »Wir haben noch eine gute Stunde und noch keinen Namen von Ihnen gehört!«

Das Gespräch wird immer wieder unterbrochen, und es dringen nur Wortfetzen an Kaspar Bauernfeinds Ohr. »Wir verlangen jetzt als Kanzler … sonst habt's endgültig das Bummerl. Verstehn S' mich, das Bummerl!«, zischt es schneidend aus dem Mund von Frau Dollinger. Doch beim Parteisekretär kommt nur zweimal »Bummerl« an.

»Wie kommen Sie auf Bummerl, Frau Dollinger, das ist doch …« – »Unser letztes Wort, sonst fliegen wir alle in die Luft«, schmettert eine noch bestimmter wirkende SPÖ-Chefin.

»Und das Bummerl hat dann nur die VP allein, ham S' mi, des Bummerl?«

Doch auch diesmal kommt nur, begleitet von Silbenfetzen, das Wort »Bummerl« an. »Sagn S' des Ihrem Vorstand, und zwar gschwind, ich erwarte den Rückruf unverzüglich!«

Kaspar Bauernfeind taumelte zurück in den Parteivorstand. Einige Mitglieder hatten ihre Hände vor das Gesicht geschlagen, andere kämpften mit den Tränen.

»Herr Vorsitzender«, berichtete der Generalsekretär, »die SPÖ stellt uns ein Ultimatum und will nur mit einem ganz Bestimmten von uns gemeinsame Sache machen. Andernfalls wird die Bundespräsidentin den nationalen Notstand ausrufen und uns den schwarzen Peter zuschieben«, stammelt Bauernfeind.

»Und wer soll das bitte sein?«

Der schrille Einwurf von Ing. Joe Tammerl lässt die Runde zusammenzucken. Blanke Angst ist den merklich gealterten Visagen von Ministern, Landeshauptleuten und sonstigen Mitgliedern des Parteivorstandes abzulesen. Mit zitternder Stimme sagt der Generalsekretär: »Die Sozis akzeptieren als Kanzler nur den Dr. Bummerl!«

Im Raum war es still geworden. Ganz still. Aller Augen richteten sich wie auf Geheiß an den Rand der ellenlangen U-Tafel auf Dr. Franz Bummerl, den Direktor der Politischen Akademie der Vaterlandspartei. Wie immer seit mehr als einem Jahrzehnt war der Platz des früheren Rechtsanwaltes im Bundesparteivorstand, den er auf Grund des Statutes der Vaterlandspartei ausübte, ganz am Rand der Tafel. Abseits der Schwergewichte der Partei saß er dort im Winkel, quasi am Katzentisch. Minister und Ministerinnen, Kanzler, Landeshauptmänner und Landeshauptfrauen, Vorsitzende der Teilorganisationen hatte er kommen und gehen gesehen. Als »jeweiliger Direktor der Politischen Akademie« war er kraft Statut immer geblieben. Jener Aus- und Weiterbildungsstätte und Think-Tank der Partei, der zusammen mit den anderen Parteiakademien vom Staat per Gesetz alimentiert wird, stand Franz Bummerl vor.

Man kannte einander gut, und die Wertschätzung der anderen lag auf seiner Seite. Bei Personalien war zu keiner Zeit ein Wort aus seinem Munde zu hören gewesen, das schickte sich auch nicht für ihn. Wie in Trance ließ der Vorsitzende abstimmen. Der zu Bestimmende war nicht gefragt worden.

Das Votum war einstimmig, und Franz Bummerl wusste nur allzu gut, dass da Widerstand zwecklos war. In etwas mehr als einer Stunde würde er, das kleine Licht, wie aus dem Nichts ins Zentrum der Öffentlichkeit, ins gleißende Scheinwerferlicht gerückt, zum Reibebaum der Medien und als Bundeskanzler angelobt werden.

Für einen kurzen Augenblick verteufelte er den Moment, in dem er vor mehr als 30 Jahren seinen Familiennamen ändern hatte wollen. Von Bummerl auf Nummerl etwa, hatte es aber wieder verworfen. Er konnte sich den Spott und die Witze im Volk vorstellen. »Nomina sunt odiosa[3]«, war sein

3 Namen sind gehässig. – *Cicero*

letzter Gedanke, bevor er in ein eilends herbeigerufenes Taxi, das ihn zur Angelobung fahren würde, glitt.

Die Parteikarosse hatte es nicht mehr bis in die Innenstadt geschafft. Geschafft war nämlich auch deren Steuermann. Heinrich Pelikan saß im Buffet der Tankstelle Turmöl Quick mit Blick auf das Allgemeine Krankenhaus und hatte gerade den dritten Jägermeister bestellt.

Das Mitleid des an der Theke versammelten Arbeitslosentreffs mit dem erkrankten Parteichef der Gelben hielt sich in Grenzen. Kommentare wie »Waret er bei der Mistgabel blieb'n«, machten die schadenfrohe Runde. Der auf sein Bier starrende Karli Schafranek sagte für alle hörbar:

»Jetzat brauch mer aber an roten Ganzler.«

»Kanzler, nicht Ganzler«, ereiferte sich der offensichtlich zur Stammbesetzung gehörende Tiroler Anton. In Wien, wo man das »K« nicht aussprechen kann oder will, sperren die Leute ihren Ganarivogel in einen Gäfig, und wenn sie grang sind, müssen sie zur Grangengassa.

»Kanzler, Kanzler«, wiederholt jetzt der Tiroler mit merklicher Betonung des Knacklautes »k«. »Sog i jo, Ganzler«, wendet der Wiener ein.

Franz Bummerl wird Kanzler

Um 10.30 Uhr betraten je drei Vertreter von VP und SPÖ, von Medienpulk und demonstrierenden Studenten nicht bemerkt, über den sonst versperrten unterirdischen Gang die Hofburg. Mira Dollinger nahm Franz Bummerl zur Seite.

»Also mit Ihnen, Herr Dr. Bummerl, hätte ich als Letztem gerechnet. Entschuldigen Sie meine Überraschung, das geht nicht gegen Sie. Ich kenne Sie eigentlich gar nicht.«

Franz Bummerl konnte diese Begrüßung seiner künftigen Regierungspartnerin nicht einordnen:

»Das verstehe ich jetzt nicht, Frau Dollinger. Sie waren es doch, die unserer Partei ein Ultimatum gestellt hat und mich wollte. Habe ich auch nicht ganz verstanden, Frau Dollinger.«

»Das darf doch nicht wahr sein! Niemals habe ich Sie gefordert! Ich sagte nur, die VP muss sich jetzt sofort entscheiden! Oder ihr habt's den Scherb'n auf!«

»Jessas«, entfuhr es Dollinger sogleich, »nicht den Scherb'n habt's auf, des Bummerl werdet's haben, ja das hab ich gsagt, ich glaube sogar mehrmals!«

Das Missverständnis wurde beiden mit einem Schlag klar.

»Was machen wir jetzt?«, fragte eine sichtlich fassungslose Dollinger.

»Weitermachen, weitermachen«, sagte Franz Bummerl und wunderte sich selbst über sein Dictum. Das sah auch die SPÖ-Vorsitzende so. Und man schritt zur Unterzeichnung des Koalitionsvertrages und der Angelobung.

Als die im Spiegelsaal ausharrenden Medien beim Eintreffen der Parteichefs samt ihren Hofschranzen sich erhoben, hatte die Sensation über den Kanzler längst die Runde gemacht. Horst Chmelas Lied »Ana hat imma das Bummerl« machte auf Twitter, Instagram & Co gerade eine kleine Weltreise. Die Journaille versuchte ein ernstes Gesicht aufzusetzen. Es wollte nicht gelingen. Anfängliches Grinsen mutierte zum Kichern, dann zum Lachen. Der Redakteur der zurechtgestutzten Wiener Zeitung, Warnfried Zengerle, musste kurz die Brille abnehmen, um sich die Tränen abzuwischen. Sein Vorarlberger Landsmann mit diesem urkomischen Wiener Namen! Nein, das war zu viel des Guten! Ein weiterer Lachanfall war nur mit Mühe zu unterdrücken.

»Meine Damen und Herren, mit der Unterzeichnung des

Koalitionsvertrages beginnt eine neue Zeitrechnung«, sagte Franz Bummerl keck. »Die beiden Parteien wollen ab sofort das Gemeinsame vor das Trennende stellen und unser Land aus der Schockstarre wieder in den Betriebsmodus bringen. Die wesentlichen Punkte des Koalitionsvertrages entnehmen Sie bitte den Unterlagen. Es sind alle Reformen ausverhandelt, mit Ausnahme des Bildungsbereiches, wo wir in der Kürze der Zeit noch keine Einigung erreichen konnten. Wir werden dies ehebaldigst nachholen.«

Dann verlas der designierte Kanzler die Ministerliste seiner Partei. »Omne initium difficile«,[4] schloss Franz Bummerl, »aber Frau Dollinger und ich halten es mit Horaz: Dimidium facti habet, qui bene coepit.«[5]

Die Kommentatoren von Fernseh- und Rundfunkanstalten verfallen ob des Gesagten in Schockstarre. Nicht nur in Online-Medien, auch im Netz fragen sich die Leute, was für ein Dialekt da wohl gesprochen wird. Die Mutmaßungen reichen von Ladinisch bei einem Nachwuchsredakteur der deutschen »Klappe«-Zeitung, über Rumänisch bei Twitter bis zu Altfranzösisch auf Instagram. Nicht aber beim Chefredakteur der »Kronen Zeitung«, Cosmo Valenta. Der Abgänger des humanistischen Stiftsgymnasiums im steirischen Admont übersetzte gleich im »Krone TV« »Aller Anfang ist schwer« und das Zitat des römischen Dichters Horaz: »Die Hälfte hat schon geschafft, wer frisch beginnt«. Staunen über Cosmo Valenta machte sich bei den Zusehern von »Krone TV«- breit. Sein Vertrag wurde noch zum Wochenende von den Eigentümern um fünf Jahre verlängert.

»Fortes fortunas adiuvat«,[6] begann Mira Dollinger: »For-

4 Aller Anfang ist schwer. – *Ovid*

5 Wer gut begonnen, hat die Hälfte schon geschafft.

6 Den Mutigen hilft das Glück. – *Terenz*

tuna«, berichtigte Bummerl, »fortuna«, und betonte das »a« über Gebühr. »Fortuna«, wiederholte mit gekünsteltem Lächeln die Vizekanzlerin und Bildungsministerin in die Mikros. »Wir werden den Beweis erbringen, dass ein gemeinsam erarbeitetes Programm von einer sich der Verantwortung bewussten Regierung in die Tat umgesetzt wird. Dafür stehen die Sozialdemokratie und ich mit meinem Namen.«

Entsetzen, Staunen, Wundern

Frau Papouschek stößt im »Weinderl« einen Schrei aus, als sie das TV-Gerät einschaltet. »Jessas, der Franz, jetzt ist er übergeschnappt! So a netter Mensch, und jetzt das!«

Ihr Franz, der freundliche Direktor der Politischen Akademie, der seit Jahren an Wochenenden, meist mit Freunden, ihr Gast ist und so gerne ihr Beuscherl isst!

»Frau Papouschek, Franz jetzt sein Bundeskanzler, du schauin in Fernseh«, radebrechte in seinem besten Deutsch der die Wirtsstube betretende Amin.

»Das heißt schauen, nicht schauin«, verbesserte Frau Papouschek ihren jordanischen Laufburschen. Er hatte von seiner Tour durch die kleinen Geschäfte, Buschenschenken und Heurigenlokale der Umgebung, für die er alle möglichen Botenfahrten machte und bei Kleinigkeiten aushalf, die neuesten Zeitungen mitgebracht. Dort war natürlich noch nichts von der Sensation zu lesen. Online verschaffte sich die Wirtin rasch einen Überblick.

»Na bumm, jetzt hat Österreich das Bummerl«, war im »Standard« zu lesen. Und während die »Kronen Zeitung« mit »Alles Gute, Franzerl« den Namen Bummerl paraphrasieren wollte, titelte der »Kurier«: »Und jetzt noch das: einen Kanzler, den keiner kennt«.

Das mediale Echo war natürlich nicht nur in Österreich enorm. »Wer oder was ist bitte das Bummerl?«, fragte die deutsche »Klappe«-Zeitung und gab die Antwort gleich selbst:

»Im Ösi-Land ist scheinbar nichts unmöglich. Ein unbekannter Parteibürokrat, der noch nie ein Ministerium von innen gesehen hat, wird über Nacht zum Kanzler: Franz Bummerl. In Österreich, wo alles und jedes mit ›rl‹ verkleinert und verniedlicht wird, steht das Bummerl im Volksmund für einen, der immer auf der Verliererseite steht.«

Chefredakteur Otto Köter machte sich im Leitartikel Sorgen: »Wird unser Nachbar jetzt von einem Loser regiert?«

»Who the fuck is Mr. Bummerl?«, fragte CNN, und im Pekinger Außenministerium verursachte die Aussprache erhebliche Schwierigkeiten: »Bummel, Bummel«, skandierten die Beamten. Das rollende »r«, das die Wiener so lieben, wollte ihnen partout nicht über die Lippen kommen.

Die Opposition sprach von einer Schmierenkomödie und einer Bankrotterklärung von Staat und Regierung. Die AFÖ, die frühere FPÖ und jetzt sich als Alternative für Österreich gerierende Oppositionspartei, sagte in Richtung Kanzler: »Wir sprechen hier Deutsch, keine tote Sprache! Das sollte auch der neue Zwerg am Ballhaus zur Kenntnis nehmen!«

Mit gespielter Entrüstung krächzte deren Parteichef und Klubobmann Hubert Gaggl in die Mikros: »Ein Land, das in weniger als zwei Stunden einen unbedarften und unbeleckten Apparatschik und Nobody aus der letzten Reihe zum Kanzler macht, ist keine Bananen-, sondern eine Affenrepublik!«

Amtsantritt unter Wiehern

Der Kanzler hatte nach der Angelobung gerade das Bundeskanzleramt am Ballhausplatz betreten und im Arbeitszimmer seines Vorgängers Platz genommen, als eine Vorabmeldung des Nachrichtenmagazins »Profil« im Netz die Runde machte. »Bummerl durch Missverständnis zum Kanzler gemacht!«

SMS aus den Parteivorständen von VP und SPÖ waren an das Investigativ-Magazin gelangt. Die SPÖ-Chefin konnte nach anfänglichen Dementis nicht mehr verheimlichen, dass VP-Parteisekretär Bauernfeind durch Unbeholfenheit und ein unglückliches Missverständnis fälschlicherweise den Namen Bummerl im VP-Vorstand ventiliert hatte. Die Hinweise auf die Echtheit dieses unfassbaren Fauxpas verdichteten sich, und bis zum Abend glich das schon genug gebeutelte Österreich einem Tollhaus.

Das Gelächter in den Redaktionsstuben und TV-Anstalten verlagerte sich auf Straßen und Plätze in Städten und Dörfern. Es kam zu kurzfristigen Arbeitsniederlegungen, weil die Leute sich schlapp lachten. Ein Beitrag für die ORF-Sendung »Zeit im Bild« war nicht rechtzeitig fertig geworden, weil Redakteur und Moderatorin ihr Lachen nicht unterdrücken konnten.

In der österreichischen Auslandsschule »Formatio« im Liechtensteiner 5000-Seelenort Triesen hatte im bilingualen Oberstufengymnasium gerade der Unterricht in Politischer Bildung begonnen. In Liechtenstein, wo sogar der Diebstahl einer Taschenlampe im benachbarten Vorarlberg in der Zeitung steht, hat man stets ein waches Auge auf die Politik im Nachbarland. Der Vorarlberger Dozent Dr. Danilo Geier erläutert gerade das österreichische politische System:

»In einem Musterland der Demokratie wie in Österreich

ist die Wahl des Bundeskanzlers ganz genau geregelt. Das steht alles in einer inzwischen 100-jährigen Verfassung.«

»Steht da auch drinnen, dass man irgendeinen von der Straße zum Kanzler machen kann?«, fragt jetzt energisch der eifrige Gymnasiast Philippe Badliner.

»Wie kommst du darauf?«, fragt Dr. Geier.

»In Österreich ist jetzt ein gewisser Bummler ungefragt zum Kanzler gemacht worden. Haben Sie kein Instagram?«

»Philippe, darüber macht man keine Witze«, entrüstet sich der Pädagoge.

»Doch, Herr Geier, schauen Sie, da steht's: Bummerl wird durch Zufall Kanzler, er wollte gar nicht. Ein Nobody und Apparatschik.«

»Und Raucher ist er auch noch«, schaltete sich jetzt ein weiterer Teilnehmer des Kurses ein.

»Nein, nein«, ereifert sich Dr. Geier, »das gibt's nicht. Niemand will in Österreich Bummerl heißen. Das sind Fake News.«

»Im Öschtrich ischt alls möglich«, flüstert die Vaduzer Gymnasiastin Lara Beck ihrem Kollegen Niki Hilti zu, »du muscht blos viel Tschik röcha und an komischa Nama ha, däs langt.«

Dr. Geier will fortsetzen.

»Aber was sagt denn der Fürst in Österreich dazu?«, fragt jetzt bohrend Philippe. Der Pädagoge bricht ab und begibt sich an den Computer im Lehrerzimmer. Er studiert die Stellenangebote an den österreichischen Auslandsschulen in Guatemala und Istanbul.

»Warum nehmen S' keinen Taxifahrer als Kanzler?«, fragt Witwe Hermine Sedlacek in ihre Kaffeerunde in der Cafeteria der österreichischen Supermarktkette INTERSPAR in der Sandleitengasse im Wiener Bezirk Hernals.

»Oder einen Straßenbahnschaffner? Den kennt auch keiner.«

»Jo, du host recht, Hermi«, fällt ihr Freundin Gerlinde Praschek ins Wort.

»Vielleicht nehmen S' meinen Erwin, der kennt sich auch nirgends aus.«

»Hauptsach' aner, der net Bummerl haaßt«, mischt sich jetzt auch noch Elvira Kratochwil ein, »meinetwegen Wappler oder Zwutschgerl, aber net Bummerl.«

Auch Ante Popovic sah sich – wie viele Landsleute in diesen Tagen – im Café »Alt Wien« in der Bäckerstraße auf seinem iPad die »Zeit im Bild« an. Die immer auf Skandale und Sensationen erpichte Seherschaft hatte jetzt ihre helle Freude oder zumindest reichlichst Gesprächsstoff.

Ante Popovic bestellte sich einen doppelten Cognac und lächelte süffisant. Als freier Journalist, der quasi undercover Redaktionen und Medien mit Informationen gegen üppige Honorare versorgt, war ihm erstmals ein veritabler Coup gegen die Vaterlandspartei geglückt.

Vor Jahren war er bei der Erstellung der Kandidatenliste der Vorgängerin der Vaterlandspartei in einem Wiener Bezirk zurückgereiht worden. Man wollte keine »Jugos« an vorderster Front haben. Seither sann er auf Rache. Er hatte als Erster den fatalen Irrtum bei der »Auswahl« des Kanzlers an die wichtigsten Medien weitergegeben, nachdem seine »Gewährsleute« in den Parteivorständen, jeweils aus Rachsucht an der eigenen Partei, ihm brühwarm per SMS aus den Sitzungen berichtet hatten.

Herbergsuche

Das meiste davon bekam Franz Bummerl nicht mit. Er saß mit zwei Mitarbeitern im Kanzleramt und ließ den anfragenden Journalisten ausrichten, er habe kurz vor der Angelobung vom Missgeschick des Herrn Bauernfeind erfahren. Die Sache sei für ihn erledigt, er angelobt, und außerdem würde es heute kein Statement mehr geben.

»Roma locuta, causa finita«,[7] lautete der Schluss der schalen Pressemitteilung.

Während ein Emissär sich auf den Weg in die Zentrale der Vaterlandspartei machte, um dem gezeichneten Generalsekretär Kaspar Bauernfeind, dem Verursacher der Verwechslung, die sofortige Kündigung zu übermitteln, fuhr Dr. Bummerl ein letztes Mal in den Tivolipark nach Meidling, dem 12. Wiener Gemeindebezirk, wo er seine geliebte Hündin Kaia abholte.

Wie immer, wenn er länger abwesend war, hatten Mitarbeiter der Politischen Akademie die junge Golden-Retriever-Hündin betreut. Franz Bummerl übertrug die Funktion des Direktors seinem Stellvertreter und ließ sich samt Hund ins »Weinderl« chauffieren.

Seine in Vorarlberg lebende Tochter Laetitia hatte ein SMS geschickt. »Spinnst du, Papa?« Es blieb ebenso unbeantwortet wie jenes der jüngeren Tochter Lisa aus Innsbruck (»Wie abgefuckt ist das denn, Papa?«). Er schaltete das Handy aus. Künftig würde er keines mehr benötigen.

Dr. Franz Bummerl war jetzt seit sieben Stunden im Amt und brauchte Abstand. Die Staatskarosse, die notdürftig auf dem Vordersitz eine Decke für die Hündin erhalten hatte, machte sich, von kopfschüttelnden Beamten des Staatsschutzes eskortiert, auf den Weg durch die Stadt in den Heurigenbezirk Pötzleinsdorf.

Vielleicht hatte das »Weinderl« noch offen, und Frau Papouschek wäre bereit, ihn noch zu verköstigen?

---

7 Rom hat gesprochen, die Sache ist erledigt.

In der Parteikarosse, die, vom Emissär gelenkt, stadtauswärts rollte, saß der gebrochene Sekretär der Vaterlandspartei. Der Emissär zeigte Kaspar Bauernfeind eine gut frequentierte Tankstelle in der Donaustadt, die der Ex-Sekretär schon nächste Woche als Pächter übernehmen würde.

»Meine Güte, Franz, oder muss ich jetzt Herr Bundeskanzler sagen?«, entfuhr es Wirtin Hilde Papouschek, als Franz Bummerl mit der freudig wedelnden Kaia das Stüberl in dem ihm so vertrauten »Weinderl« betrat. Die beiden Securities konnte er nicht abwimmeln, sie hatten sich vor dem Eingang postiert.

»Nein, Hilde, natürlich nicht, ich bin für euch immer noch der Franz«, sagte der Neo-Kanzler und wandte sich jovial dem Trio zu, das sich gerade vom Tisch erheben wollte. Das waren neben der Hausherrin ihr Hausbesorger Amin aus Jordanien und Dragica, die bosnische Küchen- und Haushaltshilfe. Das Lokal hatte schon geschlossen, und die drei wollten eben das Elementarereignis des Tages bereden.

Eine Flasche Grüner Veltliner war rasch aufgefahren. Hündin Kaia zerrte die erwartete Knackwurst aus Frau Papouscheks Hand. Franz Bummerl leerte das Glas in einem Zug und hielt es zur Wiederbefüllung der fürsorglichen Wirtin hin.

Frau Papouschek war eine rüstige, mittelgroße blonde Frau in den 50ern. Die hübsche und gepflegte, leicht mollige Dame führte nach dem frühen Tod ihres Mannes das mehr von Einheimischen als von Touristen frequentierte Ausflugs- und Heurigenlokal, wie es sich selbst nannte, weiter. Tochter Susi war schon aus dem Haus, half aber fast täglich aus. Die Öffnungszeiten waren nunmehr schon in dritter Generation dieselben geblieben: Um zehn trafen die ersten Gäste, vorwiegend im Rentenalter, für den ersten Kaffee oder ein ebensolches Achterl Wein ein. Mittags füllten sich die Räume oder der Garten, wenn das gutbürgerliche Mittagessen serviert wurde. Der Nachmittag war der weintrinkenden Zunft der Umgebung und der von ihren Wanderungen in den umliegenden Weinbergen von Hunger geschwächten Ausflüglern vorbehalten. Um 18.45 Uhr verlässt das letzte Glaserl den Tresen, eine Viertelstunde später der letzte Gast das Lokal.

»Möchtest du noch was essen, Franz?« Hilde traf den Gedankengang des Kanzlers, und Dragica machte sich auf in die Küche, um das Lieblingsgericht von Franz Bummerl aufzuwärmen. Wer einmal dieses »Saure Lüngerl« zusammen mit einem Semmelknödel gegessen hat, weiß nur allzu gut, dass dies wie beim Gulasch mit jedem Aufwärmen besser wird. Das befand auch der Kanzler, der jetzt Messer und Gabel zur Seite legte und mit Eifer den Löffel in die geleeartige Masse eintauchte, wobei er die fleischigen Innereistreifen vorsichtig zur Seite schob, um die gelatinöse Soße in Knödelhäppchen zu tunken. Das Beste käme dann wie immer zum Schluss.

»Was sein ein Affenstaat, Franz?«, sprudelte es aus Amin heraus, der gerade aus der Küche kam.

»Wo hast du denn das wieder her?«, fragte Frau Papouschek.

»In Fernseh Herr Gaggl sagin Affenstaat, Affenstaat.«

»Ach, der meint mich, Amin, das ist nicht wichtig«, lachte Franz Bummerl und schob einen etwas zu lang geratenen Streifen vom Lüngerl mit den Fingern genüsslich in den Mund.

»Kränk di net, Franz«, unterbrach Hilde den interkulturellen Dialog. Der Kanzler lachte. Dragica erhielt auf Geheiß des Kanzlers einen Millirahmstrudel und Amin einen doppelten Barack. »Allah schauin weg«, sagte der Urkunden-Moslem mit Blick nach oben und leerte das Glas in einem Zug.

Man war in Fahrt geraten. Die Securities – immer noch am Eingang zum Stüberl – wechselten bedeutungsvolle Blicke. Der Vorgang hier fügte sich für sie nahtlos in die undurchsichtigen Dinge der letzten Stunden: die verkorkste Wahl des Kandidaten, die Angelobung, der Ausflug mit dem Hund, und jetzt noch eine feucht-fröhliche Runde am ersten Tag im Amt. Der doppelte Staatsschutz musste an Gaggls »Affenstaat« denken.

»Jessas«, kicherte die schon etwas bediente Wirtin, »wir müssen dem Dr. Hufnagl Bescheid geben.«

Der Angesprochene nahm widerwillig den Telefonhörer ab. Dr. Rudolf Hufnagl wohnte in seiner Praxis und angeschlossenem Wohnhaus schräg gegenüber dem »Weinderl«. Er befürchtete einen Notfall, ein verletztes Pferd, eine überfahrene Katze oder einen infektiösen Hamster. Es war Amin, der auch bei Dr. Hufnagl diverse Arbeiten und Botengänge erledigte:

»Herr Doktor, Herr Doktor, kommin schnell zu Frau Papouschek, Franz sein da, du auch mit uns trinkin.«

Als er wenig später das Stüberl von hinten betreten wollte, packten vier Hände zu. Es war weniger der Schmerz als vielmehr die Überraschung, die dem Tierarzt einen schrillen Schrei abnötigte. Hündin Kaia raste hinaus, sie hatte die Stimme ihres veterinären Freundes erkannt.

Als die Tischgesellschaft zur Nachschau im Vorgarten eintraf, hatte die Hündin bereits die Dienstjacke des einen Staatsschutzes zerrissen und zerrte an der Pistolenhalterung des anderen. Die Situation war rasch bereinigt, Dr. Hufnagl freudig begrüßt, und man nahm wieder Platz. Dragica hatte schon Nachschub geholt. Franz Bummerl entschuldigte sich bei den Beamten und erfragte den Namen ihres Vorgesetzten.

»Major Moritz Schwindsackl, Herr Bundeskanzler«, lautete die zackige Rückmeldung der Staatsdiener im Sicherheitsdienst.

Rudolf »Rudi« Hufnagl war natürlich ebenso überrascht und erfreut wie die restliche Tischgesellschaft und prostete Franz Bummerl zu. Mit seiner Hündin Kaia war er quasi sein Patient, und im Laufe der Zeit fast so etwas wie ein Freund geworden, mit dem er manchmal nach der Sperrstunde im hinteren Stüberl saß.

»Wo wirst du wohnen, Franz?«, fragte der Pferde- und Kleintierarzt, »als Kanzler kannst du doch nicht mitten im Zentrum, dazu noch in einer ehemaligen Studentenbude hausen?«, und schob dem nachdenklich gewordenen Kanzler einen doppelten Barack zu. Ja, die kleine Wohnung am Karlsplatz im Herzen der Stadt ist wohl nichts, dachte sich auch der Kanzler. Bis vor ein paar Jahren war sie die Wohnung seiner damals in Wien studierenden Tochter Laetitia gewesen, danach war er dort eingezogen, vorübergehend, wie er sich immer gesagt hatte, aber daraus war ein Dauerzustand geworden.

»Franz«, unterbrach jetzt die Wirtin den solchen Gedanken nachhängenden Dr. Bummerl, »wie wäre es, wenn du bei uns hier einziehst? Ich könnt dir schnell das Stüberl hinten herrichten. Da hättest du vom Garten her einen eigenen Eingang. Und am Abend hättest du deine Ruh, wir sperren ja um sieben zu.« »Na, das geht doch nicht!«, entrüstete sich der überraschte Kanzler, aber die Wirtin war nicht mehr zu bremsen.

»Und auch sonst brauchst du dich um nichts kümmern, die Dragica und der Amin und natürlich ich, wir sind ja auch noch da.«

»Und was ist mit Kaia?«, brach es aus Dr. Bummerl heraus. Die Hündin hatte er vor zwei Jahren als Welpe aus dem Tierheim mitgenommen. Dem bettelnden Blick der Hündin konnte er damals nicht widerstehen, wie auch jetzt nicht dem Angebot von Dr. Hufnagl und Frau Papouschek, Kaia abwechselnd, je nach Vorliebe der Hündin, zu betreuen. Ein Achterl und einen Barack später war das Angebot angenommen.

Aus dem Wurlitzer klang jetzt Peter Alexanders »Bist du einsam heut' Nacht«. Rudi Hufnagl hatte 50 Cent in den Automaten geworfen und seine besten Zigarren ausgepackt. Gelächter, erregtes Bellen, Musik aus einer fernen Zeit und der Duft von Schnaps und Zigarren zogen durch das Stüberl und nach draußen. Während der Neokanzler und der Veterinär genüsslich an dem teuren Stengel zogen, husteten vernehmlich oft Frau Papouschek, Dragica und Amin an ihrer ersten Zigarre. Die beiden Salzsäulen der Staatspolizei draußen im Finstern sahen ebensolche Zeiten auf sich zukommen.

Der schmierige Ante Popovic machte mit seinem nachttauglichen Zoomobjektiv – natürlich unbemerkt vom Staatsschutz – die letzten Aufnahmen durch das Fenster des »Weinderl« und vom in der Staatskarosse davonbrausenden Kanzler. Ein Kanzler, der schon am ersten Abend Party machte. Wenn das nicht Furore machen würde? Für den Anfang war Ante Popovic, der selbsternannte Aufdecker der Nation, hochzufrieden.

Tabula rasa – Alles neu

In der Pötzleinsdorfer Straße, die in der Verlängerung nach etwa 500 Meter in die wichtigste Wiener Heurigenzeile, die Rathgasse, im angrenzenden Bezirksteil Neustift einbiegt, befindet sich das langgestreckte »Weinderl«. Betreten werden kann es nur durch das straßenseitige Portal, das einem riesigen Scheunentor gleicht.

Man gelangt auf die Terrasse, die von einer kolossalen Robinie, die diesen Teil des Gastgartens in der Horizontalen quert, dominiert wird. Links und rechts verlaufen Schankraum, Küche, Bankettraum und diverse Stüberln.

Der hintere Teil des Gehöftes wird von Privaträumen eingenommen, an deren Ende zum Abgang in der nur der Besitzerin vorbehaltenen, von Kastanienbäumen besetzten Wiese, ein früher benutztes Stüberl sich anschließt. Von hier aus kann man in die andere Richtung über einen separaten Abgang über Gestrüpp und Bäume die Franz-Barwig-Straße erreichen.

In dieses geräumige Stüberl, das von Frau Papouschek in Windeseile in einen hellen und freundlichen Wohn- und Schlaftrakt umfunktioniert worden war, zog Franz Bummerl ein paar Tage später ein. Die Miete für die quartiergebende Wirtin war recht ansehnlich. Dragica Vastic, so der vollständige Name der Küchenhilfe im »Weinderl«, firmierte jetzt unter dem Titel »persönliche Dienste« als Teilzeitmitarbeiterin des Bundeskanzleramtes. Und auch Amin sollte schon bald in die Dienste der Republik Österreich eintreten.

Am folgenden ersten vollen Arbeitstag des neuen Kanzlers ging jetzt alles ganz schnell. Franz Bummerl ordnete sein Kabinett, nachdem das alte seines Vorgängers freundlich verabschiedet worden war. Büroleiterin wurde Judith Zwerschina, die aus der Zentrale der Vaterlandspartei abgezogen worden war. Für Medien und Öffentlichkeitsarbeit und als Regierungssprecher nahm sich der Kanzler den ihm persönlich bekannten Chefredakteur des steirischen »Grenzlandboten«, Hajo Plötzeneder.

Über diesem und all den anderen Untergebenen im Kanzleramt und den weiteren Ministerien stand sein Kabinettschef Dr. Alfons Nachbauer, ein Freund aus frühen Studientagen. Nachbauer hatte zuvor in Personalunion die berittene Polizei im Innenministerium sowie die Abteilung Schutz- und Spürhunde derselben Behörde geleitet. Auf seinen Biss und Scharfsinn setzte der Kanzler. Er selbst gedachte sich als Good Boy zu geben, den Bad Boy hätte Alfons Nachbauer zu mimen.

Schon Mitte Vormittag musste Major Moritz Schwindsackl vom Staatsschutz ins Kanzleramt eilen, wo ihm beschieden wurde, künftig die Überwachung im neuen Domizil des Kanzlers auf ein Minimum zu beschränken.

»Aber, Herr Bundeskanzler, das geht nicht, das ist …«

»Und wie das geht, Herr Major«, unterbrach ihn mit gespielter Entrüstung Dr. Bummerl, »das geht so schnell, wie Sie wieder in die Abteilung Observation Tiefgaragen zurückkehren könnten. Der Sicherheitsabstand zum Gasthaus »Weinderl« wird für Ihre Beamten künftig 80 Meter betragen. Und Medienleute sind fernzuhalten, Zutritt nur nach Absprache mit Dr. Nachbauer. Und ab sofort wird Herr Amin Suleiman mein Chauffeur für alle Fahrten innerhalb Wiens und der näheren Umgebung sein und braucht keinen Begleitschutz. Dieser hört nämlich auf den Namen ›Kaia‹ und hat vier Pfoten. Haben Sie das verstanden, Herr Major?«

Schwindsackl schluckte kurz.

»Frau Zwerschina«, sagte der Kanzler zur eintretenden Bürochefin, »bringen S' uns an Kaffee, aber an Bohnenkaffee.«

»Ich darf doch wohl sehr bitten«, flötete sie mit gespieltem Lächeln.

Sie würde sich wohl erst an den Humor des Neuen gewöhnen müssen, dachte sie bei sich und brachte zwei Tassen des köstlichen Gemisches aus peruanischen Hochlandbohnen.

»Dann sind wir ja einer Meinung«, sagte Dr. Bummerl zu Moritz Schwindsackl, gab dem verdutzten Staatswächter in gehobener Position die Hand, und mit betonter Freundlichkeit ergänzte er: »Cave canem et hominem[8] – auf gute Zusammenarbeit, Herr Major, und alles Gute.«

Franz Bummerl war mit sich zufrieden. Er war nie ein Machtmensch gewesen. Doch jetzt wollte er für den Anfang den Chef raushängen lassen, die Leute sollten, wenn nicht blanke Angst, doch Respekt vor seiner Person haben. »Oderint, dum metuant«,[9] sagte er zu sich selbst in diesen Tagen gerne. Es würde ihm weiterhelfen. Das mit dem »Good Boy« würde sich schon noch einstellen.

In der Vaterlandspartei herrschte indes immer noch lähmendes Chaos ob der selbst verursachten Malaise. Die Obleute diverser Bünde und die Landeshauptleute konnten sich auch am Tag nach der Angelobung selbst nicht erklären, wie sie dieser Personalie zugestimmt hatten.

Doch es war passiert. Und die Medien gaben keine Ruhe. Während die einen Tageszeitungen versuchten, den Koalitionspakt und die neuen Minister der beiden Parteien vorzustellen, wühlten andere zusammen mit TV-Anstalten und Online-Medien weiter im Sumpf der Vorgänge rund um die Kanzlerbestellung.

Eine zentrale Figur im Hintergrund war dabei wieder einmal Ante Popovic, der seine Rache und üppige Honorare nahen sah. In TV-Spezialsendungen wurden Analysten, Politikberater und Verschwörungstheoretiker aufgeboten. Der Ratlosigkeit der Parteigranden bei Interviews kam der Kanzler zuvor. In einer Telefonkonferenz ließ er sich zum geschäftsführenden Parteiobmann küren, womit er ab sofort auch Zugriff auf die Parteizentrale haben würde.

Der erste Ministerrat endete am frühen Nachmittag, eine

8 Hüte dich vor dem Hund und dem Mann.

9 Mögen sie mich hassen, wenn sie mich nur fürchten. – *Caligula*

halbe Stunde, nachdem er begonnen hatte. Fortan würde er nur noch alle zwei Wochen stattfinden. Man hatte doch ohnehin genug zu tun, wie der Bundeskanzler fand.

Die Vorlagen, allesamt angestauter Kleinkram der letzten Wochen, wurden abgenickt, und man tauschte Freundlichkeiten bei Süßmost und Käsestangerln aus. In einem unbeachteten Augenblick las sich Franz Bummerl erstmals den Koalitionsvertrag durch, den sein Büro auf zwei Seiten zusammengestutzt hatte.

Unten im Hof des Ballhausplatzes wurde indes Amin im Handling der Staatskarosse eingewiesen, nicht ohne Kommentare der kiebitzenden Chauffeure des Republikfuhrparks.

»I scheiß mi on, des soll a Schofför sein?«, fragte einer der Fuhrparksheriffs und zeigte auf den abgewetzten und fleckigen Anzug von Amin.

»Wo haben S' denn den Kameltreiber ausgegraben?«, wunderte sich der Urwiener und Präsidentenchauffeur Leopold und wurde assistiert von Herrn Blaha, der als Wagenlenker kurz vor der Pensionierung stand:

»Ein Mufti wird Kanzlerchauffeur, weit hommas bracht!« Nichtsdestotrotz wurde Herr Amin Suleiman jetzt im Mitarbeiterverzeichnis des Bundeskanzleramtes unter der Bezeichnung »Fahrzeugführer mit besonderer Verwendung« geführt.

»Herr Bundeskanzler«, sagte der elegant gekleidete und nass gekämmte Herr mit dem rosa getönten Aktenkoffer, »unsere Agentur steht weiterhin für alle Beratungsdienste auch der neuen Regierung zur Verfügung.«

Magister Gunnar Eidam, der es gewohnt war, im Kanzleramt und in der Partei ein- und auszugehen, war bis zum Kanzler vorgedrungen und wollte die nächsten fetten Aufträge abholen.

»Wir brauchen keine Beratung, Herr Eidam«, sagte Franz Bummerl betont freundlich, »aber vielleicht Sie?«

»Ich versteh nicht«, stotterte verdutzt Magister Eidam.

»Die Bundesregierung ist selbst dazu da, um zu beraten. Die Bevölkerung, untergeordnete Behörden, Wirtschafts- und Sozialverbände, auch Unternehmen. Also beraten wir auch die Berater, eben genau vice versa[10]. Ich kann Ihnen gern eine Preisliste mitgeben.«

Der rosa Koffer verschwand samt seinem Träger.

Beraterverträge mit der Regierung wurden aufgelöst. Praesumptiv ließ das Kanzleramt verlauten, dass es in den Ministerien und im Kanzleramt eine hohe Anzahl fachkundigster und kompetentester Mitarbeiter gebe, sodass teure Consultingfirmen nicht mehr nötig seien.

Auch die Lobbyisten, die es gewohnt waren, vom Toilettenpapier bis zu Waffenersatzteilen alles gegen dicke Honorare zu vermitteln, mussten sich anderweitig umsehen. Die Regierung bildete aus der Beamtenschar eigene Lobbyisten aus.

Die Glückwünsche an den neuen Kanzler aus aller Herren Länder wurden kurz und knapp in Englisch beantwortet. Man dankte.

In Bern und Berlin allerdings wunderte man sich. »Kucken Sie mal, der neue Ösi-Kanzler will uns zeigen, dass er Englisch kann«, wollte der Medienreferent Nr. 9 beim deutschen Kanzler auf lustig machen.

»Hallo, Nr. 9, ich darf doch wohl bitten, wir sprechen von Dr. Bummerl«, räsonierte der Preußenkanzler.

»Ja natürlich, Dr. Bummerl«, sagte Nr. 9 und lief schnell zur Türe hinaus.

»Bummerl«, entfuhr es ihm draußen, und Nr. 9 konnte nur schwer ein Kichern unterdrücken.

»Schauen Sie mal«, sagte in Bern Beat Hüppi, Leiter der

10 Umgekehrt

Eidgenössischen Bundeskanzlei zu Bundespräsidentin Regula Flückiger: »D'r nöi östrichisch Kanzler cha nit amol Hochdütsch.«

Im Vatikan war man aus dem Häuschen. Der österreichische Kanzler hatte persönlich in Latein geantwortet. Als unverkennbares Indiz der echten Urheberschaft wertete man neben dessen Unterschrift den ebenfalls handgeschriebenen Zusatz »m. p.«, »manu propria«[11].

Der neue ungarische Papst, Joschka I., einst selbst Lateinschüler in der Benediktinerabtei Pannonhalma, wo das Herz von Otto von Habsburg-Lothringen beigesetzt ist, war begeistert und las persönlich eine Messe für den österreichischen Kanzler, natürlich in Latein. Der österreichische Botschafter am Heiligen Stuhl, Carl Pummer, wegen seiner Namensähnlichkeit neuerdings vielbeachteter Diplomat, las das Evangelium. Radio Stephansdom übertrug den Gottesdienst live.

Einzig der wiedergewählte US-amerikanische Präsident Donald Trump antwortete nochmals. Auf seinem neuen Messenger-Dienst »America true« schrieb er:

»Thank you Frank, good boy! Good luck! I love charming Austria!« Die Österreich-Werbung in New York, Boston und Tallahassee, der Hauptstadt Floridas, musste ihr Personal aufstocken.

Die zu erwartenden Interventionen bei der Neueinstellung von Mitarbeitern im Kanzleramt und der Vaterlandspartei ließen nicht lange auf sich warten. Neben den in diesen Fällen üblichen Anfragen besonders guter »Freunde« aus alten Tagen, für Regierung und Partei arbeiten zu wollen, die Dr. Nachbauer allesamt mit dem Ausdruck allerhöchsten Bedauerns mit einem Standardbrief beantworten ließ, muss-

11 Mit eigener Hand; eigenhändig

ten natürlich die Wünsche diverser Landeshauptleute befriedigt werden.

Der steirische Landeshauptmann wollte seinen Neffen, der gerade ein Theologiestudium beendet hatte, in Wien unterbringen. Er landete in der Poststelle des Bundeskanzleramtes.

Der niederösterreichische Landeshauptmann suchte für die Nichte einer guten Freundin eine »Stelle mit Verantwortung«. Das Mädchen, das die kaufmännische Lehrausbildung geschmissen hatte, wurde der Abteilung »Kalkulation der Reinigungsdienste im Empfangsbereich« zugeteilt.

Dem Kassier der Ortsgruppe Bartholomäberg der Vaterlandspartei in der Vorarlberger Talschaft Montafon gelang es aus unerklärlichen Gründen, den Kanzler selbst ans Telefon zu bekommen.

»Du, Franz, kennsch't mi no? I bin da Gerhard vom Bärg. Mir hond doch amol a Mordsgaudi im Bärgerhof kee.«[12]

»Ja freilich«, sagte der Kanzler, der sich nicht erinnern konnte.

Der 48-jährige Bauhilfsarbeiter Gerhard Vallaster übernahm als Oberoffizial die Stelle eines Facility-Managers im österreichischen Parlament, seine Frau Gertrud wurde Hygienemanagerin in den Räumlichkeiten des »Unabhängigen Parteien-Transparenz-Senats« der Sektion VI im Bundeskanzleramt.

In den »Vorarlberger Nachrichten« erschien ein Artikel über Gerhard Vallaster samt Konfirmationsbild. »Vorarlberger mit Logistiksonderaufgaben im Parlament betraut«.

Im Bärgerhof in Bartholomäberg erhielt indes das Gerücht, Vallaster werde der nächste Bürgermeister sein, neue Nahrung. Sogar ein Nationalratsmandat wäre durchaus denkbar.

---

12 Gehabt

Funkstille

Im Globenmuseum des Palais Mollard-Clary in der Wiener Herrengasse Nr. 9 hielt die Coronelli-Gesellschaft für Globenkunde ihren Jahreskongress ab. Den Vorträgen lauschten auch zwei distinguierte Herren, die mit Atlanten und Globen wenig, um nicht zu sagen nichts am Hut hatten.

Im Panel »Didaktik von Animationsfilmen über Erd- und Himmelsglobens« saß in der dritten Reihe Mag. Dietmar Kohlböck, Mag. Jochen Sprickler döste weiter hinten.

Die Namen auf den Schildchen am Revers der beiden unauffällig gekleideten Männer waren gefälscht. Ihre Träger hatten sich auf den Homepages von Schulen zwei Lehrer ausgesucht und zum Symposium angemeldet. Dietmar Kohlböck vom Camillo-Sitte-Bautechnikum in Wien und Jochen Sprickler vom Gymnasium Sacré Coeur Bregenz konnten nicht wissen, dass unter ihrem Namen ein seltsames Treffen gleich beginnen sollte.

»Herr Kohlböck«, sagte der falsche Jochen Sprickler mit Blick auf das Namensschild seines Gegenübers am Stehtisch im Foyer des Museums, »wie fanden Sie den Vortrag?«, und griff nach einer Leberwurstschnitte.

»Zu fachspezifisch«, sagte der Angesprochene und schob ein Häppchen mit Eieraufstrich zwischen die Backen.

»Danke, dass Sie gekommen sind, Herr Konowalow«, kam der Mann, der eigentlich als Wyat Ross für die NSA arbeitete, gleich zur Sache. »Das finde ich auch«, lächelte Makari Konowalow, den der russische Auslandsgeheimdienst SWR seit Jahren in Wien ebenso unerkannt halten konnte wie die Amerikaner ihren Mann.

Größte Sicherheit für ihre dringend nötig gewordene Besprechung versprachen sich die Agenten vom Globenmuseum, lag es doch nur 30 Meter von den Büros des

Staatsschutzes, in der Herrengasse Nr. 7, entfernt. Hier, quasi neben der Höhle des Löwen, fühlte man sich am sichersten. Ost- und West waren längst wieder in den Kalten Krieg zurückgefallen. Die Geheimdienste der USA und Russlands aber tauschten sich, wenn es um gegenseitige Interessen ging, weiterhin wie eh und je aus.

Der österreichische Staatsschutz und der Verfassungsdienst hatten längst vor Überprüfungen und Observationen fremder Dienste kapituliert. Leute wie Ross und Konowalow führten in der Komfortzone Wien ein behagliches Leben. Dossiers und Republikgeheimnisse wurden nahezu wöchentlich nach Hause geliefert. Es war genügend »technisches Personal« vorhanden, um Ministerien, Politiker und Unternehmen auszuspionieren. Es wurde gehackt und abgehört, was das Zeug hielt. Und während Untersuchungsausschüsse und Staatsanwaltschaften SMS und Telefongespräche früherer Entscheidungsträger immer noch an die Öffentlichkeit zerrten, verfügten SWR und NSA über weit mehr und brisantere Informationen.

Das hatte sich mit einem Schlag geändert. Kaum war die Regierung Bummerl im Amt, versiegten innert Tagen die angezapften Quellen. Kanzler und Ministerien der Vaterlandspartei, Mitarbeiter im Kanzleramt und in der Parteizentrale schienen ihre Kommunikation eingestellt zu haben. Handys und Computer der bisher Überwachten waren entweder nicht in Betrieb, wie Amerikaner und Russen rasch herausfinden konnten, oder tauschten nur noch Banalitäten und Petitessen aus.

Das Kanzleramt bestellte per E-Mail etwa Toilettenpapier oder beantwortete Anfragen nur lapidar. In den Besenkammern der US-Botschaft und des Russenabhördienstes wurden nur noch Satzfetzen wie »Treffen wir uns in 15 Minuten, dort wo immer?« oder »Wir sollten kurz was besprechen, kann ich zu dir kommen«? aufgezeichnet. Der Kanzler schien erst gar kein Mobiltelefon zu haben.

Und als auch das Kanzlerbüro keine Telefonate mehr in die Besenkammern »lieferte«, wurde Alarm ausgelöst. Erst dachten SWR und NSA an technische Probleme im eigenen Bereich, nach kurzer Schockstarre und ergebnisloser Ursachenforschung befürchtete man, der österreichische Staatsschutz wäre den Praktiken auf die Schliche gekommen. Dieser Gedanke wurde aber rasch verworfen. Ein solches Husarenstück war der Republik Österreich nicht zuzutrauen. Gab es gar Maulwürfe in den eigenen Reihen? »Ni za chto – niemals«, ereiferte sich Konowalow, und auch Ross wies dies für die USA entrüstet zurück. Wer aber war Franz Bummerl? Die Herren tauschten ihre Dossiers aus:

52 Jahre alt, deutscher und österreichischer Staatsbürger, geboren in Lindau/Bayern, aufgewachsen im Vorarlberger Hörbranz. Mutter Deutsche, Vater Johann Bummerl aus der Steiermark, Lebensmittelchemiker in einer Hörbranzer Käsefabrik. Zwei jüngere Schwestern, Gymnasium in Bregenz, Studium der Rechtswissenschaft und Klassischen Philologie in Innsbruck, Rechtsanwalt in Innsbruck und Bregenz. Heirat, 2 Töchter. Ehe früh geschieden. Mit 40 Jahren zum Direktor der Politischen Akademie nach Wien berufen. Unauffällig, kompetent, intelligent, teils intellektuell, teils volkstümlich, mäßiger Raucher und Trinker, in der Jugend guter Sportler, allein in Wien lebend mit Hund, keine dauerhaften Beziehungen mit Frauen bekannt, Klavierspieler, flinker Arbeiter, Kirchgänger, Mitglied einer Studentenverbindung. Politische Einstellung: liberal bis linksliberal, auch rechtspopuläre Tendenzen erkennbar, schwer einzuordnen.

Man wollte das rasch vertiefen und der Funkstille durch gemeinsame Recherchen auf den Grund gehen. Nicht verborgen geblieben waren den Agenten das Kichern, Lachen, manchmal sogar das schadenfrohe Grinsen der Wiener, wenn der Name Bummerl fiel. Erklärungen dafür konnten sie keine finden. Die Russen kapitulierten in diesem Punkt rasch. Wyat Ross hatte einen Trafikanten befragt.

»Wons't am Oasch bist, host des Bummerl, verstehn S' mi?«

Ross verstand nicht. Auch nicht die Übersetzungsdienste in Moskau und Maryland, die das Handygespräch auswerteten.

Das nächste Treffen sollte schon bald stattfinden, diesmal beim Leberkas-Pepi im Donauzentrum. Dort gibt es den milden Pferdeleberkäse. Und auf den ist der Russe besonders scharf, wie die NSA in Erfahrung bringen konnte.

Am Wiener Camillo-Sitte-Bautechnikum und im Bregenzer Sacre-Coeur-Gymnasium wunderten sich die Geografielehrer Kohlböck und Sprickler. Die Coronelli-Gesellschaft bedankte sich in einem Brief für die Teilnahme am Kongress und übermittelte eine Teilnehmerliste samt einer Einladung, der Gesellschaft für einen Jahresbeitrag von Euro 8,- beizutreten.

Message Control 2.0

Wenige Tage nach der Inauguration der Regierung registrierte man in Wien ein seltsames Phänomen, auf das sich Zeitgenossen in Beobachterposition keinen Reim machen konnten. Aus Kanzleramt, Ministerien und der Zentrale der Vaterlandspartei schwärmten Trauben von Mitarbeitern beiderlei Geschlechts einzeln oder in Kleinstgruppen aus, um bald wieder dorthin zurückzukehren, oft mehrmals am Tag. Kaffeehäuser, Marktstände, Döner-Lokale, Einkaufsstraßen, von Pensionisten und noch mehr Hunden bevölkerte Parks, ja selbst Kirchenschiffe und Kapellen verschluckten unbemerkt das kuriose Kleinvolk.

Man traf Emissäre, akademische Laufburschen und Sekretärinnen von Behörden, Unternehmen, politische Beamten und Parteiangestellte. Man war beauftragt, diese und jene Information weiterzugeben oder entgegenzunehmen. Nur richtige Observierer hätten die völlige Absenz von Handys oder Laptops wahrgenommen. Stattdessen wären sie Zeugen von Getuschel geworden, wie: »Der Herr Minister wünscht nachdrücklich, dass die Firma Haschek rasch eine Subvention von zwei Millionen erhält. Der Sektionschef Kubacek soll sich etwas einfallen lassen, der Ing. Haschek ist nämlich der Taufpate der Gleichstellungsbeauftragten im Ministerium.«

»Und unser Minister wünscht«, hätte die angesprochene Person entgegnet, »dass der Genosse Krassthaler in den Aufsichtsrat der Casinos aufrückt.«

Im wiedereröffneten, aber wie immer fast menschenleeren Restaurant der Autobahnraststätte Gralla in der südlichen Steiermark beißt eine Mitarbeiterin der VP-Bundespartei in einen Kürbiskernknödel. Ihr gegenüber sitzt Fiona Fuchs und nippt an einem Aperol. Sie ist politische Referentin im Büro des steirischen Landeshauptmannes. »Der Herr Bundeskanzler wünscht, dass in den Landesschulen neben dem Bild der Bundespräsidentin künftig auch seines hängt.«

»Ich werde es weitergeben«, sagt die Parteifrau.

»Noch was?«

»Ja. Dr. Bummerl würde sich freuen, wenn sich auch die steirischen Abgeordneten im Nationalrat strikt an die Parteilinie halten«, sagte die VP-Emissärin.

»Dann nämlich«, führte sie weiter etwas kleinlaut aus, »wird sich der Bundeskanzler dafür verwenden, dass der Grand Prix von Spielberg für die nächsten 10 Jahre fix im Formel-1-Kalender aufscheinen wird.«

Die Anliegen der Steiermark an den Bundeskanzler formulierte Frau Fuchs kurz:

»Der Landesverband der Steirischen Blasmusiken bräuchte zwei Millionen für neue Instrumente. Und Harald Schleimer, der Pressereferent des Landeshauptmannes, sollte unbedingt der neue Intendant des ORF-Landesstudio Steiermark werden.«

»Ich hätte dann noch eine Kleinigkeit«, setzte Frau Fuchs fort. »Mein Schwager Luitpold Leidenfrost möchte sich für die in Wien ausgeschriebene Stelle eines Leiters des Schönbrunner Schlossparks bewerben.«

»Was hat er denn für Referenzen?«, fragte die Wiener Parteifrau. »Ich fürchte, nicht allzu viele«, druckste Frau Fuchs herum, »er pflegt halt den Schrebergarten seiner Mutter.«

»Ach, das kriegen wir schon hin«, sagte die Parteimieze und legte freundschaftlich den Arm auf die Schultern von Frau Fuchs.

»Noch ein Kaffeetscherl?«

»Ja, gern.«

Im Waschsalon in der Pappenheimgasse im 20. Wiener Gemeindebezirk Brigittenau wäscht die Chefredakteurin eines Politmagazins ihre Oberbekleidung. Ein höherer Mitarbeiter eines Ministeriums befüllt daneben die Trommel mit Tennissocken und weißer Unterwäsche.

»Sie können uns und sich einen Gefallen tun«, sagt der Staatsdiener.

»Und der wäre?«, fragt keck die Schreibtante des klammen regierungskritischen Organs.

»Prüfen Sie doch mal, ob die Umfragen über uns korrekt errechnet wurden. Wir vermuten da einen krassen Rechenfehler. Rechnen Sie bitte nochmals nach. Übrigens, der mit uns befreundete Little-Konzern will bei euch inserieren. Pro Prozentpunkt mehr zweihunderttausend.«

Die Redakteurin nimmt einen gelben Wonderbra, eine

Farbe, die ganz nach dem Gefallen des Emissärs ist, aus der Trommel und murmelt mit schmerzverzerrter Miene: »Gebongt.«

Im Abgang wähnt er noch »Schein« oder »Schwein« vernommen zu haben. Er würde demnächst einmal den HNO-Arzt aufsuchen.

Die einen Sendboten fuhren drei Stationen mit der U-Bahn, um staatspolitische Entscheidungen vorzubereiten. Manche trafen sich beim Kauf einer Wurstsemmel im Supermarkt. In der Schlange zur Kassa war ausreichend Gelegenheit, sich auszutauschen. Andere setzten sich in den Warteraum von Krankenhäusern oder reihten sich in Trauerzüge bei Begräbnissen ein.

Mancher Beamte erhielt sogar Erschwerniszulage, weil die Anzahl der per pedes zurückgelegten Kilometer das einem Staatsdiener zumutbare Ausmaß überschritt. Die Gelbe Vaterlandspartei verlangte gar einen Fitnesstest bei Neueinstellungen.

Der Urheber des Rückfalls in die digitale Steinzeit saß seit drei Tagen im Büro des Bundeskanzlers am Wiener Ballhausplatz und war der Hausherr selbst. Er hatte neben seinem Kabinettschef Alfons Nachbauer und seinen engsten Mitarbeitern die Minister seiner Partei und die neu ernannte Generalsekretärin Gundula Siebenhandl, die den unglücklichen Kaspar Bauernfeind abgelöst hatte, zusammengetrommelt.

Man traf sich in der von Clemens Wenzel Fürst Metternich errichteten Hauskapelle des Bundeskanzleramts. Der Altar dieser selbst langgedienten Mitarbeitern des Hauses unbekannten Kapelle ist dem hl. Johannes Nepomuk, dem Patron des Beichtgeheimnisses, gewidmet. Nicht nur der Genius loci hatte es Franz Bummerl angetan, auch die Hoffnung, einen abhörsicheren Ort gefunden zu haben.

»Verba volant, scripta manent«,[13] eröffnete Franz Bummerl den in den Bänken gespannt Lauschenden.

»Liebe Freunde«, setzte der Kanzler fort, »ich habe euch als Minister nicht ausgesucht, und ihr mich auch nicht. Nichtsdestotrotz haben alle mein volles Vertrauen, und ich darf euch versichern, dass ich qua meines Amtes immer meine schützende Hand über euch halten werde. Und damit das so bleibt, werde ich, werdet ihr und wird eine Reihe nachgeordneter Stellen die Kommunikation auf eine völlig neue Ebene führen. Ich nenne dies Message Control 2.0.«

Und mit bedeutungsvoller Miene ging der Kanzler flugs ins Detail: »Wir werden ab sofort SMS und Chats, die nur im Entferntesten mit Politik zu tun haben, aus unserem beruflichen Alltag verbannen. Wir wissen alle, was das in der Vergangenheit für Folgen hatte. Diese Regierung, jedenfalls der Gelbe Teil, soll nicht von Parlamentsausschüssen, Gerichtsbehörden und Medien zu einem näheren oder späteren Zeitpunkt vorgeführt werden. Verba volant, scripta manent, sagten die Römer, und sie haben recht. Also Finger weg von den Handytasten, liebe Kolleginnen und Kollegen!«

Manche der völlig überrumpelten Staatsdiener in höchster Position waren in Schnappatmung verfallen und machten Anstalten, sich zu Wort zu melden.

»Das gilt auch für Gespräche mit Handys«, kam ihnen der Kanzler zuvor: »Si tacuisses, philosophus mansisses.[14] Wer kein Handy hat, kann auch nicht angerufen werden.«

Jetzt preschte die mutige Wirtschaftsministerin, Frau Scheibenreif, vor: »Wie stellen Sie sich das vor, Herr Bundeskanzler?«

---

13 Gesprochene Worte fliegen weg, geschriebene bleiben. – *Gaius Titus, römischer Senator*

14 Hättest du geschwiegen, wärest du ein Philosoph geblieben. – *Boethius*

»Franz«, unterbrach Dr. Bummerl, »auch für dich, liebe Theresa, bin ich der Franz. Ganz einfach: Ihr werdet heute noch alle Daten und Gespräche löschen und die Diensthandys für alle Zeiten entsorgen. Meines z. B. schwimmt schon in einem nicht unbedeutenden österreichischen Fluss. Und auch die privaten Handys bitte ich rasch zu säubern.«

Auch Niederschriften von Besprechungen oder Protokolle sollten, so der Kanzler weiter, tunlichst unterlassen werden.

»Quod non est in actis, non est in mundo,«[15] dozierte Franz Bummerl. Widerrede war nicht vorgesehen.

»Details unserer künftigen Kommunikation wird euch Dr. Nachbauer bekanntgeben.«

Hoppalas zum Start

Die Turbulenzen der ersten Tage hatten sich ein wenig gelegt. Ein einziges Mal stellte sich der Kanzler der Kamera. In der »Zeit im Bild« hatte er keine schlechte Figur gemacht.

Den Fragen rund um seine Ernennung war er trotz hartnäckigen Bohrens durch den ORF-Anchorman Achim Fuchs elegant aus dem Weg gegangen. »Suaviter in modo, fortiter in re«,[16] war seine Antwort auf die Bitte, sich selbst zu beschreiben. Franz Bummerl agierte cool, Nervosität war seine Sache nicht. Freundlich betete er die wichtigsten Paragraphen des Koalitionspaktes herunter.

Franz Bummerl war gerade 50 Jahre alt geworden, mittelgroß, mittelschlank, ein Bauchansatz war nicht zu übersehen. Leicht graumeliert, die Stirne schon etwas hoch, blick-

---

15 Was nicht in den Akten ist, ist nicht in der Welt. – *Römisches ius civile*

16 Sanft im Umgang, hart in der Sache

ten katzengrüne Augen aus einem sportiven Gesicht. Seine Stimme war freundlich und sonor. In Summe ein keineswegs abstoßendes Äußeres und dem jeweiligen Gegenüber meist schnell sympathisch. So war auch der erste TV-Auftritt in den Wohnzimmern der Österreicher ganz nach dem Geschmack der Mehrheit verlaufen, wenn er nur nicht so viel mit lateinischen Wörtern herumschmeißen würde …

Was die österreichischen Tageszeitungen vorerst nicht schafften, gelang der deutsche »Klappe«. Des Kanzlers Umfeld glaubte, auf dem Umweg über das Ausland gute Stimmung machen zu können. Das Interview, das Franz Bummerl dem »Klappe«-Chef im »Weinderl« gegeben hatte, stand für diesen unter keinem guten Stern.

Als Otto Köter, wie erinnerlich, das von Frau Papouschek kredenzte Beuscherl erbrochen und die zur Stärkung gereichten Birnenschnäpse hinuntergekippt hatte, kämpfte er während des anschließenden Interviews im Hinterstüberl des »Weinderls« gegen den wieder aufkeimenden Brechreiz. Der Reiz erhielt zusätzlichen Auftrieb durch den Atem von Hündin Kaia, die ihm gegenüber neben dem Kanzler auf der Sitzbank saß. Der Geruch kam ihm irgendwie bekannt vor. »Wollen S' nicht doch ein Beuscherl probieren?«, fragte der Kanzler.

»Nein, danke«, sagte Köter und drückte die Stopptaste des Aufnahmegerätes, grüßte und verließ das Lokal.

Draußen musterte er das Scheunentor zum Eingang und die Fassade des in die Jahre gekommenen Hauses. Er war fassungslos – hier wohnte und speiste der österreichische Bundeskanzler.

»Ösi-Kanzler isst Herz-Lungen-Brei und wohnt in Weinlokal«. Seite 1 der »Klappe«-Zeitung, deren Internetportal und Klappe-TV ließen es an Deutlichkeit ebenfalls nicht fehlen. Was interessierte ein Koalitionsvertrag oder die Namen von

Ministern? Stattdessen erfuhr man: »Gegen den neuen österreichischen Kanzler Franz Bummerl war Helmut Kohl ein Feinspitz. Vertilgte dieser mit Genuss seinen Pfälzer Saumagen, schaut das Lieblingsgericht von Franz Bummerl anders aus: eine schlotzig-schleimige Masse aus gekochtem Schweineherz und Lunge, das die Ösis ›Beuscherl‹ nennen. Logiert er wenigstens standesgemäß? Fehlanzeige. Zusammen mit seiner First Lady wohnt er im hinteren Teil einer Weinschenke in der Wiener Vorstadt. Die First Lady geht auf vier Pfoten und hört auf den Namen ›Kaia‹. Die Opposition spricht von einer Affenrepublik, das Land befindet sich in Schockstarre. Und er wollte gar nicht Kanzler werden. Es wird gemunkelt, es sei ein Versehen gewesen. ›Klappe‹ bleibt dran!«

Aufgepeppt war die Titelseite mit einer Fotomontage, die Franz Bummerl, einen dampfenden Beuscherlteller und eine unvorteilhafte Aufnahme des »Weinderls« samt einem vor dem Eingang liegenden Hund zeigte.

Syrische und irakische Jugendliche am Berliner Hauptbahnhof starrten auf die Titelseite. Sie waren erst kurz in Deutschland, den Titel konnten sie nicht dechiffrieren, aber die Bilder der »Klappe« sprachen eine klare Sprache: Der österreichische Bundeskanzler ist ein Gastwirt.

»Lima la?«,[17] sagte Hoshyar zu Baschar.

Das »Beuscherl« wird salonfähig

»Herr Oberregierungsrat«, rief um die Mittagszeit aufgeregt Gusti Niederbichler, die ohne Klopfzeichen das Büro von Johann Prapotnik betreten hatte: »'s Beuscherl kummt!«

17 Warum nicht?

»Ich hab doch Grammelknödel bestellt«, reagierte gereizt der Beamte im Bundeskanzleramt.

»Aber Herr Oberregierungsrat, 's Beuscherl, der Bundeskanzler, kommt auf einen Sprung vorbei.«

Franz Bummerl hatte den letzten Satz noch mitbekommen, bevor er den Raum betrat. Er glaubte den wenig schmeichelhaften Spitznamen für sich in den letzten Tagen schon da und dort vernommen zu haben. Nein, ein Epitheton ornans, ein schmückender Zusatz für seinen Namen, war das seiner Meinung nach nicht. Nun, Helmut Kohl war trotz seiner Vorliebe für Saumagen nicht hinter vorgehaltener Hand als solcher betitelt worden, man sprach vegetarisch von der »Birne«. Auch die Bezeichnung »Malta« für den Baulöwen Roland Bogner fand er niedlich, aber Beuscherl? Ganz schön vulgär, wie er meinte, wenngleich dies eines seiner Lieblingsgerichte bei und von Frau Papouschek war.

Von klein auf hatte er Witze und Spott über seinen Familiennamen ertragen müssen. Im Vorarlberger Dialekt ist ein »Bummer« ein Hund, was zur Folge hatte, dass ihn gewisse Schulkameraden statt Bummerl »Hündle« riefen. Und jetzt nannten sie ihn auch noch »Beuscherl«. Das musste er erst mal verdauen. Geistig.

Köters Schmierenartikel in der deutschen »Klappe« über den Beuscherl essenden Ösi-Kanzler wurde in der Alpenrepublik fleißig zitiert.

»Der neue Kanzler, der am liebsten Beuscherl isst«, war in Lebensläufen zu lesen. Als dann der Boulevard titelte: »Hätten Sie es gewusst? Das ist die Leibspeise des Kanzlers« und andere Medien der Historie der Speise und diversen Rezepten auf den Grund gingen, überlagerte das Thema vorübergehend den öffentlichen Diskurs. Immer öfter war in den Couloirs des Kanzleramtes die Rede vom »Beuscherl«.

Waren das Gelächter und der Spott über seinen echten

Namen allmählich abgeebbt, würde dies beim »Beuscherl« nicht so einfach werden. Selbst wenn er einmal in fernen Tagen das Zeitliche segnen würde, vermeinte Franz Bummerl den Volksmund zu hören: »Heast, 's Beuscherl is gsturbn.«

Hajo Plötzeneder, der den Wechsel vom »Steirischen Grenzboten« zum Pressechef des Kanzlers mit kleineren Anfangsschwierigkeiten gemeistert hatte, wurde aufgetragen gegenzusteuern.

Stein des Anstoßes war etwa ein Video der Kabarettisten »Gebrüder Moped«, das auf YouTube den deutschsprachigen Raum zum Brüllen brachte. »Bummerl-Beuscherl-Bummerl-Beuscherl«, rappte das Duo, das auf einem alten Feuerstuhl über den Ballhausplatz fuhr. Der Zweitakter-Motor dröhnte im 2/4-Takt des Raps. Es bedurfte einer fetten Zuwendung aus dem Kulturministerium an die Musikclowns, um den Beitrag zu löschen.

Die Beuscherlmanie war nichtsdestotrotz, oder wie der Kanzler in Latein sagen würde, »nihilominus«, losgetreten. In deutschen TV-Kochshows, von denen es mittlerweile mehr gab, als die Bundesliga Mannschaften hat, überboten sich Köche, die etwas auf sich hielten, mit Beuscherlrezepten. Vom Original bis zu asiatischen oder französischen Abwandlungen.

Reagieren wollte da auch die Drosselgasse im Weinstädtchen Rüdesheim am Rhein. Wenn jährlich drei Millionen Besucher durch die in Reih und Glied aufgefädelten Weinlokale ziehen, würde insbesondere unter den vielen Besuchern aus Österreich das heimatliche Beuscherl auf regen Zuspruch stoßen, fanden die Marketingfachleute der Saufmeile.

»Also, diese Pampe ess ich nicht, Helga«, sagte Uwe Appelhans aus dem Sauerland zu seiner Gattin und legte den Löffel weg.

»Und die Ösis und ihr Kanzler finden das gut? Armes Österreich. Pfui Teufel! Noch eine Flasche Weißburgunder und einen Sauerbraten«, schnarrt Uwe jetzt Richtung Theke.

Im Berliner Hotel Adlon, der lebenden Legende für Beherbergung und Bewirtung bestbetuchter Gäste, steht die »Österreich-Woche« im Zentrum der Kulinarik. Zu Tafelspitz, Kalbsschnitzel und Kaiserschmarren werden edelste Tropfen aus Weinviertel und Wachau serviert.

Das Interesse der in Wirtschaft und Politik meist gut unterrichteten Kundschaft gilt aber dem neu auf der Speisekarte firmierenden Beuscherl, der angeblichen oder tatsächlichen Leibspeise des österreichischen Regierungschefs. Begleitet von witzigen bis sarkastischen Kommentaren, tauchen feine Damen und Herren zierliche Gäbelchen und versilberte Löffel in die sämige dunkelbraune Soße und stochern nach Herz- oder Lungenstreifchen, um sie nach dezentem Beschnuppern und Begutachten auf das Gedecktellerchen zu legen.

»Das würde nicht einmal mein Benno essen – und der mag alles«, flötete mit gespielter Entrüstung Frau Dr. Sundermann, die Intendantin des Maxim-Gorki-Theaters, zur einladenden Berliner Kultursenatorin, Rothild von Birkenstock.

»So einen Mann möchte ich haben«, seufzte die leidgeprüfte Politikerin.

»Nein, nein«, beeilte sich Frau Sundermann hinzuzufügen, »Benno ist mein Hund.«

In Österreich war das »Beuscherl« inzwischen zum Tauschwort für den Kanzler geworden.

»Stanka, mir bitte einen kleinen Bundeskanzler mit Knöderl«, bestellt der Urwiener Wilhelm Todorovic bei der kroatischen Bedienung in der Wiener Prater Alm. Der Tisch wieherte.

»Arme Kanzler«, sagt Stanka zu sich, »hat nicht verdient, Bummerl gute Mann.«

In Richtung Küche ruft sie:

»Chamad, eine Beuschel, bitte!«

In den Kochtöpfen der Österreicher, vorwiegend in Wien und den östlichen Bundesländern, wird das schon weitgehend bekannte Beuscherl vorübergehend zum neuen Kultgericht. Die Preise für Schweinslunge und Schweineherz ziehen empfindlich an. Die Tierfutterhersteller bestehen bei den österreichischen Lieferanten auf Einhaltung der Verträge. So müssen ungarische Schlachtgenossenschaften einspringen, um den Humankonsum an Innereien zu decken.

Indes geht Plötzeneders Kampagne ins Leere. Versuche, den Kanzler als Gemüseliebhaber zu positionieren, scheitern kläglich.

Besuche des Kanzlers bei den Steirischen Käferbohnenproduzenten oder den Marchfelder Spinatbauern verkommen zur Lachnummer: »'s Beuscherl besucht Beilagen«, »Kanzler auf kulinarischen Abwegen«, waren noch freundliche Beiträge von TV-Comedians.

Dr. Bummerl resignierte. Es gab schließlich Wichtigeres zu tun. Wenn das Volk sich mehr ums Essen als um Politik kümmerte, so seine tröstliche Conclusio, was hatte er bisher falsch gemacht? Ob ihm mit Plötzeneder ein *error in persona*[18] unterlaufen war?

---

18 Irrtum in der Person

Aurora musis amica[19]

Ein bisschen hatte sich die Aufregung rund um das Zustandekommen der neuen Regierung gelegt. Das Wahlvolk ist vergesslich, und die Medien fügten sich nolens volens der Tatsache, dass vorerst nicht allzu viel aus den beiden Parteien und den Ministerien zu erfahren gewesen war.

Die Landeshauptleute der Gelben ließen ihren neuen Kanzler leben, und dieser unterließ es vorerst, diese Scheinidylle zu trüben.

Natürlich war den Sozialdemokraten das merkwürdige Kommunikationsverhalten in den Gelben Reihen aufgefallen, und man hielt Rücksprache. Nach einem klärenden Gespräch trug auch die Vizekanzlerin ihren Ministerien auf, Handy-Chats und Telefonie, insbesondere mit dem Regierungspartner, zu unterlassen. Man könne Dinge ja face-to-face besprechen, und Vorsicht sei allemal besser, als Spuren zu hinterlassen, die einem später zum Verhängnis werden könnten. Minister der Vaterlandspartei, Kanzleramt und die Partei selbst aber hielten sich sklavisch an die Vorgaben. Insbesondere der Hinweis von Dr. Nachbauer, bei Nichtbeachtung könne der »natürliche Abgang« forciert werden, verfehlte seine Wirkung nicht.

Auch der Tagesablauf des Bundeskanzlers hatte sich peu à peu eingependelt. Franz Bummerl hatte sich einen Rhythmus zurechtgelegt, den er sich nur höchst ungern von anderer Seite stören lassen wollte.

Um 5.00 Uhr ließ er sich wecken, machte einen ausgiebigen Spaziergang mit Hündin Kaia. Der in der Staatskaros-

19 Die Morgenstunde ist die Freundin der Musen. *(Morgenstund hat Gold im Mund.)*

se wartende Amin nahm dann den Kanzler, der wie immer durch den Garten und den Hinterausgang des »Weinderl« gekommen war, auf und brachte ihn in die Innenstadt.

Um 6.30 Uhr sah man Franz Bummerl in den Stephansdom verschwinden. Zielstrebig lenkte er die Schritte durch das menschenleere Hauptschiff in den Nordwinkel des Doms, wo in der Prinz-Eugen-Kapelle Pater Timothy Macgregor im Schnelldurchgang eine lateinische Messe las.

Sein meist einziger Messbesucher war der Bundeskanzler, der sich in der ersten Reihe direkt hinter den Priester setzte, welcher – ihm den Rücken zugewandt – begann:

»Gloria Patri, et Filio, et Spiritui Sancto.«[20]

Und der selbst ernannte Messdiener Bummerl antwortete:

»Sicut erat in principio, et nunc, et semper: et in saecula saeculorum. Amen.«[21]

Pater Macgregor: »Introibo ad altare Dei.«[22]

Bummerl: »Ad Deum, qui laetificat iuventutem meam.«[23]

Pater: »Adiutorium nostrum in nomine Domini.«[24]

Kanzler: »Qui fecit coelum et terram«[25] usw.

Beide hatten ein lateinisches Messbuch vor sich liegen, aber sie kannten sämtliche Gebete auswendig. Nur Lesung und Evangelium wurden daraus gelesen. Pater Macgregor fühlte sich geschmeichelt, der oberste Staatsdiener als Messdiener – und das in Latein.

Beim ersten Mal war er baff gewesen, doch jetzt war ihm die Freude anzusehen, wenn der Kanzler um 6.30 Uhr die

---

20 Ehre sei dem Vater und dem Sohne und dem Heiligen Geist.

21 Wie es war im Anfang, so auch jetzt und allezeit und in Ewigkeit. Amen.

22 Zum Altare Gottes will ich treten.

23 Zu Gott, der mich erfreut von Jugend auf.

24 Unsere Hilfe ist im Namen des Herrn.

25 Der Himmel und Erde erschaffen hat.

Kapelle durch das geöffnete Eisentor betrat und über die Grabplatte des hier beigesetzten Prinz Eugen schritt.

Wenn dringende Staatsgeschäfte Bummerls Erscheinen unmöglich machten oder er disloziert war, worunter er Auslands- oder Bundesländerbesuche verstand, wartete der Priester kurz, um dann enttäuscht anzufangen.

Franz Bummerl fühlte sich der Kirche verbunden, auch wenn er viele Entwicklungen in ihr kritisch sah. »Wenn ein Mitglied aus Ihrer Familie auf die schiefe Bahn gerät, verlassen Sie dann die gesamte Familie? Wahrscheinlich nicht, od'r?«, pflegte er in seinem alemannischen Dialekt, den er trotz fleißigen Übens nie ganz ablegen konnte, Leuten zu sagen, die bereits die Glaubensgemeinschaft verlassen hatten oder mit diesem Gedanken spielten.

Er war Ministrant gewesen, und das hatte ihn irgendwie geprägt, auch wenn er später kein regelmäßiger Kirchgänger mehr gewesen war. In Wien angekommen aber hatten ihn die Sakralbauten fasziniert, und die seit seiner Jugend gepflegte Liebe zu Latein, insbesondere die in seinem Empfinden feierliche lateinische Liturgie, konnte er im Stephansdom ausfindig machen, wenn auch in rudimentären Zügen.

Gelegentlich verirrten sich einzelne Gläubige zu dieser skurril anmutenden Morgenmesse. Eine Pilgerin aus dem steirischen Söchau war einmal Zeugin dieser Messe geworden. Allein, zu Hause glaubte man ihr nicht, und man tat sie als Wichtigtuerin ab.

Ein Ofenbauer aus dem Tiroler Alpbach, der im Dom für ein gutes Geschäftsjahr beten wollte, verirrte sich ebenfalls in die Kapelle. Dem von ihm aufgesuchten Psychiater Dr. Tomislav Seyfried waren solche und ähnliche Halluzinationen nicht fremd.

Kürzlich wollte ein Geschichtslehrer Otto Habsburg in

der Kapuzinergruft gesehen haben. Dr. Seyfried konstatierte Überarbeitung und verordnete cura obliviscendi, die Vergessenstherapie, in Kombination mit Psychopharmaka.

Am psychiatrischen Stammtisch in der Gösser Bierklinik in der Wiener Innenstadt klopfte man sich vor Lachen auf die Schenkel.

Das »Leuchtturmprojekt« Bildungsreform

»Ich habe Ihnen Karotten mitgebracht«, sagte der Kanzler, als er mit der SPÖ-Vorsitzenden zum ersten Gespräch über die Bildungsreform zusammengekommen war.

»Ich verstehe nicht«, wandte eine verdutzte Bildungsministerin ein.

»Nicht für Sie, Frau Dollinger, für ihre beiden Esel«, warf Franz Bummerl ein. »Wie heißen sie denn?«

»Zwanomir und Rosa.«

»Hübsche Namen.«

Bummerl hatte sich schlau gemacht. Die Dollingers hatten im südburgenländischen Tschanigraben einen kleinen Bauernhof geerbt, wohin man sich an Wochenenden und an sonstigen freien Tagen gerne zurückzog. Für die beiden Buben waren zwei ungarische Parlagesel angeschafft worden, die unter der Woche von Hans Grandits, dem Parteiobmann der 80-Seelengemeinde, betreut wurden.

»Ja, danke schön«, sagte Dollinger. Die Enddreißigerin Mira Dollinger mit ihrer hübschen Ponyfrisur war eine durch und durch attraktive und auf das Äußerliche bedachte Frau, groß gewachsen und schlank.

Ihre rhetorische Brillanz hatte sie rasch innerhalb der Reihen der SPÖ nach oben steigen lassen. Mira Dollinger hatte sich schon früh für die Integration von Kindern aus bildungsfernen Schichten starkgemacht und galt auch in den Augen der politischen Kontrahenten als durchsetzungsstark und sachkompetent.

Franz Bummerl war dies alles durchaus bewusst. Sie rechnete mit langwierigen Verhandlungen und einem faulen Kompromiss, kein guter Einstand für eine Bildungsministerin. Mit der Vaterlandspartei lag man in der Bildungspolitik seit fast drei Jahrzehnten im Clinch.

Die SPÖ-Forderung nach einer Gemeinsamen Schule der 10- bis 14-Jährigen war von der früheren ÖVP und der jetzt noch jungen Vaterlandspartei kategorisch und mit Erfolg verhindert worden.

Das Mantra der SPÖ von besseren Aufstiegschancen, mehr sozialer Gerechtigkeit und der Kritik an der frühen Selektion von Kindern in Gymnasium und Hauptschule hatte die frühere Volkspartei stets abgeschmettert.

Lediglich die Hauptschulen waren zu »Neuen Mittelschulen« umetikettiert worden. Die Klientel der Vaterlandspartei sah ihre Kinder lieber im Gymnasium und befürchtete in der Gesamtschule Gleichmacherei und Nivellierung nach unten. Die SPÖ hatte sich vom Gedanken verabschiedet, dies jemals durchsetzen zu können.

Man saß jetzt in der Aula des Akademischen Gymnasiums am Wiener Beethovenplatz unter schweren Kronleuchtern und barocken Deckengemälden. Kein gutes Omen, fand Mira Dollinger, vermied aber jede Bemerkung über diese ihrer Meinung nach elitäre Bildungsstätte.

»Ich möchte gleich in medias res[26] gehen«, sagte Franz Bummerl. »Ich biete Ihnen die Gesamtschule ab sofort an, jedenfalls so schnell wie möglich. Sie bekommen endlich das, was sie immer schon wollten.«

---

26 Mitten in die Sache gehen; zur Sache kommen

Frau Dollinger starrte mit geöffnetem Mund in das Gesicht ihres Gegenübers. »Also, das glaub ich jetzt nicht. Haben Sie Medikamente genommen? Wollen Sie mich reinlegen?«

Der Bildungsministerin drohten die Sicherungen durchzubrennen. »Aber nein, nein, das können Sie doch nicht ablehnen«, protestierte Bummerl mit gespieltem Ernst.

Frau Dollinger schluckte und holte tief Luft. Sie verstand den Sinneswandel auf VP-Seite nicht. Die Einwände, die sie jetzt in ihrer Konfusion vorbrachte, waren jene des früheren Rivalen: organisatorisches Chaos, Beamtendienstrecht, Lehrergewerkschaft, Kosten.

Franz Bummerl wischte dies alles weg. »Das erledigen wir beide, der politische Wille vorausgesetzt, uno acto[27]. So wenig Vertrauen haben Sie in mich?« Er musste nachsetzen: »Das alles bekommen Sie in wenigen Wochen. Die Sozialdemokratie wird Ihnen zu Füßen liegen. Man wird von Frau Dollinger, der Architektin der Chancengleichheit, sprechen.«

»Und was hat die Vaterlandspartei, was haben Sie davon?« Dollingers Gehirn war jetzt wieder in den Betriebsmodus zurückgekehrt. »Wo liegt da der Hund begraben?«

»Ganz einfach, Frau Vorsitzende«, erwiderte ein aufgeräumter Kanzler. »Sie müssen mir nur in einem einzigen Punkt entgegenkommen, mir einen Wunsch erfüllen, der kaum was kostet und die Gesamtschule nicht in Frage stellt, ja sogar aufwertet.«

»Und der wäre?«

»Latein für alle!«

»Wie bitte?«

»Ja, Latein für alle 10- bis 14-Jährigen. Wir wollen doch für alle Kinder aus allen Schichten eine gesunde Basis legen. Und wir nivellieren nicht nach unten, sondern nach oben.

---

27 In einem einzigen Akt; in einem Aufwaschen

Wenn wir zwei Systeme, Gymnasien und Mittelschulen, zusammenlegen, muss doch in Summe etwas Besseres herauskommen, als es jeder Schultyp vorher war. Wäre es sonst eine Reform?«

Dollinger ging darauf nicht ein. »Und was ist mit der Zwei-Drittel-Mehrheit im Parlament?«

»Keine Sorge, Frau Vizekanzlerin, mit den Grünen, Ihrem Ökoableger ...«

»Also ich darf doch wohl sehr bitten«, fuhr die SPÖ-Chefin dazwischen.

»Also mit der Grünen Partei habe ich sub rosa[28] bereits gesprochen.«

»Was hat meine Eselin Rosa jetzt damit zu tun«, unterbrach eine irritierte Dollinger den Kanzler.

»Sub rosa ist Latein, Frau Vizekanzlerin. Bei Römern und Griechen war die Rose ein Symbol der Verschwiegenheit. Sind Ihnen schon mal die geschnitzten Rosen an Beichtstühlen aufgefallen, wo man dem Priester ›unter der Rose‹, vertraulich, beichtet?«

»Ja, es reicht jetzt«, sagte barsch die Zurechtgewiesene.

Man erhob sich.

»Amicitia«, sagte Franz Bummerl zum Abschied.

»Wie meinen?«

»Freundschaft.«

»Ach so, ja, auch.«

---

28 Unter der Rose. Unter dem Siegel der Verschwiegenheit

»Was heute hier abläuft, ist an Dummheit und Hilflosigkeit nicht zu überbieten, meine Damen und Herren! Eine Regierung hechelt einem Bundeskanzler hinterher, der sein Privathobby Latein allen Ernstes jedem österreichischen Kleinkind injinzieren, äh injekzieren – Sie verstehen schon – will.«

»Zwingen Sie mich nicht, Ihren Namen ins Lateinische zu übersetzen!«, rief Franz Bummerl dem AFÖ-Obmann Hubert Gaggl am Rednerpult zu.

Die Parlamentsdebatte über die Bildungsreform mit anschließender Abstimmung am Mittwoch, dem 20. Mai 2026, hatte gerade begonnen, und der Oppositionsführer teilte kräftig aus.

»Sie wollen heute mit ihren verschrobenen Ansichten von Schule und Bildung unsere Jugend zwangsweise in die Steinzeit zurückführen! Latein für alle – das Lachen der Hühner ist bis zum Semmering zu hören.«

»Sentina[29], sentina.« Der Kanzler sorgte selbst für die erste Unterbrechung. Doch Gaggl ließ sich nicht irritieren.

»Der Automechaniker, die Kassiererin im Supermarkt, die Friseurin und der Bauarbeiter sollen also künftig erst eine tote Sprache lernen und vier wertvolle Jahre ihres jungen Lebens sich versauen lassen? Sie sind doch verrückt, ich kann dies nicht anders sagen. Diese Regierung und ihr oberster Hampelmann würden in einem anderen Land in die Psychiatrie eingewiesen werden.«

»Cinaede«[30], hatte der Kanzler den Redner mehrmals unterbrochen, der aber den Einwurf mangels Kenntnis übergangen hatte.

---

29 Abschaum, Jauche

30 Weichling, Schwuchtel (römisches Schimpfwort)

»Latein für alle« hatte in den vorausgegangenen Tagen die anderen Punkte der Bildungsreform überlagert und war zur causa prima geworden.

»Ist die Regierung jetzt deppert geworden?«, titelte der eher als seriöse geltende »Standard«. Der Boulevard sprach von »Anschlag auf den Hausverstand« und forderte: »Regierung in die Klapsmühle!«

Sogar »Krone«-Chef Cosmo Valenta musste missmutig in den Chor der Entrüsteten einstimmen: »Alea iacta est: Latein ante portas. Bummerl im Rausch.«

Gegner und Befürworter hatten sich formiert und lieferten einander heftige Gefechte. Shitstorms führten zeitweise zu Beeinträchtigungen im Netz.

Der Kanzler und die Vizekanzlerin hatten in wenigen Tagen die »Gemeinsame Schule der 10- bis 14-Jährigen« auf Schiene gebracht.

»Cogita magne«, war seit jeher Franz Bummerls Devise gewesen, also das amerikanische Mantra der Managementtheorie »Think big«, wenn etwas kompliziert wird.

Die bisherigen Neuen Mittelschulen würden zu Unterstufengymnasien erklärt werden. Räumlich und personell wären damit keine Änderungen verbunden, sieht man davon ab, dass die Lehrer der Mittelschulen die gleiche Bezahlung erhalten würden wie die Kollegen an den Gymnasien.

Und da war dann noch die Sache mit dem Latein. Von der 1. Klasse bis zur 4. Klasse erhielten alle Schüler verpflichtenden Lateinunterricht. Schon diesen Herbst würde die erste Klasse damit beginnen. Die entsprechende »Ausbildung« der Lehrer wäre denkbar einfach. Alle Lehrer der bisherigen Mittelschule sowie ihre Kollegen an den Unterstufen der »alten« Gymnasien, die selbst als Schüler Latein gehabt hätten, würden in einem Schnellkurs bis zum Herbst die Möglichkeit haben, sich für den Start des ersten Schülerjahrganges vorzubereiten.

Auch der Lehrplan des aktuellen Gymnasiums würde ab dann für die neue gemeinsame Schule gelten. Lehrer und Schüler würden durchmischt werden. Bummerls eigene gelbe und die rote Gewerkschaft liefen Sturm dagegen. Auf den Kanzler hatte dies wenig Eindruck gemacht: »Dann brauch ich nur einmal auszurücken«, pflegte er zu sagen.

Die Begutachtungsfrist dauerte gerade mal vier Tage, man hatte aus der Pandemie gelernt. Die eigenen Minister der Vaterlandspartei waren rasch auf Linie gebracht, die Landeshauptleute ließen den neuen »Spinner« in Wien gewähren. Spätestens nach der nächsten Wahl würde dieser Spuk zu Ende und alles wieder anders sein. Man wollte jetzt vor allem eines: Ruhe.

Die Sozialdemokraten schluckten die Kröte »Latein«, zu groß war die Angst, wieder nicht ans Ziel ihrer Träume zu gelangen.

Prof. Dr. Ludwig Beinsteiner, der Klubobmann der Grünen Parlamentsfraktion, selbst einmal Lateinlehrer am Gymnasium in der Rosasgasse in Wien-Meidling, hatte die Abgeordneten seiner Fraktion ebenso hinter sich versammelt wie die Klubobleute von Gelb und Rot.

Die Fraktion der Weintrinker sah die Reform etwas differenzierter. Die Gesamtschule würde man in der geplanten Fassung eher ablehnen, doch mit Latein könne man leben, war doch das Parteimotto »In vino veritas«, wie deren Fraktionschef und Hauptredner Dominique Rebnik betonte.

Die Sozialdemokraten mühten sich, die Diskussion von Latein auf die zentralen Reformpunkte zu lenken, und der Grüne Beinsteiner konnte seine Freude kaum verhehlen.

Zum Schluss sprach der Bundeskanzler.

»Eine Reform ist nur dann eine Reform, wenn sie besser ist als das Vorausgegangene. Sonst hat es keinen Sinn. Und deshalb werden die Neuen Mittelschulen vollumfänglich am

Bildungsgut der bisherigen Unterstufen der Gymnasien teilhaben. Damit wird Chancengleichheit hergestellt. Und auch das Gymnasium soll besser werden. Latein für alle ab der 1. Klasse wird das liefern.«

Und dann orgelte er die Attitüden der europäischsten aller europäischen Sprachen herunter. Die Rede war von Sprachkompetenz, Lesekompetenz, Fremdsprachenverständnis, Fortschritte und Vertiefung der Muttersprache, Wissen um die Antike, den Ursprung der abendländischen Kultur sowie deren Wirken und Fortwirkung im 21. Jahrhundert. Künftig solle jeder Schüler sagen können: »Non scholae, sed vitae disco«,[31] setzte Bummerl nach.

»Lassen S' die Disko aus dem Spiel, oder wird dort auch Lateinisch geredet?«, rief ein erboster Gaggl dazwischen.

»Und wo bleiben die Schülerinnen? Sie reden ja nur von Schülern!«

»Sie sagen auch nicht Bleistiftinnen, sondern Bleistifte, Herr Gaggl! Und hätten Sie Latein gelernt, müssten Sie nicht wie die halbe Nation gendern! Ich verwende das generische Maskulinum, das sich aus dem Lateinischen ableitet. Das ist die geschlechtsneutrale Verwendung einer maskulinen Personenbezeichnung. Student, Mandant oder Rechtsanwalt sind also beides, Herr Gaggl, wenn Sie das verstehen könnten.«

Der Kanzler kehrte zu Latein zurück und zitierte namhafte Persönlichkeiten, unter anderem den österreichischen Physiker und Nobelpreisträger Anton Zeilinger, der schon Jahre zuvor täglich eine Stunde Latein und Griechisch für alle gefordert hatte.

Die Abstimmung brachte mit knapper Mehrheit das gewünschte Ergebnis. Es hatte in den Regierungsfraktionen und bei den Grünen ein paar Stimmenenthaltungen gege-

---

31 Nicht für die Schule, für das Leben lerne ich. (*Seneca. Er sagt allerdings »wir«.)*

ben, die AFÖ, die Alternative für Österreich, war geschlossen dagegen, die Weintrinker gespalten.

Aus den Reihen der Grünen Fraktion war jetzt hemmungsloses Schluchzen zu vernehmen. Deren Fraktionschef Prof. Ludwig Beinsteiner, das Grüne Urgestein, ließ seinen Gefühlen freien Lauf. Heiße Tränen netzten den Rauschebart des akademischen Rübezahls und ehemaligen Lateinlehrers, der jetzt nach vorne eilte und Franz Bummerl umarmte.

»Herr Bundeskanzler, ich darf Franz sagen, Franzi, dass ich das noch erleben darf«, schluchzte er weiter und gab dem Kanzler einen flüchtigen, verschämten Kuss.

»Was sein eine Schiwuchtel, Franz«, fragte Amin, der die Debatte in der Staatskarosse und die Übersetzungsversuche von *cinaedus* in den sozialen Netzwerken mitverfolgt hatte.

»Schwuchtel, Amin, Schwuchtel, heißt das. Ich hab heute schon zu viel geredet, frag doch die Frau Papouschek.«

Und ein sichtlich zufriedener Kanzler ließ sich nach Hause ins »Weinderl« chauffieren. Heute würde er sich wieder mal ein Beuscherl gönnen, vielleicht sogar mit drei Knöderln.

Im Netz tobte der Shitstorm der Gegner. Auf der Suche nach der Bedeutung von »sentina« war man fündig geworden. Gaggl forderte eine Entschuldigung oder den Rücktritt des Kanzlers.

Dr. Bummerl ließ erklären, er sei missverstanden worden. »Schämen S' Eahna«,[32] habe er gesagt, und er blieb dabei.

»Warum brauchen wir so viele Meinungen, wo wir doch meine haben?«, fragte er in Richtung Kritiker und AFÖ.

Das reichte Hubert Gaggl, und er reichte Klage ein. Dr. Giuseppe Fritz, selbst Rechtsanwalt wie der Kanzler, sah wieder Unbill auf seinen Freund Franz Bummerl zukommen.

---

32 Schämen Sie sich! – *Wienerisch*

Fürs Erste arbeitete man aber bei der Verschleppung des Verfahrens mit »Terminüberschneidungen«.

Auf dem Latinistikinstitut der Wiener Universität machten sich derweil Studenten das Vergnügen, »Gaggl« ins Lateinische zu übersetzen. Nun, es gab ja das lateinische Verb »cacare«, das mit »scheißen« und »kacken« zu übersetzen wäre und womit auch die Herkunft des deutschen Lehnwortes »Kacke« geklärt wäre.

Die Verkleinerungsform »Gaggl« wäre dann wohl mit cacula wiederzugeben, wie eine Mehrheit der Nachwuchsphilologen befand. Wenn da unter »cacula« nicht was anderes im Wörterbuch gestanden wäre …

In der Krypta des Petersdoms hielt Papst Joschka I. zusammen mit ungarischen Nonnen einen lateinischen Dankgottesdienst ab.

»Unsere Sophie-Claire soll nächstes Schuljahr mit Ayshe und Muammed zusammen Latein lernen?«, fragt Frau DDr. Dietlinde Wittgenstein im Kaminzimmer ihrer Villa in Salzburg den besorgten Ehemann Hubertus.

»Gibt es da nicht dieses Internat am Genfer See? Wie war doch gleich der Name?«

»Le Rosey, aber das können selbst wir uns nicht leisten, Dietlinde«, wendet Hubertus ein.

»Dann halt häuslicher Unterricht, basta«, schließt Frau DDr. Wittgenstein den familiären Disput.

»Wie alt ist dein Bogdan?«, fragt Körndlbauer Veit Teufelsbrucker im oberösterreichischen Vöcklabruck seinen rumänischen Landarbeiter Ioan Dumitrescu.

»Zehn Jahre, Chef.«

»Uijegerl. Des wird net guat gehn, Bogdan.«

»Was ist los?«

»Da wird er nächstes Jahr Latein lernen müssen. Er kann ja nicht einmal richtig Deutsch!«

»Wo Problema?«, wendet der seit fünf Jahren in Vollzeit auf den Äckern des Großbauern werkende Bogdan.

»Rumänisch wie Latein. Habe in Kirche gehört. Bogdan gut lernen Latein.«

Herr Teufelsbrucker resignierte und dachte sich seinen Teil über die Großkopferten im fernen Wean. »Womit hobmer uns dei Trottln verdient?«

Die Lateinreform hat inzwischen auch schon den zweiten Wiener Gemeindebezirk erreicht, wo man an der Erweiterung des Bildungshorizontes arbeitet. In der Prater Alm geht es heute hoch her.

»Jetzt werden wir nur noch Bahnhof verstehen. Hommer ned schon gnuag Tschuschn do, dei ka Mensch versteht? Und jetzt wollns no Latein reden?«

Der Urwiener Wilhelm Todorovic am Stammtisch ist in Fahrt geraten. Zuspruch erhält er vom 48-jährigen Frühpensionisten Hansi Wurglowitsch: »De Regierung is fürn Oasch. Und der Gaggl schaut zua.«

»Regen S' eahna net so auf«, mischt sich jetzt Wirtin Leopoldine Smekal ein. »Latein gibt's doch jetzt schon überall. Des waaß i vo mei Enggerl.«

»Chefin, du haben eine Engel von Himmel?«, fragt entgeistert Bedienung Stanka, die gerade Gulasch aufträgt.

»Nein, kein Engel, mein Enggerl, mein Julian.«

Stanka versteht nicht. Der Unterschied zwischen »k« und »g«, den die Wiener nicht beherrschen, ist auch ihr fremd. »Schaun S'«, wendet sich die Wirtin mit Volksschulabschluss an den raunzenden Herrn Wurglowitsch: »Unser Prater kommt vom lateinischen *pratum*, das heißt Wiese. Sehn S' draußn a Wiesn? No oisdann! Und panieren kommt z. B. von *panis*, und das heißt auf lateinisch Brot, sagt der Julian.«

Herr Todorovic hält Stanka das leere Brotkörbchen entgegen. »Chamad«, ruft Stanka in die Küche, »ein Penis bitte.«

»Was wollen?«, schallt es zurück.

»Ein Penis bitte, schnell.«

Chamad, der Küchenbursche aus Pakistan, hatte schon länger ein Auge auf die Balkanschönheit geworfen. Aber das ging doch zu weit.

Die österreichische Auslandsschule »Formatio« indes wollte wieder einmal als Erste an der Spitze des Fortschritts fungieren. Man wollte Vorbild sein und ging noch einen Schritt weiter. Aus der bilingualen Privatschule wurde per Lehrerbeschluss beim Mittagessen in der Mensa eine trilinguale Bildungsanstalt.

Latein wurde jetzt schon für die 7-Jährigen in der Volksschule zum Pflichtgegenstand. Das Vokabular wurde der Erfahrungswelt der ABC-Schützen angepasst. Den Gang auf die Toilette erreichten die Dreikäsehoch jetzt mit »Peto tempus«, sie waren sogar in der Lage, dies mit »magnum« oder »parvum« zu spezifizieren. Sie lernten auch schon viele Tiernamen, wie tigris, elephantus, camelus oder vacca – die Kuh.

»Was heißt auf Latein blöd?«, fragt Emely ihre Freundin Anna und zeigt auf die Lehrerin.

Franz Bummerl wird Großvater und liest eine Schwarze Messe

»Franzi, schnell ans Telefon«, ruft Frau Papouschek in das Sanctum Sanctissimum ihrer Gaststätte, den Wohn- und Schlafbereich des Bundeskanzlers, der gerade die ATV-Polizeisendung »Wachzimmer Ottakring« verfolgt.

»Es ist die Laetitia, das Enkerl ist da, und sie redet von einem Allrad.«

»Warum ein Allrad, sie fährt doch gar nicht Auto.«

Franz Bummerl hetzt in den Schankraum des schon geschlossenen Lokals.

»Papa, da Bub ischt do. All's ischt guat ganga. Jetzt hommar an Elred.«

»Was für ein Allrad?«

»Elred, Papa, nicht Allrad, dein Enkel wird Elred heißen.«

Das kann nicht sein, überlegt der Kanzler kurz, fasst sich aber: »Ja, schön, Laetitia, ich freu mich, alles Gute, der Opa wird jetzt feiern. Bis morgen!«

Der Name »Elred« war ihm schon mal untergekommen, vielleicht im Bregenzerwald? Einerlei, vielleicht gäbe es doch noch einen normalen Namen. Die Freude überwog.

»Hilde, haben wir noch den Gelben Muskateller?«

»Prost, Franz, auf deine Enkerln«, sagte die strahlende Wirtin und nahm einen andächtigen Schluck. Der Kanzler leerte das Achterl in einem Zug und hielt es zur erneuten Auffüllung hin. Man war bester Stimmung, und nach dem dritten Glas war auch schon der Rest der Feierrunde beisammen.

»Alles geht heute natürlich auf mich«, trompetete ein schon leicht beschwipster und strahlender Kanzler und schenkte aus der mittlerweile dritten Flasche nach. Tierarzt Dr. Rudolf Hufnagl, Dragica, Wirtin und Hausherrin Hilde Papouschek mit Tochter und Schankaushilfe Susi sowie ihr vormaliger jordanischer Laufbursch Amin – jetzt als Kanzlerchauffeur in Diensten der Republik – ließen ihren Franz und frisch gebackenen Opa hochleben.

Ante Popovic – unbemerkt wie immer vom vorne postierten Doppelstaatsschutz – schien heute Glück zu haben.

Der nur von der Seite und hinten einsehbare Schankraum war hell erleuchtet und der Kanzler inmitten einer ausgelassen feiernden Runde. Seit Monaten war der selbsternannte Enthüllungsjournalist und Nachrichtenjäger Popovic jetzt schon unterwegs, um den Kanzler durch kompromittierende Fotos, Videos oder Ähnliches zu Fall zu bringen. Die Abende hatte dieser stets – für niemanden wahrnehmbar – in seinem geräumigen Hinterstüberl verbracht. Doch heute war offenbar alles anders. Im Schankraum ging es hoch her, es wurde gescherzt und gebechert, Zigarrenrauch vernebelte zeitweise die Sicht.

Dr. Hufnagl hatte den Wurlitzer angeworfen, jene längst aus der Mode gekommenen Musikautomaten in Gaststätten, die gegen Münzeinwurf ein Arsenal von zwei Dutzend Schallplatten abspielen, deren Interpreten meist nicht mehr unter den Lebenden weilen. Zu »Rivers of Babylon« sah Popovic jetzt den Kanzler mit Dragica tänzeln, die eine Flasche Hochprozentiges in der Hand hielt, aus der beide tranken. Popovic wollte seinen Augen nicht trauen, aber was er sah, war real. Er packte sein Equipment aus.

»Franzi, jetzt hast aber wirgli a klans Bummerl bekommen«, krähte die schon etwas gerötete Wirtin, nahm einen Zug von der Zigarre und einen Schluck Baileys, jenes Sahnelikörs aus irischem Whiskey, den Frauen ihrer Generation zu sich nehmen, um schneller voranzukommen.

»Ja«, lachte belustigt der Kanzler, ließ sich von seiner Tanzpartnerin Dragica küssen und schritt zum Klavier. Dort stand jetzt ein frischer Muskateller, und Franz intonierte »Ana hat imma des Bummerl«, worauf die fröhliche Runde aus voller Kehle einstimmte.

Nur Amin hatte Textschwierigkeiten, ein wiederholt moduliertes »Akschka bumschka« half ihm aus der Verlegenheit.

»Elred, Elred«, ging es Bummerl beim Refrain durch den Kopf, »ich fass das nicht.« Aber es gäbe ja auch Lustigeres.

Der Kanzler war jetzt nicht wie berauscht, nein er war berauscht. Unter Johlen und rhythmischem Geklatsche der entfesselten und benebelten Runde hämmerte der Kanzler erst einen Sirtaki ins Klavier. Beim Rock ›n‹ Roll, den er jetzt prestissimo anschlug, geriet das Häufchen vollends aus dem Häuschen.

Zum klopfenden Takt verfingen sich zuckende Leiber, kreischendes und schwofendes Partyvolk huldigte einem in Ekstase geratenen Pianisten. Der Veterinär knutschte und wirbelte das Wirtstöchterlein durch die Luft, Amin und Dragica turtelten wie ein balzendes Vogelpaar.

Die glucksende Hilde schmiss sich von hinten an den wehrlosen Pianisten, und während er vergeblich versuchte ihren Küssen zu entkommen, setzte er mit Vicky Leandros' »Ich hab die Liebe geseh'n« den nächsten Ohrwurm an.

Ante Popovic war entgeistert. Der Kanzler unter Alkoholeinfluss und drei betrunkenen Frauen! Popovic sah sich schon als Aufdecker der Nation, »Ibiza 2« schien gerade in Entstehung begriffen.

Jetzt verschwand Franz Bummerl mit Frau Papouschek in der Küche und war wenig später mit einer seltsamen Gerätschaft zurückgekehrt.

»Der neue Erdenbürger muss jetzt zelebriert werden, und zwar feierlich«, rief der Kanzler.

Auf dem zu einem Hausaltar umgemodelten Tisch stand ein mit Rotwein gefülltes Bierglas, sozusagen als Kelch, darauf als Bedeckung der papierene Bezirks-Müllkalender, der die fehlende Palla ersetzen sollte.

Darauf stülpte Exministrant Dr. Bummerl das Korporale, das dafür vorgesehene Leinentuch, in diesem Fall ein vergilbtes Geschirrtuch. Zwei Kerzen flankierten den Altar, auf einer Bierkiste ruhte das Messbuch, heute das vergilbte Telefonbuch für die Buchstaben L–R. Als Patene, die

Hostienschale, fungierte ein kleiner Kuchenteller, der eine Kaisersemmel aufgenommen hatte. Ein leicht ausgefranster Teddybär von Susis Tochter Cindy lag neben einem Wasserkrug.

Franz Bummerl griff nach einer langen Tischdecke, die ihm wie ein Priestergewand jetzt von der Schulter wippte. Die Kochmütze von Frau Papouschek sollte die Mitra, die Kopfbedeckung eines Bischofs bei feierlichen Zeremonien, imitieren.

Ante Popovic musste die Geräte neu justieren, das Licht war ausgegangen. Der Bundeskanzler wird doch nicht – nein, das war nicht möglich. Von schwarzen Messen hatte er schon gehört, aber das hier? Im flackernden Licht der Kerze konnte er jetzt den Kanzler im Priesterornat erkennen, das belustigte Kirchenvolk hatte in einer Stuhlreihe vor dem Tisch Platz genommen, hinter dem jetzt der Zelebrant begann.

»Cari pii, liebe Gläubige«, der Priester übersetzte für die des Latein unkundige Schar der Gläubigen gleich selbst. »Hodie congregavimus partum infantis Elredi celebrandi causa. Wir sind heute zusammengekommen, um die Geburt eines Kindes mit dem Namen Elred zu feiern.«

Andächtiges Schweigen des Volkes verriet, hier an etwas Großem teilzunehmen.

»Oremus – lasset uns beten«, der Zelebrant setzt fort und murmelt leise das Credo. »… et exspecto resurrectionem mortuorum. Et vitam venturi saeculi. Amen. – Ich erwarte die Auferstehung der Toten. Und das Leben der zukünftigen Welt. Amen.«

Der laut vorgetragene Schluss des Glaubensbekenntnisses versprach der lauschenden Gemeinde eine neue Sequenz in der liturgischen Zeremonie.

Die restlichen Messteile entfielen, und man schritt zur Zusammenfassung von Transsubstantiation, der Verwandlung von Brot und Wein, mit der Kommunion.

Zelebrant Bummerl beginnt mit der Elevation, der Erhebung der Gaben. Eminenz Dr. Bummerl hält mit beiden Händen eine Kaisersemmel in die Höhe, und mit Blick zur Zirbendecke des »Weinderl« spricht er: »Hoc est enim corpus meum. Accipite, et manducate ex hoc omnes.«[33]

Und mit der Aufforderung an die Gläubigen unterschiedlicher Konfessionen »flectite genu«[34], bricht er die Semmel. Die dann im Gänsemarsch zum Altar prozedierende Gemeinde reckt manierlich die Zunge dem Brotstück entgegen, das der bischöfliche Priester jetzt mit Bedacht darauflegt.

Hündin Kaia folgt am Ende des Zuges. Dem aufmerksamen Tierchen war die Abfütterung nicht verborgen geblieben. »Corpus Christi – Leib Christi«, sagt der Hirte auch zu Kaia und legt das größte Stück auf die triefende Zunge des lammfrommen Tieres. Statt des eingeforderten »Amen« gibt es ein Bellen. Mit nassen Fingern greift der Priester zum letzten Stück und verzehrt es.

Dann nahm Hochwürden Bummerl das bis oben mit Wein gefüllte Bierglas, segnete es, hob es gen Himmel und sprach: »Hoc est calix sanguinis mei. Accipite, et bibite omnia.«[35]

Anschließend trank er in großen Zügen, wischte den Rand mit dem bereitliegenden Küchentuch ab und reichte den »Kelch« weiter.

Einzig Amin brauchte etwas länger, er musste kurz Rücksprache mit Allah halten, glaubte aber dann, Dispens vom Alkoholverbot erhalten zu haben. »Oremus – lasset uns beten«, forderte der Priester jetzt auf.

Und als er das »Pater noster« anleierte und mit Gestik die Gläubigen aufforderte, mit ihm das »Vater unser« auf Latei-

---

33 Denn dies ist mein Leib. Nehmet hin und esset alle davon.

34 Beuget die Knie.

35 Das ist der Kelch meines Blutes. Nehmet hin und trinket alles.

nisch zu beten, war ein wirres Sprachengemisch die unvermeidliche Folge. Das »Allahu akbar« des Moslem konzertierte mit dem »Gob Gospodin« aus dem Munde von Dragica und dem weinerlichen »Herrgott, schau obe auf mi« von Frau Papouschek.

Die liturgische Abfolge verlassend, folgte unverzüglich die Taufe.

»Ego, Franciscus Bummerl, servus humilis Domini, te nomine praesumptivo Elredo baptizo in nomine patris et filii et spiritus sancti«,[36] sprach Franz Bummerl und goss einen Schwall Wasser aus dem Krug über das struppige Haupt des Teddybären. Ein Kreuzzeichen auf die Stirn des nassen Plüschtieres beendete die Zeremonie, die mit einem kräftigen Schluck aus den Weingläsern und der Aufforderung des Zelebranten an die versammelte Gemeinde »ad fundum«[37] abgeschlossen wurde.

Ante Popovic war fassungslos. Niemandem würde er das erzählen können. Er würde in der Klapse landen. Aber er verfügte über hochbrisantes Material, das er vergolden würde, sobald der Zeitpunkt günstig dafür wäre.

Und während er sich aus dem Staub macht, rätselt der verwirrte Staatsschutz über den Verbleib des Staatschauffeurs, der auch um 3.00 Uhr noch nicht in die Staatskarosse zurückgekehrt ist. Über Popovic und den österreichischen Staatsschutz wachen auch die USA. Wyat Ross ist müde. Für heute sollte es reichen. Schlau ist er nicht aus dieser Party geworden, die er aus Teleobjektiven mit Nachtsichtfunktion

---

36 Ich, Franz Bummerl, niedriger Diener des Herrn, taufe dich auf den vorläufigen Namen Elred, im Namen des Vaters, des Sohnes und des Heiligen Geistes.

37 Bis auf den Grund; »auf ex« trinken

beobachtet hat. Aber es musste was dran sein, sonst wäre Ante Popovic nicht so lange auf der Lauer gelegen.

Die NSA hielt Popovic für einen kleinen Denunzianten, der für die Profis aus den USA leicht zu überwachen war und sie sozusagen frei Haus auf diverse Fährten führte. Noch war man dem Geheimnis der kaum wahrnehmbaren Kommunikation der Regierung nicht auf die Spur gekommen. Aber hier und heute war in dieser Richtung wohl nichts mehr zu erwarten.

In Washington, im Weißen Haus, füllte sich die neu angelegte Akte »Dr. Bummerl« um den Eintrag »Sex and alcohol«.

Aus dem Wurlitzer erklang jetzt »Don't shut me down«. Der österreichische Staatsschutz wurde langsam nervös, zu lange dauerte diese undurchsichtige Aktion. Man wollte Major Schwindsackl verständigen, doch dieser schlief, das Handy lag im Dienstwagen.

Zu dieser Zeit war man im Schankraum zweifach auf Ramazotti umgestiegen: flüssig mit Zitrone und Eis und akustisch aus dem Wurlitzer. Der Tierarzt war auf dem Sofa auf der schlafenden Susi eingenickt, Amin und Dragica knutschten unter dem »Altar«, und der frischgebackene Opa, Pianist, Neobischof und Bundeskanzler schnarchte auf der Hundedecke, flankiert von Wirtin und wedelndem Hund.

Am folgenden Freitag blieb der Kanzler dem Amtssitz fern, Amin war krankgemeldet. Eine Abordnung der Freiwilligen Feuerwehr aus dem niederösterreichischen Hollabrunn wartete im Kanzleramt auf den Bundeskanzler.

Der niederösterreichische Landeshauptmann hatte den Termin durchgedrückt. Man wollte für den Ankauf der höchsten Drehleiter des Landes nicht nur die anderen Feuerwehren ärgern, sondern auch eine kräftige Subvention aus dem Bundeskanzleramt einstreifen.

Mit dem Ausdruck des größten Bedauerns über den erkrankten Kanzler wurden die wackeren Florianijünger von Dr. Nachbauer zwecks geistiger Erbauung in das nahe gelegene Feuerwehrmuseum, dann in das piekfeine Restaurant des Palais Coburg zum Mittagessen geführt.

Die an Sauschädel und Schlachtplatten gewohnten Gaumen der Feuerwehrmänner hatten ihre liebe Not mit Gänseleber und Trüffelnudeln. Erst als der schon gereichte Champagner durch Zwettler Flaschenbier ersetzt wurde, stieg die Stimmung, und man ließ den Kanzler hochleben.

»Prost, auf den Dr. Bummerl und danke schön für die Drehleiter«, sagte Kommandant Markus Pfeiffer und stieß seine Flasche auf die des sichtlich indignierten Dr. Nachbauer.

»A klasser Bursch, der Kanzler«, wandte sich das schon bediente einfache Mitglied Alois Kasbauer zu seinem Nachbarn und zeigte auf Dr. Nachbauer.

»Aber nein, Loisl, das ist nicht der Kanzler, das ist sein Kabinettschef.«

»Sog i jo.«

Der Nachbar gibt auf. Etwa zur selben Tageszeit wird Franz Bummerl im »Weinderl« langsam wach. Frau Zwerschina, die Büroleiterin, hat Akten ins »Weinderl« bringen lassen.

Dollarregen

Auf dem Friedhof des niederösterreichischen 60-Seelendorfes Kleinzwettl im nördlichsten Waldviertel, in nächster Nähe zur tschechischen Grenze, streichelt am Freitag, dem 18. September 2026, ein Mann zärtlich über die vergilbten Buchstaben eines Grabsteines.

Einem der reichsten Männer der Welt, der beim Bankencrash 2009 zum letzten Mal geweint hatte, stehen Tränen in den Augen.

»Oh my dear great-grandparents«, flüstert er.

Der US-Tycoon und Multi-Milliardär Clyde Redl steht vor der letzten Ruhestätte seiner Vorfahren. Wie ein Gebet kommt ihm die Inschrift *Notburga Redl, geborene Geretsdorfer, † 4. 9. 1955 in Kleinzwettl, und Pankraz Redl, † 7. 3. 1952 in Kleinzwettl,* über die Lippen.

Seine Großeltern und Urgroßeltern hatte er nicht gekannt und sein früh verstorbener Vater Tyler Redl wusste nichts darüber, außer dass sich deren Spuren in den Wirren von Umsiedlungen in der ausgehenden Monarchie verloren hatten. Clyde Redl hatte anderes zu tun gehabt. Mit seinem Mischkonzern aus Öl, Lebensmitteln und Pharmaprodukten hatte er es an die Spitze der Milliardärspyramide geschafft.

Die Suche nach seinen Wurzeln hatte aber mit fortschreitendem Alter mehr und mehr von ihm Besitz ergriffen. War es Zufall, dass heute der 175. Geburtstag seiner Urgroßmutter war, oder hatte da jemand Regie geführt, fragte sich Clyde Redl, als er den kleinen Friedhof mit seinen zwei Dutzend Gräbern verließ.

Richtung Bruchsteinmauer, die den Friedhof umgibt, und vorbei an der mächtigen Wehrkirche, trat jetzt Clyde Redl durch das rostige Eisentor nach draußen.

»Thank you so much, this is a great day in my life«, sagt der merklich bewegte Tycoon und umarmt den Mann vor ihm.

»Thank you, Mr. Chancellor, what you did for me. I will never forget.«

Franz Bummerl stand da, neben ihm Hündin Kaia. Diese gab Clyde Redl die Pfote und leckte die streichelnde Hand. Erneut ergriff ihn eine gewisse Rührung. Clyde musste an seine verblichene Hündin Sally denken. Eine seltsame Prozession näherte sich jetzt dem Friedhof und folgte dem Bundeskanzler und Clyde Redl, die sich wieder dem Eingangstor zuwandten und zurück zum Grab schritten.

Da waren ein in eine Soutane gewandeter Priester mit einem Messdiener, der einen Weihwasserkessel mit sich führte, dahinter in einer leicht verstaubten Uniform Konrad Redl, der letzte noch lebende Feuerwehrmann des Ortes, vier junge Mädchen mit einer Violine und Dr. Oswin Redl, das Familienoberhaupt der Redls.

Prälat Sebastian Kienast begann mit der Rekonsekration, der Wiedereinweihung der in tiefgrünes Moos gehüllten Grabstätte, deren blassgelbe Buchstaben jetzt in der Sonne glitzerten.

»Heute vor genau 175 Jahren wurde Notburga Redl geboren«, begann der Geistliche, und Dr. Bummerl flüsterte Clyde Redl ins Ohr: »One hundert and seventyfive years ago …«

»Domine, benedicas hoc sepultum servorum fidelium tuorum Pancratius et … Requiem aeternam dona eis, et lux perpetua eius luceat.«[38]

»What did he say?«, lispelte Clyde Redl Richtung Bundeskanzler.

»Wer viel hat, soll viel geben. Und das Himmelreich wird auch das seine sein.«

»I see.«

Bummerl vermeinte in der Miene des Tycoons für einen Augenblick den Anflug eines Lächelns bemerkt zu haben. Der Messdiener hielt jetzt Prälat Kienast das Aspersorium hin. Dieser entnahm dem geweihten Wasser das Aspergill und besprengte den Grabstein. Kaia bellte zweimal.

»Let them sleep«, sagte Clyde Redl. Die Mädchen setz-

---

38 Herr, segne dieses Grabmal deiner treuen Diener Pankraz und … gib ihnen die ewige Ruhe, und das ewige Licht leuchte ihnen.

ten ihre Geigen an. Von Tschechien her wehte ein sanfter Wind und wirbelte einen Schwarm gelblicher Blätter auf das Grab und das Gesicht von Clyde Redl, als das Schülerinnen-Quartett Joseph Haydns alte Kaiserhymne anstimmte. Priester und Franz Bummerl summten leise mit. Feuerwehrmann Redl nahm Haltung an und salutierte.

Dem zweitreichsten Amerikaner und hartgesottenen Businessman Clyde Redl kullerten dicke Tränen über die Wangen. Dr. Bummerl trat einen Schritt zurück, das Familienoberhaupt Dr. Oswin Redl, der bis vor wenigen Tagen noch nie von seinem berühmten Verwandten gehört hatte, reichte von hinten diskret zwei Taschentücher.

Der Deal

In der Stube des nahegelegenen Bauernhofs der Großfamilie Redl schenkte man sich und dem neuen Familienmitglied Schnaps ein. Clyde Redl wollte der Wohnstätte seiner Vorfahren einen Blitzbesuch abstatten. Spuren mehrerer Renovierungen waren dem alten Gehöft anzusehen.

Über dem Herrgottswinkel hing ein vergilbtes Hochzeitsfoto seiner Urgroßeltern. Clyde erhob sein inzwischen drittes Glas: »Cheers, my dear family.«

»Zum Wohl«, kam es unisono zurück.

Beim Abgang legte er diskret ein dickes Bündel Dollarscheine auf eine Kommode. Es würde locker für die Renovierung des gesamten Hofes reichen.

Im nahen Gasthaus »Hainz« warteten nicht nur ein Festschmaus, sondern auch die Wirtschaftsministerin samt Entourage und die US-Delegation von Clyde Redl. Wie sinnig, bemerkte dieser beim Anblick des Namensschildes, hatte er doch erst kürzlich den Ketchup-Konzern »Heinz-Kraft« seinem Imperium einverleibt.

Die Vereinigten Staaten blickten auf bewegte Zeiten und unerwartet heftige wirtschaftliche Turbulenzen zurück. Hohe Arbeitslosigkeit und rückläufiger Inlandskonsum waren die Folge. Die wieder an die Macht gekommenen Demokraten versuchten dagegenzuhalten und hatten massive Steuererhöhungen für Großkonzerne durchgedrückt. Donald Trump und seine Republikaner mussten nach dessen Wiederwahl die Schrauben sogar noch ein wenig anziehen, die USA waren faktisch bankrott. Die Steuerbehörden hatten eine Hetzjagd auf die Konzerne gestartet, deren Chefs sich einer beispiellosen Medienschelte ausgesetzt sahen.

Clyde Redl hatte begonnen, sich nach Alternativen umzusehen. Als Emissäre des österreichischen Bundeskanzlers bei ihm vorstellig geworden waren und mit einem noch durchzudrückenden tieferen Steuersatz gelockt hatten, erinnerte er sich der vergeblichen Suche nach seinen österreichischen Wurzeln. Dr. Bummerl handelte schnell, und bei der nächsten Vorsprache der Emissäre in der Konzernzentrale im kalifornischen Pasadena interessierte sich Clyde Redl beinahe mehr für das Waldviertler Dorf Kleinzwettl als für seine geplante Konzernverlagerung nach Europa.

Im Innern des »Hainz« war entlang der heimeligen Natursteinwand aus den berühmten Waldviertler Granitblöcken eine über die volle Länge sich erstreckende Holztafel festlich gedeckt. Zu frischem Wachauer Wein und Waldviertler Most wurden Leberknödelsuppe, Tafelspitz mit Cremespinat, Bratkartoffeln und Apfelkren aufgetragen. Nach der für die Region berühmten Mohntorte, die mit Bergen von Schlagrahm drapiert war, wurde Marillenbrand kredenzt. Clyde Redl spürte den Wein und den herrlichen Digestiv, den der

Kanzler mehrfach nachbestellt hatte. Was er jetzt brauchen würde, war frische Luft.

Der Businessman trat in den heraufdämmernden Abend hinaus. Clyde Redls Blick schweifte zur nahen Wehrkirche und dem hinter der Mauer verborgenen Friedhof. Das Rot der Abendsonne hüllte die Kirche in ein strahlendes Licht. Kaia hatte sich zu ihm gesellt und gab abwechselnd die linke und rechte Pfote. Eine innere Ruhe, die er so nicht kannte, hatte sich seiner bemächtigt, und leise skandierte er »Notburga und Pankraz Redl«.

Franz Bummerl trat neben den in Gedanken versunkenen Tycoon und bot ihm eine Zigarre an. »Franz«, sagte er zum Kanzler und blies bedächtig eine Tabakfumarole in das Astwerk der Linde, »können wir die Headline der Verträge ändern?«

»Was meinst du?«, fragte der Kanzler seinen neuen Duzfreund Clyde.

»Wir streichen das Wort Entwurf und unterschreiben hier und jetzt.«

»Ja natürlich«, sagte der Kanzler.

Man bat die österreichische Wirtschaftsministerin, den Finanzchef des Redl-Konzerns und den im internationalen Vertragsrecht unerreichten Kanzlerfreund und Anwalt Dr. Giuseppe Fritz diskret von der Tafelrunde in die Küche des Wirtshauses, wo im hinteren Bereich ein großer hölzerner Tisch von Tortenstücken freigemacht worden war. Die Begriffe »draft« und »Entwurf« wurden unter Zuhilfenahme des Stils einer Kochkelle säuberlich durchgestrichen, und die Unterschriften läuteten eine neue Ära für die Finanzkraft der Republik Österreich und die private und geschäftliche Zukunft von Clyde Redl, dem Boss von »All For You«, ein.

Ein alter Volvo fuhr durch die frühe Nacht, das Waldviertel verlassend, in Richtung Bundeshauptstadt. Clyde Redl hatte es vorgezogen, sich unerkannt vom Wirt des »Hainz« zu seinem Hotel in der Ringstraße kutschieren zu lassen. Er dachte an den Friedhof, das Haus der Redls, die Hündin, den Tafelspitz und seine Frau Sharisse. Auch ihr würde das Leben in Good Old Europe gefallen.

Dr. Bummerl war an die Tafel zurückgekehrt und verkündete den wartenden Delegationen, dass es keiner Detailverhandlungen mehr bedürfe. Sie würden also »infecta re«[39] nach Hause fahren können. Davon ausgenommen wären aber die gerade aufgetragenen Speck- und Käseköstlichkeiten, die dem jetzt verstärkt einsetzenden Weinkonsum eine gewisse Milderung verleihen sollten.

Medien, Wirtschafts- und Steuerexperten und natürlich die nicht eingeweihte Opposition wunderten sich wenige Tage später über ein von Vaterlandspartei und SPÖ eingebrachtes Gesetz zur Neuregelung der Unternehmensbesteuerung. Diese wurde um 1 % gesenkt, für Unternehmen mit einem Jahresumsatz von mehr als 25 Milliarden sogar um 3 %. »Regierung beschließt Phantomsteuer« titelten Zeitungen, und Wirtschaftsmagazine machten sich lustig: »Regierung besteuert Unternehmen, die es gar nicht gibt.« Rasch fand man heraus, dass das größte börsennotierte Unternehmen knapp 20 Milliarden erwirtschaftete.

Franz Bummerl, der involvierte SPÖ-Finanzminister und Clyde Redl sahen dies anders. Noch in diesem Jahr zu aliquoten Teilen und in den folgenden Jahren würden jährlich 20 Milliarden in das österreichische Bundesbudget einfließen.

Eine »Notburga und Pankraz Redl-Stiftung« mit Sitz in Wien, jährlich mit 200 Millionen ausgestattet, war das kleine Einstandsgeschenk an Franz Bummerl und die Vaterlandspar-

39 Unverrichteter Dinge

tei, deren Organe mit Mitarbeitern und Sympathisanten der Gelben besetzt wurden.

Zum Syndikus war Dr. Fritz, zum Stiftungsvorsitzenden Dr. Oswin Redl bestellt worden. Franz Bummerl konnte zufrieden sein, gegen Jahresende erreichten seine Zustimmungswerte ein Allzeithoch.

Die Politik der Unternehmensbesteuerung war auch in Riad, Peking und in anderen Weltgegenden auf Interesse gestoßen. Ganz nach dem Geschmack des Kanzlers. Er brauchte ja auch noch Tycoons für die anderen Bundesländer, lauerten doch dort Landeshauptleute und Parteifreunde, die jederzeit bereit waren, ihm das sprichwörtliche Messer in den Rücken zu rammen.

»Wia machänd das d'Öschtricher«, machte sich Regula Flückiger, die Schweizer Bundespräsidentin, ernsthafte Sorgen um das eidgenössische Steuerparadies.

Eigenwerbung

Im oberösterreichischen Leonding, der viertgrößten Stadt des Landes, findet an einem Samstag im Oktober 2026 der Landesparteitag der Vaterlandspartei statt. Jene meist im Abstand mehrerer Jahre unvermeidliche Zusammenkunft der Delegierten, um den Parteiobmann, der im Idealfall auch noch Landeshauptmann ist, zu wählen oder wiederzuwählen.

In der Veranstaltungshalle der Firma Rosenbauer, dem weltweit größten Hersteller von Feuerwehrfahrzeugen, haben sich 600 Männer und Frauen eingefunden, um das Hochamt der Wiederwahl ihres Vorsitzenden zu zelebrieren.

Man ist in der Absegnung und dem Abnicken von Anträgen schon weit fortgeschritten. Das Essen ist gerade beim einzig strittigen Punkt, dem Antrag der Parteijugend nach

Offenlegung der Nebeneinkünfte von Mandatsträgern, voll im Gange. Das Geklapper von Tellern und Besteck übertönt die Debattenbeiträge der auf Parteilinie gebürsteten Jungschwänze. Bei den Abstimmungen gehen Löffel, Messer oder Gabeln in die Höhe, abhängig davon, ob man die Knödelsuppe oder die Bratwürstel gerade in Arbeit hat.

Das plötzliche Rundumleuchten von Blaulichtspots signalisiert jetzt einen weiteren Höhepunkt. Auf der überdimensionalen Videoleinwand erscheint die aktuelle Webcam der Bundeszentrale der Vaterlandspartei in Wien, dann die Schalte ins Innere. Beifall in der Halle der Florianijünger brandet auf, als die Kamera jetzt auf Franz Bummerl, den Bundeskanzler und Bundesparteiobmann, zoomt. Er und seine Hündin sitzen auf einem Sofa. Im Hintergrund das oberösterreichische Landeswappen und der Pöstlingberg, der Hausberg der Landeshauptstadt Linz. In der Firmenhalle hat man das Besteck zur Seite gelegt und isst mit den Fingern weiter. Ohren und Augen der schmausenden und schmatzenden Masse richten sich nach vorne.

»Ein herzliches Grüß Gott an euch alle, liebe Freunde im Land ob der Enns«, beginnt der Kanzler seine Videobotschaft und lobt Land und Leute, insbesondere den Parteiobmann, über den grünen Klee. »Es tut mir unendlich leid, nicht selbst bei euch sein zu können, liebe Freunde, aber heute stehen in diesen Stunden wichtige Verhandlungen mit den Sozialpartnern an, wie ihr sicherlich wisst.«

Und nach einer Orgie von Lobhudeleien auf das erfolgreichste Bundesland Österreichs und einem ordentlichen Schuss Ätzkalk auf die Opposition wird der Kanzler sentimental. »Und jetzt will ich euch im schönen Oberösterreich noch ein kleines Geheimnis verraten.«

Franz Bummerl stockt kurz, schaut sich, eventuelle Zuhörer suchend, nach links und rechts im kleinen Aufnahmestudio um und legt dann die Hand auf die putzig in die Kamera blickende Hündin.

»Von allen österreichischen Landeshymnen ist mir die oberösterreichische die liebste. Und warum? Kein anderer Text geht mir so ans Herz.«

Und der Kanzler zitiert feierlich in getragenem Ductus: »Hoamatland, Hoamatland, di han i so gern! Wiar a Kinderl sein Muader, a Hünderl sein Herrn.«

Franz Bummerl streicht dabei Kaia über den Kopf. Und die Hündin leckt ihm die Wangen. Tosender Applaus, begleitet von Hupsignalen von Feuerwehrfahrzeugen, brandet auf, während die Videobotschaft ausgeblendet wird.

Die Delegierten erheben sich und stimmen die Landeshymne an. Sie blicken auf das jetzt eingeblendete Standbild: der Landeshauptmann, daneben der Bundeskanzler und Kaia, die mit treuen Augen auf ihr Herrchen schaut.

»Des Beuscherl und des Hünderl san so vü liab, goi?«, sagt Mathilde Zeitlhofer, Delegierte der Ortsbäuerinnen aus Natternbach, zu ihrer Kollegin aus dem benachbarten St. Aegidi. Die Frauen begeben sich jetzt ins Freie, wo der wiedergewählte Landeshauptmann auf einem offenen Löschfahrzeug mit Blaulicht und Signalton durch die winkenden Delegierten fährt. Neben ihm steht, ebenso behelmt, Ewald Rosenbauer VI., der jetzt in sechster Generation als Erster seiner Dynastie in den Landesparteivorstand der Vaterlandspartei gewählt worden ist.

Kommunikation 2.0

Am Höhepunkt des in Leonding tagenden Parteigewusels und während seiner eigenen Rede dort befindet sich der österreichische Bundeskanzler mitten im Mittagsschlaf, der am Samstag meist noch etwas länger als gewöhnlich ausfällt.

Auch auf mehrfache Nachfrage von Medien wussten die Sozialpartner, allen voran Arbeiter- und Wirtschaftskammer, von keinen Verhandlungen mit der Regierung.

Franz Bummerl hatte es sich zur Gewohnheit gemacht, über Videobotschaften seine physische Anwesenheit bei Parteiveranstaltungen, insbesondere in den Bundesländern, zu substituieren. Auch die bei Politikern verhassten Auftritte bei Events, Ehrungen, Preisverleihungen und Tagungen ersetzte man zusehends durch diesen bequemen und zeitsparenden Modus.

Der Tag hatte nur 24 Stunden, und ein nicht unwesentlicher Teil davon gehörte ja einem selbst, wie der Kanzler nicht müde wurde, sich immer wieder zuzugestehen.

Eine lange Liste an Entschuldigungen und Ausreden stand bereit. Da gab es in der Rubrik »Persönliches« unaufschiebbare familiäre Verpflichtungen, ein Todesfall im erweiterten Familienkreis oder ein kleiner ärztlicher Eingriff.

Unerwarteter Termin in Brüssel, wichtige Verhandlungen in Wien, Krisensitzung in einem anderen Bundesland fungierten unter »Politisches«, und wegen diverser Imponderabilien, rezenten Koinzidenzen oder prohibitiven Kausen konnte der Kanzler leider nicht persönlich anwesend sein.

Bei intelligentem Einsatz von Videobotschaften wäre überdies einiges an Imagegewinn herauszuholen, wie Gundula Siebenhandl, die Generalsekretärin der Partei, und auch Hajo Plötzeneder im Kanzleramt alsbald glaubten zu wissen.

»Ich wünsche der erfolgreichen Ortspartei Unken im schönen Salzburger Pinzgau und meinem langjährigen Freund und Ortsparteiobmann Helfried Wörgötter das Beste und stehe euch allen weiterhin mit Rat und Tat zur Verfügung«, schloss Franz Bummerl seine Videobotschaft, die als Höhepunkt der Jahreshauptversammlung im »Dorfcafé« Unken den sieben erschienenen Mitgliedern gezeigt wird.

Franz Bummerl verhilft Herrn Wörgötter, den er nie gesehen hat, zu neuem Standing im Ort.

»Der Helfried ist mit dem Bundeskanzler per Du«, erzählt man sich beim Friseur und in den Wirtshäusern.

Im burgenländischen und schneearmen Neusiedl am See werden die Seepfadfinder und der Skiklub mit Videobotschaften des Bundeskanzlers beglückt.

Die Diskothek »Nachtschicht« in der Vorarlberger Bodenseegemeinde Hard, in unmittelbarer Nähe zur Schweiz, feiert ihr 20-jähriges Jubiläum. Der beliebte DJ »Dr. Bumser« unterbricht gerade Demi Lovatos »Cool For the Summer« und kündigt dem kochenden Partyauflauf einen Special Guest an.

»Nacht-schicht – Nacht-schicht – gratu-liere – wau, wau, wau«, röhrt es im Rasenmäherstakkato aus der Videoleinwand. Bundeskanzler Franz Bummerl fuchtelt im Rhythmus eines Zweitaktmotors mit einem Mikro vor dem Gesicht und bringt seine Glückwünsche als Rapper an.

»Beuscherl – Bummerl-Beuscherl-Beuscherl-wau-wau-wau«, aus der Südkurve der Disko schallt jetzt der bekannte Song der Gebrüder Moped. Ein gellendes Pfeifkonzert und »Aufhören, Aufhören«-Rufe an die Adresse von »Dr. Bumser« beenden die Videobotschaft.

Das wie immer wegen der niedrigen Preise angereiste Schweizer Jungvolk wundert sich. »Däs soll da öschtrichisch Bundespräsident si?«, sagt der St. Galler Taxifahrer Reto ungläubig zur mitgekommenen Friseurin Vreni.

»Ischt doch an coola Alter, oder? Nüd so steif, wie üsrige z'Bern!«, erwärmt sich die schon leicht zugekiffte Eidgenossin für den drolligen, inzwischen ausgeblendeten Kanzler.

DJ »Dr. Bumser« startet jetzt mit Rihannas »Sex With Me« wieder durch.

Franz Bummerl verbrachte inzwischen einen erheblichen

Teil seiner zuvor schon knapp bemessenen Arbeitszeit mit der Aufnahme von Videobotschaften. Im Parteigebäude und im Bundeskanzleramt arbeiteten jetzt neue Mitarbeiterstäbe an deren Zustandekommen.

Voice-Over-Generatoren ersetzen Begrüßungs- und Verabschiedungsformeln und können die Namen von Personen, Vereinen und Organisationen mit der Stimme des Kanzlers einflechten. So musste Franz Bummerl für den Krippenverein im Zillertal, die Skate Community Melk oder die Interessengemeinschaft Drehorgel in Wien nur einmal vor die Kamera treten. Der Abschiedswunsch »Guten Flug« passte für die Aktionärsversammlung der Austrian Airline ebenso gut wie für den Verband der Brieftaubenzüchter.

Auch Öffentlichkeitsarbeit und Inseratenkampagnen der Regierung wurden auf neue Beine gestellt. Die mit Millionenbeträgen bislang gefütterten Tages- und Wochenzeitungen sahen existenzgefährdenden Zeiten entgegen. Die Regierung war es leid, sich dem Vorwurf der Opposition und Medienexperten ausgesetzt zu sehen, man würde sich mit Inseraten Meinung erkaufen.

Um diesen Verdacht ein für allemal aus der Welt zu schaffen, erschienen jetzt in lokalen Klein- und Kleinstmedien, die man schon im Nachbarort kaum mehr kannte, sogenannte Regierungsinformationen.

In der Stadtgemeindezeitung Mistelbach im niederösterreichischen Weinviertel wunderten sich erstaunte Leser über ein Inserat des Verteidigungsministeriums, in dem ein Koch für die 15-köpfige Heereshundestaffel gesucht wurde.

Auch die Stelle eines Hundeführers wurde darin ausgeschrieben. »Darüber hinaus wird der Hundeführer über 24 Stunden durch Schlafentzug und starke körperliche Belastung auf seine physische und psychische Belastbarkeit überprüft«, liest Lore Schmidl aus dem Abschnitt »Auswahlverfahren für Hundeführer« ihrem Ehemann vor. »Das wär doch was für dich, Emil«, sagt Frau Schmidl, »du feierst ja jeden Freitag durch!«

Leser des steirischen »Grenzlandecho« wurden via Inserat über die österreichische Entwicklungshilfe in Guatemala ins Bild gesetzt. Die unerwarteten Informationen aus höchster Stelle fanden in Teilen der Bevölkerung durchaus Anklang.

»Hätten S' des Inserat nicht schon letztes Jahr schalten können, dann wär uns das erspart geblieben!«, entrüstet sich Dieter Springböck, Vater der schwangeren Maturantin Martina Springböck, und zeigt seiner Frau ein Inserat des Gesundheitsministeriums aus der Maturazeitung. Unter dem entkrampften Titel »Schwangerschaftsverhütung« war da unter anderem zu lesen: »Beim Sex nicht immer gleich ›Ja‹ sagen.«

Mit Mrs. Nigra auf dem Ball der Bälle

»Hilde, ich bräuchte noch einen Beifahrer«, rief Franz Bummerl und zeigte auf seine halb volle Kaffeetasse. Frau Papouschek brachte einen doppelten Cognac, den der Kanzler in den Kaffee beförderte. Er war früher als gewöhnlich ins »Weinderl« zurückgekehrt.

Heute, am Faschingsdonnerstag, dem 4. Februar 2027, findet der Opernball statt. Im Stüberl hatte Dragica, Schankhilfe und Teilzeitmitarbeiterin des Kanzleramtes für »besondere Dienste«, die Garderobe aufgefädelt: Frack, gestärktes Hemd, weiße Fliege, Lackschuhe und die rote Schärpe der Republik. Er mochte keine Bälle. Ciceros »Nemo saltat sobrius nisi insanit«[40] war da seine Devise.

Es würde ein kurzer Besuch werden. Sein Medienmann

40 Niemand tanzt nüchtern, es sei denn, er ist von Sinnen.

Plötzeneder hatte das obligate ORF-Interview schon vor den eigentlichen Beginn um 22.00 Uhr durchgedrückt, und nach der Eröffnung würde der Kanzler in seine Staatsloge verschwinden, um dann während der Künstlerdarbietungen und dem Debütanten-Defilé über einen Seitenausgang den Ball verlassen.

»Hilde, noch einen Veltliner«, sagte Franz Bummerl. Eine Stunde später wurde er von Amin in die Staatsoper kutschiert.

»Herr Bundeskanzler, darf ich Ihnen die Regierungschefin von Namibia vorstellen? Sie möchte auch vorher interviewt werden. Ihre Tochter ist nämlich Debütantin am Ball«, sagte die ORF-Moderatorin zu Dr. Bummerl.

Neben ihm stand eine großgewachsene, schlanke Schwarzafrikanerin in den besten Jahren. Ihre Kurven waren in ein weißes, tief ausgeschnittenes Ballkleid gehüllt. Aus einem hübschen, nahezu aristokratischen Gesicht mit großen Augen und vollen Lippen blitzten schneeweiße Zähne. Ihr volles Haar war zu einem kunstvollen Zopf verwoben, dezenter Silberschmuck an Armen und um den Hals verlieh ihr einen gewissen Glamour.

»Oh Mister Chancellor, nice to meet you«, hauchte Abiona Kamati und reckte Bummerl die beringte Hand zum Handkuss hin. Ihr Duft war betörend und verfehlte nicht seine Wirkung. Franz Bummerl fasste ihre Hand und blickte in ihre Augen.

»Was für ein Weib«, dachte er bei sich. Er musste sich fassen, und Komplimente wanderten von drüben nach hüben und zurück.

Den Namen Kamati hatte er schon mal gehört, aber mit der Einladungs- und Besetzungsliste der Staatsgäste war er wenig vertraut.

»You are so nice, Mr. Chancellor«, sagte sie mit kehliger Stimme, umarmte ihn flüchtig, und ein ebensolcher Kuss erreichte zusammen mit einer Parfumwolke das Gesicht des baffen Kanzlers. Doch da war schon die Moderatorin.

»Wie hat für Sie Ihr erster Opernball begonnen, Herr Bundeskanzler?«

»Ganz nett«, sagte ein erkennbar irritierter Bummerl und blickte an der Moderatorin vorbei auf die Schönheit aus dem Schwarzen Kontinent. Als er den Interviewplatz verließ und zur Eröffnung geleitet wurde, hatte die Moderatorin schon Abiona Kamati in Beschlag genommen, die dem entschwindenden Kanzler nachwinkte.

In der Loge der Bundespräsidentin hatte man für den Eröffnungsakt Aufstellung genommen. Und während Franz Bummerl zwischen Präsidentin Panzenböck und Vizekanzlerin Dollinger die Bundeshymne mitsang, erhaschte sein Blick die Loge der namibischen Präsidentin. Sie lächelte herüber und erhob kurz die Hand zu einem Winken. Der Kanzler lächelte zurück.

»Das ist aber sehr aufmerksam von Ihnen«, sagte das Ehepaar Dollinger in der Loge der SPÖ-Vizekanzlerin zu seinen Gästen. Die Bildungsministerin aus Dänemark und ihr Gemahl hatten zwei kleine Esel aus Schokolade mitgebracht.

»Wie heißen denn Ihre Esel?«

Diese Frage hätte auch der Kanzler beantworten können, der indes in die Kanzlerloge geschubst wurde. Dort wartete neben dem Präsidenten des Samariterbundes und der Obfrau der Tierrettung das wohlgenährte Kärntner Unternehmerpaar Kriemhild und Ruppert Globassnig, das vom Kanzleramt eingeladen worden war.

»Grüß Gott, Herr Bundeskanzler«, sagte Herr Globassnig, und seine Frau überreichte eine mit goldener Kordel geschnürte Familienpackung Globassnig-Speck-Chips.

Dr. Bummerl überspielte seine Überraschung. Das war also

das Vorzeigeunternehmen, welches sein Kabinett für diesen Abend ausgesucht hatte. Er hatte die Devise ausgegeben, einen Technologiekonzern, vielleicht einen Chip-Hersteller, einzuladen. »Wir waren ganz überrascht und fühlten uns geehrt, als die Einladung kam«, säuselte eine merklich bewegte Frau Globassnig.

»Aber bitte, nehmen Sie Platz. Uns in Wien ist nicht verborgen geblieben, was für tüchtige Unternehmen es an Drau und Wörthersee gibt«, hatte sich der Kanzler wieder gefasst. »Darauf wollen wir anstoßen!« Seine Mitarbeiter würden etwas zu hören bekommen.

Italienische Arien waren jetzt zu vernehmen. Der künstlerische Teil des Abends hatte begonnen. Dr. Bummerl verlegte sich aufs Sehen. Seine Blicke wanderten zur Loge von Namibia. Lächelnd wurden diese erwidert. Der Klinker am Hals der Regierungschefin funkelte aus dem Dunkel. Was für eine Frau, und auch nicht arm, versuchte sich Bummerl vorzustellen. Eine eigene Loge, bestückt mit mehreren Frauen, augenscheinlich aus ihrer Heimat, das kostete keinen Pappenstiel.

Der Kanzler widmete sich dem Muskateller. Auf dem Parkett waren die Debütantenpaare eingeschwebt. Als eine bildhübsche Afrikanerin mit ihrem Tiroler Bundesheerrekruten unter der namibischen Loge vorbeiquadrillierte, warf Abiona Kamati ihrer Tochter einen Blumenstrauß und eine Kusshand zu. Letztere warf die ergriffene Regierungschefin jetzt auch dem Kanzler zu. »Wirklich schade«, sagte sich der Kanzler und bedauerte, dass er diese Frau wohl nie mehr wiedersehen würde. Das Protokoll hatte dies nicht vorgesehen.

Zur Aufforderung »Alles Walzer« verließ er die Loge, und über einen Zwischenstopp in den Toiletten wollte er über den Seitenausgang den Ball verlassen. »Wichtige Staatsgeschäfte morgen«, raunte er den Logengästen zu. Man hatte Verständnis.

»Mr. Chancellor –«, Bummerl hatte die Toilette verlassen und drehte um. Sie war es, leibhaftig.

»Would you be so kind as to dance with me?«

»Nothing better than that«, stammelte der Kanzler, und die afrikanische Perle hakte in den angebotenen Arm ein. Natürlich würde er tanzen, und wie, auch wenn er es nicht mehr gut konnte.

Während er mit Frau Kamati durch die wogende Tanzmasse drehte und ihr betörendes Parfum einsog, durchbrachen Fotografen den das Paar abschirmenden Kranz der Personenschützer. Kaskaden von Blitzen fluteten die Tanzenden. Da passierte es: Der linke Spaghettiträger der Präsidentin, der wie sein rechter Begleiter nicht nur eine ansehnliche, sondern auch eine schwere Last zu halten hatte, riss und gab die linke Brust frei.

Franz Bummerl bemerkte es noch Sekundenbruchteile vor der Frau, und seine Hand griff instinktiv an ihren blanken Busen. Abiona stieß einen Schrei aus, und im ersten Schrecken legte sie ihre Hand auf die des Kanzlers. Dr. Bummerl riss sich die rote Schärpe vom Leib, und gemeinsam umhüllten sie in Windeseile den Oberkörper der Tänzerin, die jetzt in ihre Loge floh. Gentleman Dr. Bummerl hinterher. Die Kameras schwenkten diskret weg.

In der Präsidentinnenloge wurde ein Paravent aufgefahren, um Blicke abzuwenden. Das corpus delicti, der Spaghettiträger, erhielt ein Tape, und die restliche afrikanische Logenbesetzung wurde rausgekegelt. Franz Bummerl tröstete die wimmernde Frau, er nahm ihre Hand, und die Präsidentin rutschte in seine Arme.

»Thank you, Mr. Chancellor, thank you. I apologize for this mishap«, hauchte sie.

»No, I have to apologize, I compromised you. I touched your breasts. Please call me Franz, Abiona.«

»Not the breasts, just the half«, lächelte sie und gab ihm einen Kuss. Zur Stärkung wurden Sacherwürsteln und eine Flasche Wein aufgetragen. Kauend sahen sie einander in die Augen.

»Let's go, Franz«, sagte sie bestimmt.

Eine Viertelstunde später fuhr erst der Audi der namibischen Botschaft in die Tiefgarage eines Hotels an der Wiener Ringstraße, wenig später Amin mit der Republikskarosse.

Im abgedimmten Teil der Hotelbar trank ein turtelndes und rauchendes Pärchen Caipirinhas. Die Frau legte ein paar südafrikanische Rand auf die Theke, der Mann legte einen 100-Euro-Schein drauf. Dann fuhr der Lift mit einer schnurrenden Katze und einem balzenden Hahn in die Präsidentinnensuite.

»Ama et fac quod vis«,[41] machte sich Dr. Bummerl etwas Mut.

»Oh yeah, stupid, we will fuck.«

Nachwehen und eine Ohrenbeichte

Am folgenden Freitag hatte Bummerls Medienmann Hajo Plötzeneder keinen leichten Stand. Der gerissene Spaghettiträger der namibischen Regierungschefin und die den blanken Busen bedeckende Hand des Kanzlers waren *das* Ereignis eines an Höhepunkten armen Opernballs. Die Bilder gingen um die Welt, und entsprechende Kommentierung fehlte nicht.

»Tollpatschiger Kanzler fummelt an Busen«, formulierte

41 Liebe und tu, was du willst. – *Augustinus*

ein der Regierung nicht sonderlich gewogenes Blatt. »Bummerl ein Casanova?«, fragte ein anderes Boulevardblatt und die »Krone« titelte: »Hat sich unser Kanzler da etwa vergriffen?«

Die deutsche »Klappe«-Zeitung wollte besonders witzig sein: »Hatte das Beuscherl gar ein Räuscherl?« und zeigte nicht nur in einer Nahaufnahme Bummerls Hand auf dem bloßen Busen, sondern auch in einer Montage ein paar Weinflaschen.

Im Netz war die Hölle los. Während sich die einen lustig machten und an höhnischen und sexistischen Kommentaren sich zu überbieten suchten, war die feministische Community aus dem Häuschen und verlangte den sofortigen Rücktritt des Sexkanzlers.

Aus dem Kanzleramt gab es dazu nur einsilbige Statements, und der Kanzler wollte sich dazu nicht äußern. Das war auch nicht möglich. Denn Dr. Franz Bummerl schlief indes den Schlaf des Gerechten, nachdem er gegen 6.00 Uhr früh nach Hause gebracht worden war. Frau Papouschek wirkte ob des süßlichen Parfumduftes in ihrem »Weinderl« einigermaßen verstört.

Am zwei Tage später aufziehenden Samstag wurde Pater Stanislaw Jankowski aus dem Sekundenschlaf gerissen. Die Tür des in Dunkel gehüllten Beichtstuhls im Stephansdom wurde geöffnet, und durch die Lichtstrahlen konnte er die Gestalt eines Mannes wahrnehmen. »Laudetur Iesus Christus«,[42] sagte der Mann.

»In aeternum. Amen«,[43] antwortete der Geistliche.

Zwischen friesischsprachiger und chinesischsprachiger Abteilung gibt es samstags im Stephansdom auch einen

42 Gelobt sei Jesus Christus.

43 In Ewigkeit. Amen.

Geistlichen, der die Ohrenbeichte in Latein abnimmt. Pater Stanislaw Jankowski ist dafür zuständig. Er kannte den Mann, der da in unregelmäßigen Abständen erschien. Lässliche Sünden wie Unfreundlichkeiten zu Mitarbeitern oder nicht ganz wahrheitsgemäße Statements in der Öffentlichkeit zählten zu seinem Sündenregister.

Doch diesmal begann Dr. Bummerl anders:

»Pater, peccavi.«[44]

»Peccavi«, wiederholte er jetzt etwas lauter, »contra sextum«[45]. »Du meine Gite«, entkam es dem Beichtvater, der seinen polnischen Akzent nicht verbergen konnte, auf Deutsch.

»Quid fecisti, frater?«[46]

»Stuprum feci, cum femina, cum femina nigra«,[47] gab Franz Bummerl zurück und war froh, dass er die Details in Latein nicht so genau sagen konnte.

Er schilderte kurz den Abend des Opernballs, die Schönheit aus Afrika und den Augenblick, als der Spaghettiträger riss.

»Subito sinum nudum eius in manu mea habui.«[48]

»Magnumne erat?«[49]

»Ich darf doch wohl sehr bitten«, entfuhr es dem Kanzler, diesmal auch auf Deutsch.

»Permagnum, pater«,[50] führte er aus und suchte nach weiteren Entschuldigungen für die Handlungen im weiteren

---

44 Vater, ich habe gesündigt.

45 Gegen das sechste Gebot.

46 Was hast du gemacht, Bruder?

47 Ich habe Unzüchtiges getrieben, mit einer Frau, einer schwarzen Frau.

48 Plötzlich hatte ich ihren nackten Busen in meiner Hand.

49 War er groß?

50 Sehr groß, Vater.

Verlauf des Abends. Pater Jankowski kannte natürlich das Hoppala aus den Medien, nicht aber was er jetzt zu hören bekam:

»Ebrius fui; femina me in temptationem induxit«,[51] war Bummerls wiederkehrende Antwort auf Jankowskis detailheischende Fragen. »Paenitet te peccatorum tuorum?«,[52] wollte der Priester schließlich wissen.

»Paenitet«,[53] antwortete der Kanzler und dachte fest bei sich, »non omnium«[54].

Pater Jankowski erteilte jetzt die Absolution: »Absolvo te peccatis tuis … Amen«[55] und gab die Buße bekannt: »Ora decem *Pater Noster* et abstine te quattuor septimanas a Beuscherl!«[56]

Budgetfreund aus China

Aus dem Grauen Salon im Mitteltrakt der Kaiservilla im oberösterreichischen Bad Ischl eröffnet sich über den angegliederten Balkon ein zauberhafter Ausblick in den im englischen Stil angelegten Park. Jetzt, an einem lauen Abend verströmen die in Ziergefäßen aufgerichteten Lorbeerbäumchen und die kugelförmigen Zwergzypressen einen angenehmen Duft, der sich mit dem lauen Lüftchen von den mit Blumen behangenen Wiesenbeeten und den Eichen, Schwarzpappeln und Ahornbäumen vermengt und in den

51 Ich war betrunken. Die Frau hat mich in Versuchung geführt.

52 Bereust du deine Sünden?

53 Ich bereue.

54 Nicht alle.

55 Ich spreche dich frei von den Sünden …

56 Bete 10 Vater unser und enthalte dich vier Wochen des Beuscherls!

Salon gelangt. Hier im Prunksaal, dem größten Raum der Kaiservilla, wo Kaiser Franz Joseph während seiner Sommerferien mit den Ministern konferierte, sitzt kein Geringerer als der chinesische Staatspräsident Zhao Wang-Wang, der von den Salzburger Osterfestspielen einen kurzen privaten Abstecher ins Oberösterreichische gemacht hat. Ihm gegenüber sitzt der österreichische Bundeskanzler Dr. Franz Bummerl. Eine Dolmetscherin aus dem Reich der Mitte ist einzige Zeugin dieses Gesprächs, um das der ausländische Gast gebeten hatte.

»Kaisel Flanz«, sagt Zhao Wang-Wang und zeigt auf ein Wandbild, aus dem seine Majestät, Franz Joseph I., stehend in Dragoner-Uniform, auf seine Gäste herabschaut.

»Ja«, sagt Franz Bummerl, »hier hat er sich mehr als 60 Jahre im Sommer von den Regierungsgeschäften erholt.«

Es wird Jasmintee und kolumbianischer Arabica Kaffee serviert, auf einem Silbertablett liegen Zauner-Kipferln, Kaisertörtchen und Erdbeerrouladen von der nahe gelegenen weltberühmten Bad Ischler Konditorei Zauner.

»Herr Bundeskanzler«, begann der Regent über das größte Volk der Welt, »ich möchte mich bei Ihnen tausendfach bedanken. Sie haben meiner Tochter Jinjin ihr Leben zurückgegeben. Das heißt, nicht Sie persönlich, aber die Frau und der Therapeut, die Sie uns empfohlen haben.«

»Ist sie denn noch hier?«

»Nein. Sie ist jetzt wieder zu Hause, in der Nähe von Peking. Es hat den Anschein, dass sie vollständig geheilt ist. Die Köchin von der Ischler Katrinalm ist mitgekommen und zeigt unseren Köchen die Zubereitung der Speisen, durch die sie geheilt wurde. Und der Therapeut Dr. Stollberger ist auch noch bei uns. Er kann bald nach Österreich zurückkehren. Jinjin ist glücklich und wird bald heiraten. Chinesische Medizin ist weltberühmt, aber diese Therapie war die einzig richtige, Herr Dr. Bummerl.«

Die Präsidententochter hatte jahrelang unter nicht zu diagnostizierenden psychosomatischen Störungen gelitten. Magersucht und Depressionen waren die Folge. Die Ärzte waren machtlos. Insbesondere die heimische Kost konnte Jinjin nicht mehr vertragen. Franz Bummerl, der gerade dabei war, sich für China als Investor zu interessieren, hatte über Diplomaten von der Malaise in der Präsidentenfamilie erfahren.

Marlies Brandstetter, die Hüttenwirtin der Katrinhütte oberhalb von Bad Ischl, und der junge Kurarzt Dr. Stollberger vom Salzkammergut Klinikum Bad Ischl wurden Zhao Wang-Wang von Dr. Bummerl persönlich empfohlen. Es wäre auf jeden Fall ein Versuch wert.

»Was sollen wir denn mit der Frau machen?«, fragten die beiden den Bundeskanzler, kurz bevor Frau Jinjin in Österreich eintraf.

»Wandern Sie mit ihr täglich ein paar Stunden, und lassen Sie die Frau die ganze Speisekarte ihrer Alm rauf und runter essen«, gab der Kanzler der staunenden Wirtin mit auf den Weg.

»Und Sie, Herr Dr. Stollberger, schauen dazu, dass die Chinesin mehrmals am Tag ihre Solebäder bekommt. Und gehen Sie mit ihr spazieren, fahren Sie mit ihr im Salzkammergut herum und besuchen Sie möglichst viele Kurkonzerte.«

»Ist das alles?«, fragte der Mediziner.

»Ja, das ist alles. Mehr nicht. Außer dass diese Kur drei Monate dauert«, entgegnete der Kanzler und zitierte wieder einmal: »Medicus curat, natura sanat«[57] und »Natura non facit saltus«[58]. Es könnte also dauern.

Das schmächtige und sensible Fräulein aus dem fernen Osten

57 Der Arzt behandelt, die Natur heilt.

58 Die Natur macht keine Sprünge. – *Carl von Linné*

tat wie ihr von Frau Brandstetter und Dr. Stollberger geheißen. Abends fiel sie, hoch oben auf der Katrinalm, in tiefen, erquickenden Schlummer und träumte vom Kaiserschmarren, den sie schon zum Frühstück vertilgen wollte. Statt Reis, Tofu und Sojabohnen, Speisen, die sie immer weniger behalten hatte können, verschlang sie jetzt, vom Wandern und Flanieren hungrig, Kaspressknödeln, Sauerkraut, Schweinsbraten, Kasspatz'n, Leberknödelsuppe, Kalbsschnitzel sowie die hausgemachten Kuchen und Torten von Frau Brandstetter. Die »Fressdiät« schlug bei der Chinesin ebenso an wie die »Freizeittherapie« von Dr. Stollberger. Ärzte und Vater im heimatlichen China waren ebenso verblüfft wie die Patientin selbst.

»Sie will jetzt, wie der Kaiser, jeden Sommer mit der Familie in Bad Ischl verbringen«, sagte der Präsident zu Franz Bummerl.

»Die Volksrepublik China und ich wollen uns auch bei Ihnen und der Republik und dem Land Oberösterreich revanchieren.«

»Ja, vielleicht können Sie …«

Der Kanzler wurde unterbrochen:

»Herr Bundeskanzler, erlauben Sie mir zu sagen: Ich weiß, was Sie wünschen«, sagte der Staatspräsident freundlich, aber bestimmt.

Was immer jetzt kommen würde, sagte sich Bummerl, er würde keinen Einspruch erheben. Der chinesischen Staatsführung war nicht entgangen, wie sich der Finanzplatz und das Honeymoon-Land Österreich für Investoren entwickelt hatte. Spätestens seit dem Engagement des US-Tycoons Clyde Redl und seiner Zuwendungen über eine Stiftung hatte man die kleine, aber feine Alpenrepublik und ihren cleveren Kanzler auf dem Radar. Man wusste Bescheid, und man war nicht überrascht, dass andere inzwischen dem Beispiel Clyde Redls gefolgt waren. Auch

Milliardenabflüsse von Schweizer Banken nach Österreich hatte man genau registriert.

»Die Volksrepublik China wird ihr finanzielles Engagement in ihrem Land neu ausrichten. Und keine Angst, wir planen keine Übernahmen von Unternehmen, sondern lediglich Beteiligungen unter der 50-%-Marke. Die Verlagerung von Firmensitzen nach Österreich wird Ihnen hohe Steuerbeträge einbringen, und der Bankensektor wird sich über Veranlagungen freuen. Für den Anfang 200 Milliarden, Herr Bundeskanzler, oder ist das zu wenig?«

»Nein, nein, damit können wir leben«, sagte Franz Bummerl ungeniert.

»Eine Stiftung wollen wir natürlich auch in Oberösterreich ins Leben rufen, und dazu bitte beste Grüße an den Herrn Landeshauptmann«, schloss Zhao Wang-Wang.

Aus einem Nebensalon erklang jetzt das Allegretto von Mozarts Quintett für Klarinette und Streicher in A-Dur. Fünf Mitglieder des Orchesters des Salzburger Mozarteums hatten auf ein Zeichen, das Franz Bummerl der eingeweihten Servierkraft gegeben hatte, mit ihrem Spiel begonnen. Zhao Wang-Wang schloss die Augen und summte leise mit. Mozart war einer seiner bevorzugten Komponisten. Für seine geliebte Enkelin aber war es der Komponist, dem sich die junge Violinistin mit Haut und Haaren verschrieben hatte. Sie war auch einer der Gründe, warum ihr Großvater die Salzburger Osterfestspiele mit einem Kurzbesuch beehrt hatte. Mailin Wang-Wang hatte es geschafft, ohne Protektion bzw. fast ohne Hilfe von außen in das Mozarteum-Orchester aufgenommen zu werden. Sie sah ihren Lebenstraum erfüllt und lebte seit kurzer Zeit in der Geburtsstadt ihres Idols.

Ein bisschen viel Österreich, dachte kurz der zweitmächtigste Mann der Welt, aber was soll's. Mit diesem Zwerg von Kanzler würde man später leichtes Spiel haben. Und der Tee und die Kipferln waren wirklich gut.

»Bevor ich es vergesse, Herr Bundeskanzler«, sagte Zhao Wang-Wang und stand auf: »Was in Oberösterreich gilt, möchte ich auch jetzt in Salzburg haben. Sie wissen ja, meine Enkelin, oder?«

»Ja, ich weiß«, sagte der Kanzler.

Das Allegretto endete, und der Präsident fragte im Weggehen: »Soll ich den Landeshauptmann von Ihnen grüßen? Ich treffe ihn morgen im Festspielhaus. Das mit der Stiftung erfahren Sie dann von ihr.«

Zhao Wang-Wang machte kurz Halt, verbeugte sich vor dem Wandgemälde des Kaisers und lächelte. Auch Franz Bummerl lächelte, aber mehr im Innern. »Bene fecisti, Francisce! Pecunia veniet!«[59]

Im Land ob der Enns, wie das bevölkerungsreiche Oberösterreich auch bezeichnet wird, erzielt die Gastronomie seit mehreren Wochen einen unerwarteten Umsatzrekord.

»Fräulein, viermal die Pekingente und zwei Flaschen Blauer Portugieser, keinen Tee!«

Im Chinarestaurant »Hu Bin« in Freistadt, mit seinen 7.000 Einwohnern eine richtige Metropole im Mühlviertel, bestellt Kurt Affenzeller für sich und seine drei Arbeitskollegen. »I' hob den gelben Gutschein, claro?«

Dieselben Gutscheine werden auch in bodenständigeren Gaststätten eingetauscht.

»Bitte schön, dreimal Mostbraten mit Kraut und Knödel. Getränke kummen gleich«, die Wirtin im Paschinger Hof im gleichnamigen Vorort der Landeshauptstadt Linz trägt

59 Das hast du gut gemacht, Franz! Der Rubel wird rollen. (Eigentlich: Das Geld wird kommen.)

auf. Empfänger ist das Ehepaar Leichtfried, das noch die Wohnungsnachbarin mitgebracht hat.

Auch hier bezahlt man nicht cash. Herr Leichtfried überreicht der Wirtin einen gelben Gutschein. »Speisen und Getränke im Wert von Euro 50,-«, ist auf der Vorderseite zu lesen. Im linken unteren Feld prangen Logo und Schriftzug der »CHINUPA«. Das ist die von einer freundlichen Firma eingerichtete Stiftung »China and Upper-Austria« mit Sitz in Linz und Shanghai.

Wie versprochen, hatte Staatspräsident Zhao Wang-Wang oberösterreichischen Banken erhebliche Beträge als Investments zukommen lassen und auch sonst einiges im Lande investiert.

Die zusätzliche Stiftung »CHINUPA« wurde mit 100 Millionen Startkapital ausgestattet. Mitglieder der Gelben oberösterreichischen Vaterlandspartei erhielten von der Stiftung Restaurant-Gutscheine im Wert von 300 Euro zugesandt. Wer der Partei neu beitrat, erhielt einen Gutschein in Höhe von 400 Euro.

Die Mitgliederzahlen wuchsen rasch. Man meldete auch die Oma und den schon verblichenen Onkel an.

»Wegen de Schlitzaugen brauchst de net so aufregen«, sagte Pepi Niedermaier zu seiner aufmüpfigen Tochter Yvonne. Die Gymnasiastin am Linzer Kollegium Aloisianum protestierte wöchentlich mit ihren Kolleginnen und Kollegen gegen den chinesischen Imperialismus vor dem Sitz der oberösterreichischen Landesregierung.

In Österreichs größter Biergaststätte, dem Salzburger Augustiner Kloster Mülln Bräu, gibt es 248 registrierte Stammtischrunden, die sich wöchentlich oder monatlich in den vielen Sälen des Traditionsbrauhauses einfinden. Neben dem Lokführerstammtisch oder den »Wilden Kerlen« trinken die

»Fidelen Feneratoren«[60] jeden letzten Donnerstag im Monat dort ihr Bier. Direktoren und leitende Mitarbeiter der Salzburger Banken und Kreditinstitute tauschen sich da bei niedrigen Bierpreisen und Wurstsemmeln im Angebot aus.

»Man soll sparen, wo man kann«, ist die Devise der verschworenen Truppe, die sich im Oktober 2027 zum Monatstreffen einfindet. »Ein Chinese kommt in die Bäckerei und sagt: Ich hätte gelne ein Blödchen. Sagt die Bäckerin: Einen Moment, bitte. Meine Kollegin kommt gleich!«

Der neueste Chinesenwitz, den der Direktor der Landesbank zum Besten gibt, findet vernehmbare Belustigung unter den Herren des Kreditapparates.

»Wir überlegen jetzt die Einführung eines 16. Gehaltes für alle Mitarbeiter«, berichtet der Prokurist eines Bausparinstitutes. »Seit die Chinesen uns mit Geld fluten, wissen wir nicht mehr, wohin damit.«

Man ist in Fahrt, und der Abend nimmt rasch den gewohnten Verlauf. Dr. Eugen Zastersky von der City-Bank Salzburg befürchtet sogar eine Deflation. »Wenn das so weitergeht, schlittern wir in eine Krise. Ich plädiere eher für Vorsicht und Zurückhaltung«, sagt er zum Schluss.

Die Bedienung bringt die Rechnung:

»17 Euro 40, bitte schön, der Herr.«

»Machen Sie 17,50!«, gibt Dr. Zastersky jovial zurück. »Arschloch«, sagt die Kellnerin ganz leise.

60 lat. *fenerator* = Geldverleiher

Dr. Bummerl war nun schon über ein Jahr im Amt. In einem Amt, das er nie angestrebt, damals aber auch nicht abgelehnt hatte. Über ihm waren laut Verfassung nur die Bundespräsidentin und der Präsident des Nationalrates. Dies vergaß Franz Bummerl gerne, wenn er die eine oder andere eigenmächtige Entscheidung traf. »Res publica, id est me«,[61] pflegte er in internen Debatten nicht nur immer öfter zu denken, sondern auch von sich zu geben. Er ertappte sich mehr und mehr dabei, wie er demokratischen Diskurs, an dessen Ende sowieso nur seine Meinung herauskommen würde, für Zeitverschwendung und überflüssig hielt.

Bummerls Koalitionspartner, die SPÖ, beschlich zusehends Misstrauen. Mira Dollinger ärgerte sich oft über die Art, wie man miteinander kommunizierte. Kaum Telefonate, keine SMS mit dem Kanzler, zeitraubende Besprechungen von jeweiligen Emissären und tagelanges Warten auf Antworten. Auch wenn die Medien gierig auf die nächsten Hoppalas des Kanzlers waren und diese genüsslich ausschlachteten, war doch er in der öffentlichen Wahrnehmung die Nummer 1.

Die »Betriebsansiedlung« aus den USA und anderen Ländern und die damit verbundene Auffettung der Staatskassa, die Bildungsreform trotz der anfänglichen Kritik an der Einführung von Pflichtlatein, und Bummerls seltene, aber irgendwie gelungene Auftritte in Medien und Parlament, hatten aus dem Nobody eines Parteibürokraten einen kleinen Medienstar gemacht.

Doch die größeren Kalamitäten drohten der Parteivorsit-

---

61 Der Staat bin ich.

zenden aus den eigenen Reihen. Erste Anzeichen, dass es rumort, waren vier Überläufer in den Klub der Vaterlandspartei gewesen.

Hinter ihr stand der mächtige Gewerkschaftsboss Leopold Feichtinger, der Gottvater der Sozialdemokraten. Ihm und seinen bis in die letzten Verästelungen der Partei reichenden Gewerkschaftern war die Parteivorsitzende immer schon ein Dorn im Auge gewesen. Mira Dollinger war ihrer Meinung nach zu nachgiebig, zu liberal, konsenssüchtig, konfliktscheu und die Interessen der Arbeiterschaft nicht ausreichend vertretend.

Was Dollinger mit dem Kanzler vereinbart hatte, war 24 Stunden später schon wieder Geschichte. Die Abgeordneten der Gewerkschaftsfraktion versagten ihr im Parlament die Gefolgschaft.

»Das Neuwahlgespenst geht um«, wagte als erstes Medium der »Kurier« sich aus der Deckung. Andere doppelten nach.

»War's das für das Bummerl?«, fragte der »Standard«.

Die immer bestens informierte »Klappe«-Zeitung wollte bereits mehr wissen: »Bummerls Tage gezählt. Gewerkschaftsboss droht Ösi-Regierung zu sprengen«, titelte deren Chef.

Cosmo Valenta in der »Kronen Zeitung« eilte dem Kanzler zu Hilfe: »Cave Feichtinger,[62] Kanzler!«

Schließlich platzte, schneller als erwartet, die Bombe. Am Mittwoch, den 22. September 2027, brachte die AFÖ im Parlament einen Misstrauensantrag gegen die Regierung ein.

Hubert Gaggl, Partei- und Klubobmann der Aktion für Österreich, sah die Gunst der Stunde gekommen, mit einer Brandrede in die Geschichtsbücher einzugehen. Langsam

62 Hüte dich vor Feichtinger!

und mit bedeutungsvoller Miene zog er am Rednerpult sein Manuskript aus der Sakkotasche und begann zu lesen:

»In dieser historischen Stunde, liebe Österreicherinnen und Österreicher, ist es die AFÖ, die diesem einmaligen Spuk und Intermezzo einer Invalidenregierung ein Ende setzen will. Eine Regierung aus Dilettanten, einem selbstverliebten und unfähigen Kanzler einer irrlichternden Vaterlandspartei und einer Vizekanzlerin, der die Kontrolle über ihre Sozialdemokraten entglitten ist und die zur Marionette des eigentlichen Chefs der Partei, Herrn Feichtinger, verkommen ist, gehört mit Mann und Maus, Kind und Kegel, Ross und Reiter in die Wüste geschickt.

Und wenn die Sozialdemokraten noch einen letzten Funken von politischem Anstand haben, gehen sie in sich und verlassen aus eigenen Stücken diese unselige Allianz. Gott schütze uns vor diesen Leuten! Jetzt eine kleine Pause machen und auf unseren Applaus warten, Anmerkung Kuno.«

Gaggl stockte und starrte auf sein Manuskript. Auch das Plenum verharrte in Stille, und man sah sich kurz an. Dann aber: Homerisches Gelächter füllte die Reihen der Abgeordneten, wie das laute und schadenfrohe Gelächter der Götter, als sie den Kriegsgott Ares mit Aphrodite, in einem Netz gefangen, beim Ehebruch ertappten.

Oben auf der Galerie verdeckte Kuno Kupfer, der Redenschreiber Gaggls, sein Gesicht mit den Händen und seufzte: »Das fasse ich nicht. So ein Trottel.«

Der so Benannte hatte natürlich den Irrtum bemerkt, und nach mehreren erfolglosen Versuchen, die Lachstürme einzudämmen, fuhr der Klubobmann fort: »Und deswegen spricht die AFÖ dieser Regierung ihr Misstrauen aus.«

Nach den Rednern der Weintrinker und der Grünen versuchte die SP-Chefin ihre Sicht der Dinge darzulegen. Über ein halbherziges Bekenntnis zur Koalition kam aber Mira Dollinger nicht hinaus.

Als letzter Redner vor der Abstimmung ergriff Franz Bummerl das Wort.

»Duobus litigantibus tertius gaudet,[63] meine Damen und Herren, umschreibt am besten die heutige Situation. Nur weil es zwischen Sozialdemokraten und uns hin und wieder kleinere, manchmal auch größere Unstimmigkeiten gegeben hat, heißt das noch lange nicht, dass diese Koalition nicht weiter in vollem Umfang arbeitsfähig ist. Der lachende Dritte wäre in diesem Fall die AFÖ, die gerade eine Kostprobe ihrer Lesekompetenz abgegeben hat. Nein, das kann niemand wollen. Gott schütze uns vor Hubert Gaggl!«

Ein Pfeifkonzert der AF-Abgeordneten beendete den letzten Debattenbeitrag, bevor man zur Abstimmung schritt. Dr. Bummerl und der Weintrinkerchef Rebnik tauschten indes vielsagende Blicke.

Der Misstrauensantrag fand mit zwei Stimmen Überhang eine Mehrheit. Die SPÖ-Mannschaft hatte sich fast ohne Ausnahme gegen ihre eigene Chefin gestellt. Leopold Feichtinger hatte nicht nur seine Gewerkschafter, sondern auch die anderen Abgeordneten auf seine Seite gebracht.

Die Regierung hatte keine Mehrheit mehr im Parlament, die Koalition war geplatzt. Mira Dollinger trat auf der Stelle zurück. Leopold Feichtinger übernahm vorübergehend den Parteivorsitz und die Funktion des Klubobmanns und sprach von Neuwahlen.

Die Bundespräsidentin schaltete sich ein und kündigte an, schon ab dem nächsten Tag die Parteivorsitzenden zu sich in die Hofburg zu bitten und die Möglichkeiten einer Regierungsbildung auszuloten. Neuwahlen würde es nur »über ihre Leich« geben.

---

63 Wenn sich zwei streiten, freut sich der Dritte.

Cool und gelassen aber wirkte der abgewählte Kanzler. Franz Bummerl war sich sicher, dass schon der folgende Tag Klärung bringen könnte. Dr. Nachbauer erhielt einen streng geheimen Auftrag. Im Institut für Hanfanalyse in der Wiener Darwingasse, mit Blick auf das Palais Augarten, das die Wiener Sängerknaben beherbergt, wurde Bummerls Kabinettschef vorstellig und ließ sich über Wirkung und Dosierung von Hanf- bzw. Haschischkonsum informieren. Für eine streng geheime Regierungs- bzw. Geheimdienstaktion, wie man dort erfuhr, benötigte er eine Portion des Wunderkrautes, die für eine schrille Partynacht der Wunderknaben im Palais Auersberg mehr als ausreichend gewesen wäre.

Pferdewechsel

Am Donnerstagabend, dem 23. September 2027, erhielt das Ausflugs- und Heurigenlokal »Weinderl« seltsamen Zulauf. Aus verschiedenen Richtungen trafen Wanderer und Ausflügler ein.

Durch den Hofeingang, vorbei an Heurigenbänken und Tischen, die, links und rechts stehend, eine Gasse frei lassen, gelangte das unscheinbar wirkende Völkchen, das sich jetzt noch kurz abducken musste, um die querwachsende Rubinie zu passieren, ins Innere, genauer gesagt in den Bankettraum.

In dem, seitlich durch einen kleinen Zwischenflur getrennt, sich anschließenden Stüberl »Schwipserl« lagen kleine Berge von nach Formularen aussehenden Ausdrucken, Stempeln, Füllfedern und ähnlichem Kanzleikram auf einem langen Tisch.

Dahinter saßen Kabinettschef Dr. Nachbauer, Saskia Katzenberger, die Klubobfrau der Vaterlandspartei im Parlament, und Anwalt Dr. Giuseppe Fritz. Zwischen dem Pötzleinsdorfer Pfarrblatt und einem Gastronomiekatalog lagen einige Wälzer, wie »Bundesverfassungsgesetz« oder »Gesamte Rechtsvorschrift für Parteiengesetz« und ähnliche Publikationen, in die sich kein Heurigenbesucher jemals vertiefen würde.

»Schön, dass ihr alle gekommen seid«, sagte Franz Bummerl am Eingang vom Hof ins Innere zu seinem Gast, welcher wohl der Primus dieser Gesellschaft zu sein schien.

»Alle 17«, entgegnete dieser, und eine gewisse Fröhlichkeit war dem Wanderer nicht abzusprechen. Das Vis-à-vis des Bundeskanzlers war Dipl.-Ing. Dominique Rebnik, der Parteiobmann und Fraktionschef der Partei der Weintrinker.

Ein umgänglicher Zeitgenosse, wie Franz Bummerl im Laufe der Zeit festgestellt hatte, mit dem nicht nur gut Kirschen essen, sondern auch gut Wein trinken war. Rebnik stammte aus dem südlich von Wien gelegenen Weinort Gumpoldskirchen. Der fesche, schlanke Mittvierziger mit schon etwas hoher Stirn und gepflegtem Schnauzbart war natürlich selbst Winzer. Als Lektor für Önologie an der Universität für Bodenkultur widmete er sich der wissenschaftlichen Seite des Weinbaus.

Im Parlament waren er und seine bunt zusammengewürfelte Truppe der Weintrinker bisher eher als moderat wahrgenommen worden. Ihnen ging es mehr um den österreichischen Wein als Lebensmittel und Exportgut als um geschlechterspezifischen Diskurs oder um außenpolitische Scharmützel.

Heute wollte man in lockerer Runde über eine verstärkte Zusammenarbeit zwischen Vaterlandspartei und Weintrinkern sprechen.

Stärkung versprach jetzt der doppelte Vogelbeerschnaps, der zur Begrüßung gereicht wurde, bevor die 17 Abgeordneten der Weintrinker und der Bundeskanzler und VP-Obmann samt jeweiliger kleiner Entourage im heimeligen und holzgetäfelten Bankettraum sich niederließen. Grüner Veltliner, des Kanzlers Hauswein, machte schon die Runde im prüfenden Gaumen der Weintrinker und ließ Appetit auf künftige Genüsse aufkommen. Deren Anfang machte die jetzt von Haustochter Susi Papouschek und Dragica aufgetragene Fleischstrudelsuppe.

»Fangt's nur an, Mahlzeit!«, ruft der Kanzler in die Runde der Kostgänger, die ihre Nasen über den Duft der aufziehenden Rindsuppe auf Empfang stellen. »Meine Suppe kommt gleich.«

Und auch seinen Tafelnachbarn Rebnik ermuntert er freundlich: »Lass es dir schmecken, Dominique!«

»Das Supperl für den Dr. Bummerl« von Frau Hilde Papouschek sorgt ob des Endreims für kurze, unfreiwillige Heiterkeit. Mit Schwung und einem bedeutungsvollen Blick zum Empfänger befördert sie den dampfenden Teller vor dessen Nase an den vorgesehenen Platz.

»Sola dosis facit venenum«,[64] sagt der Kanzler leise zu sich und sticht mit Bedacht in eine Schnitte des flauschigen Fleischstrudels.

»Was meinst du?«, fragt Repnik und süffelt genüsslich am Wein.

»Ach nichts, das war Lateinisch und heißt: Das Auge isst mit.«

Franz Bummerls Suppe konnte nicht zusammen mit den anderen serviert werden. Die Ursache war küchentechnischer Natur. Dem für den Kanzler separat hergestellten und gebackenen Fleischstrudel fehlte eine wichtige Ingredienz, derer jetzt die übrige Tafelrunde mit Andacht, dezentem

---

64 Nur die Dosis macht das Gift.

Schmatzen und Schlürfen teilhaftig wurde: eine ordentliche Prise Cannabis, oder wie die Wiener gerne sagen, »a bisserl a Gros«. Frau Papouschek hatte dafür Sorge getragen, dass es ein bisschen mehr war als ein bisserl. Funkelnder Gelber Muskateller löste jetzt die Suppe und den köstlichen Veltliner ab. Gelöster schienen auch schon die Zungen mancher Frauen und Männer der Tafelrunde. Nur die »Staatsnotare« im »Schwipserl«, die statt einer Suppe Wurstbrote als Entreé vertilgt hatten, unterhielten sich in angemessener Lautstärke, wenngleich auch hier die Abfolge der Weine durchaus auf Resonanz gestoßen war.

»Gemma endlich zamm?«, plusterte die Weintrinkerabgeordnete Gundula Oberkofler zwischen zwei vollen Zügen aus dem Glas und schaute Richtung eines jungen Mannes aus der VP-Entourage. Dieser verstand nicht ganz.

»Nicht so«, machte die Abgeordnete die Feigenhand. Bummerl hätte diese seit der Antike gebräuchliche Visualisierung des Geschlechtsaktes korrekterweise mit »manus fica« bezeichnet.

»Richtig als Partei zusammengehen, verstehn S' mich?«, schoss die Oberkoflerin nach. Der Tisch brüllte.

Auch an den anderen Tischen war die Unterhaltung vernehmbar intensiver geworden. Ungewohnt schrille Tonlagen mancher Damen und stakkatoartiges Lachen einiger Abgeordneten traten in Wettstreit mit klirrenden Weingläsern, die jetzt in kürzeren Abständen, begleitet von Trinksprüchen, temperamentvoll gegeneinander geführt wurden.

Wie eine Glocke klang das mit einem Löffel angeschlagene Weinglas des Kanzlers, während der Hauptgang mit neuerlichem Nachschub von Gelbem Muskateller aufgefahren wurde.

»Liebe Freunde von der Weintrinkerpartei. Ihr alle kennt den Grund unseres heutigen Zusammenseins. Wie erinnerlich, hatten wir schon seit geraumer Zeit mit dem Gedanken gespielt, die Koalition mit den Sozialdemokraten, die man uns ja aufgezwungen hat, auf den Prüfstand zu stellen. Mit dem gestrigen Misstrauensantrag ist uns das Parlament da sogar entgegengekommen.«

Niemand nahm Anstoß an der Tatsachenverdrehung des Kanzlers. Im Bankettraum war es stattdessen leise geworden.

»Und deshalb haben wir, habe ich – wie auch euch nicht verborgen geblieben ist – das Gespräch mit dem geschätzten Klubobmann Dipl.-Ing. Repnik mehrfach aufgenommen«, setzte der Kanzler fort. »Unsere Gedanken dazu wird er euch jetzt selber sagen. Bitte, lieber Dominique!«

Repnik kommt schnell zur Sache: »Wie ihr wisst, haben in den letzten Monaten mehrere Abgeordnete anderer Parteien infolge Streitigkeiten diese verlassen und sind dem Klub der Abgeordneten der Vaterlandspartei beigetreten.«

Repnik musste eine kleine Pause machen. Das Wort »beigetreten« hatte ihm ein Lachen abgerungen. Er fing sich wieder und setzte fort: »Es ist jetzt höchst an der Zeit, dass wir Weintrinker Verantwortung übernehmen. Zusammen mit unseren 17 Angeordneten und den anderen Überläufern hätte die jetzt schon größer gewordene Vaterlandspartei, der wir ja keineswegs fernstehen, eine knappe Mehrheit im Parlament. Für uns Weintrinker eröffnen sich da zwei Optionen: eine Koalition mit den Gelben einzugehen, oder wir gehen gleich zusammen.«

Die letzten Worte musste Rebnik ganz schnell artikulieren, denn ein Lachkrampf war schon wieder im Anmarsch. Er fand ein zu Boden gefallenes Blatt einfach so lustig.

Die Oberkoflerin zeigte dem jungen Mann wieder die Feige. Er hatte inzwischen verstanden.

»So, jetzt wünsche ich aber guten Appetit«, beendete der

Kanzler vorerst die verheißungsvolle Ankündigung und zeigte auf die aufgetragenen Köstlichkeiten: samtweiche Kalbsbutterschnitzel, sämige Schwarzwurzeln, Kartoffelpüree und eimergroße Schüsseln mit herrlich duftender Pilzsauce warteten auf hungrige Vertilger.

»Und Ministerämter würden wir natürlich überproportional anbieten, acht für uns, sechs für euch«, schloss der Kanzler, hob sein Glas und formulierte das Motto der Weintrinker: »In vino veritas.«

»In vino veritas«, schallte es zurück.

Dragica und Susi brachten dunkelroten Wein zur Begleitung und Prolongierung des Hauptganges, und Franz Bummerl bekam von Frau Papouschek ein Beuscherl serviert.

Die Gesellschaft war jetzt vollends aus dem Häuschen. Die Butterschnitzel, die nach Meinung eines Abgeordneten einen Anflug eines Geschmacks von frischem Hanf aufwiesen, der Wein, die Ankündigung besserer Zeiten und natürlich die euphorisierende Wirkung des Tetrahydrocannabinol in Suppe und Hauptgang zeigten Wirkung. Das Nahrungssupplement war von fachkundiger Seite zusammengestellt und dosiert worden. Tierarzt Dr. Hufnagl hatte ganze Arbeit geleistet.

»Du könntest doch Außenminister werden, Benedikt«, kicherte die Salzburger Abgeordnete Hulda Schoisswohl zu ihrem Kollegen aus Tirol.

»Warum?«

»Du kommst ja aus dem Außerfern«, gluckste die ehemalige Kindergärtnerin und konnte sich nur schwer von ihrem Lachanfall erholen. Sie fand jetzt alles lustig. Wenn ein Schwarzwurzelstück vom Butterschnitzel seitlich abrollte, fand sie dies urkomisch und musste herzhaft lachen.

Der burgenländische Abgeordnete und Versicherungsvertreter Bertram Stranzl stimmte für sich und seine Umgebung das Kinderlied »Hutschi, hutschi, Heidi« an und erntete Lachstürme.

Der Wiener Abgeordnete Wernfried Freudenschuss vermengte den Rotwein mit Kartoffelpüree und klopfte sich dabei auf die Schenkel.

»Weißt du, Franz«, sagte Dominique Repnik und wunderte sich selbst, warum er dazu lachen musste, »ich hätte am liebsten das Landwirtschafts- und Lebensmittelministerium und ein eigenes Weinministerium.«

»Ja, gerne, Dominique, und dazu natürlich den Vizekanzler. Und an den Höheren Schulen wird die Sommelierausbildung Pflicht«, antwortete der Kanzler. Der Önologe und Klubobmann war gerührt, tief gerührt und melancholisch, wie er nun mal gerne ist, summte er André Hellers leicht abgewandeltes Lied: »Und i bin net dem Oasch sein Abszess ...«

»Wir machen das hic et nunc«,[65] sagte schließlich der Kanzler zu Dominique Rebnik.

»Ja, ja, hick, hick, fick, fick, Dominique, Dominique«, säuselte der Klubobmann und musste über sich selbst lachen. Er fand heute alles so lustig und komisch, und Vizekanzler würde er auch werden. Wenn das keine Lachnummer war!

Und so trudelten nach und nach 17 Abgeordnete der alten Weintrinkerpartei, meist begleitet von Lachanfällen, im Hinterstüberl »Schwipserl« ein und unterzeichneten die von Dr. Nachbauer, Saskia Katzenberger und Anwalt Dr. Fritz vorbereiteten Formulare.

Der schwungvoll platzierte Namenszug bestätigte die Aufnahme der Unterzeichneten in den Parlamentsklub der Vaterlandspartei. Diese hatte nun eine absolute, wenn auch knappe Mandatsmehrheit im Parlament.

---

65 Hier und jetzt

Eine Kolonne von Taxis war in den frühen Morgenstunden nach Pötzleinsdorf unterwegs, um ein lallendes und kicherndes Partyvolk aufzunehmen. »Jetzt kommt endlich zamm, was zammghört«, raunte die Oberkoflerin im Fond des Taxis ihrem Begleiter ins Ohr und machte die Feige. Den darauffolgenden Lachanfall konnte sich der Chauffeur nicht erklären

Die Bundespräsidentin wird scharf gemacht

Die Bundespräsidentin war sichtbar erbost.

»Dass wir uns so schnell hier wiedersehen, Herr Bundeskanzler, war nicht meine Absicht«, sagte Sirikit Panzenböck, die Frau in der Hofburg. Ihr gegenüber im Pietra-dura-Zimmer, in dem die Wandbilder aus der seltenen Technik des Steinmosaiks kunstvoll zusammengesetzt sind, saß Franz Bummerl.

Auf dem Prunktisch mit einer Platte aus Lapislazuli lagen Reiseführer und Zeitungen. »Ja, auch ich hätte mir ein hübsches Treffen unter anderen Umständen gewünscht, Frau Präsidentin«, entgegnete der Kanzler betont freundlich.

Sirikit Panzenböck hatte sich ihre erste Amtszeit anders vorgestellt. Empfänge von wichtigen Gästen in der Hofburg mit üppigen Buffets und süffigen Drinks, Staatsbesuche im Ausland, Eröffnung von Festspielen, Bundesländerbesuche und hin und wieder bedeutungsvolle Reden und Ansprachen an die Österreicher, allen voran die Neujahrsansprache, und nicht zu vergessen den Opernball mit eigener Loge. Da passte eine erneute Staatskrise wie jetzt nicht hinein.

Die attraktive Mittfünfzigerin aus dem oberösterreichischen Mühlviertel, die mit einem Ornithologen verheiratet gewesen war, war klein und zierlich. Ihr heller Teint bildete einen gewissen Kontrast zu ihrem dunklen, schulterlangen Haar. Ihr modisches kurzes Kleid, das grazile Beine freilegte, die Cat Eyes und das dezente Makeup hätten sie auch als Agenturchefin durchgehen lassen. Franz Bummerl war von ihrer Eleganz durchaus angetan, und auch Frau Panzenböck fand ihr Gegenüber durchaus sympathisch. Aber man hatte jetzt Wichtigeres zu tun.

Sie war mit den Vorbereitungen ihrer Staatsbesuche in der südlichen Hemisphäre beschäftigt gewesen. Programmauswahl der Oper in Sydney, Strandhotel an der neuseeländischen Westküste und Shopping Malls in der City von Singapur hatten ihre ganze Aufmerksamkeit in Anspruch genommen.

Und dann das: Der von den heillos zerstrittenen Sozialdemokraten eingebrachte Misstrauensantrag gegen die Vaterlandspartei, und damit ihre eigene Koalition hatte eine Mehrheit gefunden und die Regierung gesprengt.

Der gestrige Donnerstag hatte ihr zugesetzt. Wildeste Spekulationen über die Motive der Kanzlerabwahl und noch mehr abenteuerliche Vermutungen in den Medien über eine neue Regierung hatten die Runde gemacht. Der Druck auf sie, das Zepter energisch in die Hand zu nehmen, lastete schwer. Freitag früh war die Regierung zur Demissionierung bei ihr angetreten und gleichzeitig mit der provisorischen Führung der Amtsgeschäfte bis zur Angelobung einer neuen Regierung beauftragt worden.

Jetzt, am Freitag, dem 24. September 2027, gegen Mittag wollte Sirikit Panzenböck mit Franz Bummerl tabula rasa machen.

»Wann läuft eigentlich Ihre erste Amtszeit aus, Frau Panzenböck, ich hab das nicht so genau im Kopf?«, sagte jetzt unvermittelt der Kanzler.

»Ich verstehe den Zusammenhang und Ihre Frage nicht.«

»Ich glaube, in zwei Jahren«, fuhr Dr. Bummerl unbeeindruckt fort. »Falls Sie eine Wiederwahl anstreben, kommen wir Ihnen gerne entgegen.«

»Also …«, entfuhr es der Bundespräsidentin, aber der Kanzler schnitt ihr mit keckem Lächeln das Wort ab.

»Die Vaterlandspartei und unsere neuen Verbündeten könnten Sie als unabhängige Kandidatin vorschlagen und unterstützen. Sie haben Ihre Sache bisher ausgezeichnet gemacht. Warum keine Fortsetzung? Sehr hübsches Kleid übrigens, Frau Panzenböck!«

Die Präsidentin schnappte nach Luft, die Entrüstung über diesen plumpen Versuch hatte sie vorübergehend aus der Fassung gebracht. »Und wer sagt mir, dass Sie dann noch Kanzler und Parteiobmann sind?« Sie brach ab, dieser Einwurf war jetzt nicht gut gewesen, bemerkte sie schnell.

»Ich sage das«, kam ihr der Kanzler wieder zuvor, »und Sie können mir dabei auch helfen.«

Die Bundespräsidentin hatte sich wieder etwas gefasst. »Mit Verlaub, Herr Bundeskanzler. Was Sie hier auftischen, grenzt an Politklüngelei und Mafiadeal. Ich kann das nicht anders bezeichnen. Und ich soll Sie als Obmann der stimmenstärksten Partei mit der Bildung einer neuen Regierung beauftragen? Ich glaub, ich bin in einem schlechten Film.«

»Nein, in einem hübschen Film. So hübsch wie Sie, wenn ich mir das auch noch erlauben darf zu sagen.«

Es entstand eine Pause. Die Präsidentin ging zum Fenster und blickte hinunter auf den Ballhausplatz. Der orientalisch anmutende Chauffeur einer Staatskarosse polierte die Außenspiegel, zwei Schülerinnen schlenderten mit einer Tüte Pommes in der Hand an zwei Polizistinnen vorbei, und eine Frau mit verhülltem Gesicht schleppte Einkaufstaschen.

Der Chauffeur öffnete die Hintertür der Staatskarosse, und ein Golden Retriever sprang heraus, umtänzelte freudig den Orientalen und hinterließ ein Rinnsal am Heck der Limousine.

»Seltsam, was in unserer Republik alles auf Staatskosten transportiert wird«, sagt die Präsidentin und dreht sich zum Kanzler um, der gerade Unterlagen und Papiere auf dem Tisch ausbreitet. »Irgendein Minister lässt sogar seinen Hund spazieren fahren.«

»Es wird doch wohl nicht meiner sein?«, kommt es vom Tisch zurück, und schon steht der Kanzler neben der Bundespräsidentin am Fenster. »Das ist meine Kaia, Frau Panzenböck. Eine ganz Liebe, wie Sie.«

Die Präsidentin räuspert sich: »Also das ist Ihr Hund, Herr Bundeskanzler, und Ihr Chauffeur?«

»Ganz recht.«

»Wie alt ist die Hündin denn? Meine beiden sind fünf und sechs. Priska und Senta.«

»Was haben Sie da an Unterlagen?«, sagte die Bundespräsidentin und kehrte mit dem Kanzler zum Tisch zurück.

»Ich bin natürlich nicht mit leeren Taschen gekommen. Und bevor Sie Ihre Sicht der Dinge darlegen – erlauben Sie mir, Sie auf den neuesten Stand zu bringen. Und entschuldigen Sie meine etwas forschen Fragen zu Beginn unseres Gespräches.«

Die Bundespräsidentin war jetzt ruhiger und gefasster geworden, und die Tatsache, dass er eine Golden-Retriever-Hündin besaß, hatte ihn kurz in ein neues und noch sympathischeres Licht gerückt. Aber hier ging es um Wohl und Weh des Staates.

»Wir brauchen gar keine neuen Sondierungen oder die Suche nach Koalitionspartnern. Wie Sie in den letzten Monaten auch feststellen konnten, ist der Gelbe Klub, also meine Vaterlandspartei, durch Abtrünnige aus anderen Parteien merklich gewachsen. Es gibt inzwischen eine verbindliche Vereinbarung zwischen der Weintrinkerpartei und uns, eine Regierung zu bilden. Wir brauchen dafür nicht einmal einen Koalitionsvertrag, weil wir durch die Inkorporierung aller 17

Abgeordneten der Weintrinkerpartei in den VP-Klub eine Mehrheit im Parlament haben würden – ich darf mich korrigieren, haben werden. Die dafür erforderlichen Erklärungen bzw. Unterschriften sind bereits geleistet und werden noch heute dem Präsidenten des Nationalrates übergeben.«

Das war nun wirklich ein Hammer, den der eilfertige Bundeskanzler der verblüfften Präsidentin servierte. Wenn sich das alles bewahrheitete, wäre die Krise schnell überwunden, eine neue Regierung im Amt und ihre Reise auf die südliche Hemisphäre gesichert. Mit dem Eiertanz im Parlament und der medialen Schlammschlacht würde sie dann nichts mehr zu tun haben.

Der Kanzler hinterließ eine Ministerliste und verabschiedete sich. Er öffnete die Tür, um sie dann wieder von innen zu schließen.

»Bevor ich es vergesse. Denken Sie über die nächste Präsidentschaft nach. Darüber sollten wir zwei Hübschen später einmal sprechen. Und alles Gute auch für Priska und Senta.«

Das unmoralische Angebot hatte sie doch tatsächlich für einen Moment lang vergessen. Sirikit Panzenböck war ein bisschen böse mit sich selbst. Wie konnte der gewiefte Schlawiner sie so einlullen? Aber es gab ja auch noch ein Leben nach der ersten Präsidentschaft, und zwei Jahre würden schnell vorbei sein. Je länger das Gespräch dauerte, umso sympathischer fand sie Franz Bummerl.

»Non omnium dierum sol occidit,[66] humanistisches Gymnasium Petrinum in Linz, Herr Bundeskanzler«, sagte sie jetzt zum Abschied.

»Ich wünsche Ihnen noch einen hübschen Tag.«

Die Frau hat was, dachte sich Franz Bummerl und blickte ihr in die Augen: »Non sum qualis eram.«[67]

---

66 Es ist noch nicht aller Tage Abend. – *Livius*

67 Ich bin nicht mehr derselbe, der ich war. – *Horaz*

Sirikit Panzenböck träumte kurz von einem gemeinsamen Picknick mit den Hunden. Den Gedanken musste sie aber vorerst verwerfen. Draußen warteten die Medien.

Vaterlandspartei schluckt Weintrinkerpartei

Noch am selben Feierabend, der auch ein Freitagabend war, erreichte den Präsidenten des Nationalrates brisante, durch Boten überbrachte Post. Absender war der Parlamentsklub der Partei der Weintrinker. Siebzehn Abgeordnete erklären darin ihren sofortigen Übertritt zur Vaterlandspartei.

»Frau Magister, bringen S' mir mal einen Taschenrechner«, rief Nationalratspräsident Theo Immervoll ins Vorzimmer hinaus.

»Aber, Herr Präsident, Sie haben doch ein Handy«, kam es vorsichtig zurück.

»Kusch, nix da, den Taschenrechner«, verlangte jetzt ein alarmierter Präsident. Er war von der Vaterlandspartei gestellt, in interne Vorgänge aber nicht immer eingeweiht. In diesen Vorgang schon gar nicht.

»76 + 17 = 93«, rechnete er und wiederholte die Addition zur Sicherheit. »Ja, das ist … das ist die absolute Mehrheit für uns Gelbe«, starrte er entgeistert auf das Ergebnis.

»Frau Magister«, krächzte es ins Vorzimmer, »finden Sie heraus, wo der Bundeskanzler gerade ist, ich möchte mich mit ihm treffen, und zwar heute noch!«

Indes war der Freitagnachmittag von hektischen Gesprächen zwischen den anderen Parteien geprägt, die Morgenluft witterten. Mit der Vaterlandspartei sprach allerdings niemand, man war damit beschäftigt, Allianzen gegen die Kanzlerpartei zu schmieden. Als eifrigster Bastler einer Koalitionsmehrheit zeigte sich selbstredend Gewerkschaftschef und neuer Interimsparteichef der SPÖ, Leopold Feichtinger.

Am darauffolgenden Samstag ging um 8.05 Uhr aus der Presseabteilung des Präsidenten des Nationalrates eine Meldung an Medien und Nachrichtenagenturen, welche den Übertritt der gesamten Riege der Abgeordneten der Weintrinker an die Vaterlandspartei mitteilte.

Noch in der Nacht hatte Franz Bummerl seinen Parteivorstand über seinen Alleingang informiert. Entgegen allen Usancen und auch den Statuten der Vaterlandspartei gab es kein physisches Zusammentreffen. Man hatte aus der Pandemie gelernt. Eile war geboten, und Bummerls Message Control 2.0 wurde ausnahmsweise außer Kraft gesetzt. Die Videokonferenz dauerte gerade mal 15 Minuten. Die Landeshauptleute fühlten sich natürlich düpiert und hätten sich Beratungen über das weitere Vorgehen gewünscht. Doch Bummerl stellte sie vor Tatsachen und erläuterte den Pakt mit den Weintrinkern. »Periculum in mora«,[68] begann Franz Bummerl den in den Landeshauptstädten kauernden Landeshauptleuten oder, wo es nicht gereicht hatte, den Vizelandeshauptleuten zu erklären.

Die »Empfänger«-Landeshauptleute hatten keinen Einwand gegen das selbstherrliche Vorgehen ihres Chefs, den sie eigentlich nie ernannt hatten, der aber für volle Kassen sorgte. Und diejenigen, die noch nicht auf der Nehmerseite standen, wollten es sich nicht verscherzen. Der Beschluss der Vaterlandspartei, eine Alleinregierung anzustreben, fiel beinahe mehrheitlich aus.

Einzig der Vorarlberger Landeshauptmann war nicht zu erreichen gewesen. Er war Freitagabend – wie immer – bei

---

68 Gefahr in Verzug

einer fröhlichen Kartenspielrunde, die dem alemannischen Jassen huldigte. Und auf dem »Pfänderstüble« oberhalb von Bregenz war an diesem Abend ein Totalausfall des Handynetzes zu beklagen gewesen.

Die Bundespräsidentin empfing am Samstag alle Parteiobmänner zu Einzelgesprächen, als Letzten den eben abgewählten Bundeskanzler. Sie erteilte ihm den Auftrag zur Bildung einer Regierung.

Übers Wochenende sickerten nach und nach Namen von Ministerinnen und Ministern der Weintrinkerpartei durch. Am Montagmittag schritt Sirikit Panzenböck zur Angelobung der Regierung Bummerl II.

»Bekommen wir jetzt eine Diktatur?«, fragten manche Medien. Die »Krone« schlug sich prophylaktisch auf die Seite der Regierung: »Kaiser Franz II. – viel Glück«, lautete die Schlagzeile, für die sich deren Chef Cosmo Valenta mehrfach erklären musste. Nein, er wolle keine Rückkehr zur Monarchie, aber einen Vertrauensvorschuss habe er verdient.

Pessimistischer sahen dies die Politmagazine.

»Einen gescheiterten Regierungschef mit einer programmschwachen und ideologielosen Partei von Weintrinkern hat sich dieses Land nicht verdient«, war noch die mildeste Beurteilung.

Die ihren Lesern immer wieder Polithäppchen aus deren Lieblingsurlaubland Österreich servierende »Klappe«-Zeitung schmetterte auf der Titelseite: »Im Ösiland regieren jetzt die Weintrinker. Bummerl holt sich Winzer als Minister. Hoch die Tassen!«

Im Weingarten von Dominique Rebnik im weithin bekannten Gumpoldskirchen interviewt »Klappe«-Chef Otto Köter persönlich den neuen Vizekanzler. »Klappe-TV« brachte das Interview verkürzt und natürlich nur mit humoresken Passagen.

»Margot, nu kiek dir ma den Jammalappn von Ösi an«, sagt Edmund Kaputtke in der »Abseitsfalle-Fankneipe« im Berliner Stadtteil Treptow-Köpenick: »En Wein-Spritti als Vizekanzler. Dasch jeht gar nischt. Wir fahren besser uf Dänemark.«

Franz Bummerls Kabinett, besser gesagt die Minister der Weintrinkerpartei, lösten Heiterkeit, heftige Kritik und beißenden Spott zu gleichen Teilen aus. Die bisherigen sieben Minister der Vaterlandspartei blieben im Amt. Als achten Minister nahm sich Franz Bummerl die Fußballlegend Toni Polster und gab ihm die Ressorts Sport und Feuerwehrwesen. Er würde Legionen von Hobby- und Freizeitsportlern ansprechen.

»Haben Sie keine Bedenken, ein so wichtiges Amt auszuüben? Das ist doch völliges Neuland für Sie!«, fragte ein Reporter.

»Ein Toni Polster ist noch nie abgestiegen. Ich habe es mir sehr genau überlegt und dann spontan zugesagt.«

Vorschusslorbeeren streuten die Sportgazetten: »Toni, lass es polstern!«

Außenminister wurde der aus dem Tiroler Außerfern stammende Benedikt Kluibenschädel. Seine außenpolitische Kompetenz war bislang auf Törggelefahrten ins nahe Südtirol reduziert gewesen. Ein Anlass, bei dem es vor allem um Weintrinken geht, sozusagen die Kernkompetenz seiner Partei. Er belegte in der Volkshochschule Wien-Brigittenau einen Englischkurs für Leichtfortgeschrittene.

Bildungsministerin wurde die Salzburgerin Hulda Schoisswohl, die ihre fachliche Eignung für das hohe Amt aus einer früheren Tätigkeit als Kindergärtnerin in einer Pinzgauer Berggemeinde ableitete.

Wernfried Freudenschuss, der Wiener Abgeordnete mit einem Faible für Vermanschung von Wein mit Kartoffelpüree, erhielt das Amt des Gesundheitsministers. Als kleine Hypothek wurde sein bisher ausgeübter Beruf eines Betreibers von Spielautomaten gesehen. »Mens sana in corpore sano«[69] würde seine Devise sein, gab er bei der Antrittspressekonferenz von sich. Der Kanzler war stolz auf ihn.

Die umtriebige steirische Abgeordnete Gundula Oberkofler, die seit einigen Tagen mit einem Mitarbeiter der Vaterlandspartei verlobt war, übernahm von den Sozialdemokraten das Sozialministerium.

»Sozialer Zusammenhang ist der Kitt unserer Gesellschaft«, sagte sie bei der Präsentation ihres Arbeitsprogrammes. »Ich werde mich drum kümmern, dass zusammenkommt, was zusammengehört.«

Sie blickte in Richtung des mitschreibenden VP-Mitarbeiters. Ihre rechte Hand ballte sich kurz zur Form einer Feigenhand, zog sich dann aber blitzschnell zurück.

Justizminister wurde der Niederösterreicher Alois Stadlbauer. Seine Nominierung wurde allseits begrüßt. Als Justizvollzugsbeamter – die korrekte Bezeichnung für Gefängniswärter – im Hochsicherheitsgefängnis Stein bei Krems war er eindeutig vom Fach. Als Obmann der Freunde des Wachauer Weines hatte er sich in seiner Heimat und im übrigen Österreich einen Namen gemacht.

Franz Bummerl war mehr als zufrieden. Die Abgeordneten der früheren Weintrinkerpartei waren freudig und respektvoll in den Vaterlandsklub aufgenommen worden, Verteilung und Anzahl der Ministerämter übertraf alle Erwartungen der Neuen.

Jene Abgeordneten der Exweintrinker, für die es keine Posten mehr gab, freuten sich über Berater- und Werksverträge, die ihnen angeboten wurden und das Abgeordnetensalär auffetten würden.

---

69 Ein gesunder Geist in einem gesunden Körper. – *Juvenal*

»Ich bin jetzt Konsulent für die Implementierung innovativer Arbeitszeitmodelle bei Raiffeisen-International«, berichtet der Kärntner Abgeordnete Roland Sablattnig seinem niederösterreichischen Kollegen Elmar Blauensteiner.

»Und was machst du da?«

»Ich untersuche gerade den Arbeitsaufwand für die Erstellung meiner Honorarnote. Eine Heidenarbeit, kann ich dir sagen.«

»Ja, mir geht es ähnlich«, berichtet Blauensteiner. »Ich bin Berater bei der Redl-Stiftung. Ich habe jetzt selbst eine Beratungsfirma beauftragt herauszufinden, was eigentlich meine Tätigkeit dort ist. Das kann dauern.«

»Stimmt wenigstens die Gage?«, erkundigt sich der Kärntner vorsichtig.

»Kann man so sagen. Gestern erhielt ich eine hübsche Summe. Warum zahlen die schon ein Jahr im Vorhinein, hab ich mir gedacht? Aber nein, es war der Monatslohn«, erzählt Blauensteiner.

Der Kärntner wollte zu Hause nochmals seinen Vertrag überprüfen.

Die Abgabe der Regierungserklärung im Parlament verlief, wie es kommen musste. Alle gegen die Regierung. »Initia in potestate nostra sunt: de eventu fortuna iudicat«,[70] begann Bundeskanzler Franz Bummerl seine Rede, die von Zwischenrufen aus den Reihen der Opposition immer wieder kurz unterbrochen wurde.

»Reden S' Deutsch«, rief ein erzürnter AFÖ-Klubobmann Hubert Gaggl, »oder wir brauchen einen Übersetzer.«

»Sie schon, Herr Gaggl, hätten S' in der Schule besser aufgepasst.«

---

70 Die Anfänge stehen in unserer Macht. Über den Ausgang entscheidet das Schicksal. – *Seneca*

Der Kanzler ließ sich nicht irritieren und setzte fort. »Diejenigen, die sich aus der Verantwortung geschlichen haben, sitzen jetzt da und schreien am lautesten. Und der Totengräber der vorausgegangenen Regierung macht jetzt auf Opposition. Leopold Feichtinger hat aus persönlichen Machtgelüsten die eigene Parteivorsitzende abmontiert, die Koalition ohne Grund aufgelöst und sich verspekuliert. Nicht er und die SPÖ sind durch Neuwahlen an die Regierung gekommen. Stattdessen hat die Vaterlandspartei aus Verantwortung für das Land das einzig Richtige getan und einen neuen verlässlichen Regierungspartner gefunden.«

»Ja, mit Stimmenkauf«, schrie jetzt Feichtinger, »wie in Bananenrepubliken oder im Berlusconiland! Sie Wappler!«

Bummerl verlässt kurz das Redenmanuskript und schleudert dem ehemaligen Bauarbeiter und Gewerkschafter Leopold Feichtinger entgegen: »Pala uti scis, Leopolde, verbis uti nescis.« Die Übersetzung schießt er gleich nach: »Eine Schaufel verstehst du zu handhaben, Leopold, Worte kannst du nicht benutzen.«

Das Aufheulen der SPÖ-Fraktion hatte eine Unterbrechung der Sitzung zur Folge. Bei Wiederaufnahme entschuldigte sich der Kanzler für seine Wortwahl.

Der neue Vizekanzler von den ehemaligen Weintrinkern, jetzt in den Schoß der Vaterlandspartei geschlüpft und soeben zum Landwirtschafts- und Weinminister angelobt, spricht als Nächster.

Dominique Rebnik liest den Inhalt der Homepage seiner Weintrinkerpartei herunter. Es interessiert niemanden. Er verspricht eine Anbau- und Exportoffensive für den österreichischen Weinbau sowie Anreize, mehr Wein zu trinken.

»Säufer, Säufer«, buhte es aus den Reihen der AFÖ. Und Hubert Gaggl ging noch steiler: »Mehr vino is ka veritas, Kollege Rebnik, sondern a richtiger Schaas.«

Der Klubobmann kassierte einen Ordnungsruf, und die Regierung Bummerl II hatte sich vorgestellt.

»Franz, was sein eine Schaas?« Amin hatte in der Staatskarosse die Übertragung aus dem Parlament verfolgt.

»Uijeh, Amin. Wie soll ich dir das erklären? Ein Furz, verstehst du? Wenn dein Oascherl Wind macht.«

»Warum machen Herr Rebnik Furz in Parlament?«

Der Kanzler gab auf.

Scheichs und Oligarchen

Zu Beginn des Jahres 2028 zeigten alle wirtschaftlichen und fiskalischen Daten der Republik Österreich nach oben. Die Performance des Bundeskanzlers allerdings ließ in den Augen politischer Kommentatoren und Analysten sowie der Medien zu wünschen übrig.

Seine eigenwilligen Alleingänge auf nationaler und manchmal auch auf europäischer Ebene, seine seltenen öffentlichen Auftritte und die schnoddrigen, meist mit Latein verbrämten Kommentare und Statements standen im Gegensatz zu den politischen Projekten. Bildungsreform, Migration und Pflege waren anfänglich umstritten.

Unverständnis, teilweise Entsetzen und Kopfschütteln über die Maßnahmen wichen allmählich einer gewissen Gleichgültigkeit des Volkes gegenüber den Regierenden. Wähler sind vergesslich. Das wusste jemand, der wie Franz Bummerl aus der Politikberatung kam, nur allzu gut. Die Steuereinnahmen sprudelten, dafür sorgten auch die Engagements aus den Vereinigten Staaten und dem Reich der Mitte.

Was in Niederösterreich, Oberösterreich und Salzburg so

gut angelaufen war, bräuchte man jetzt noch dringend in Tirol und der Steiermark. Waren doch auch dort noch Landesfürsten, die ihren Anteil an der Arrondierung forderten. Gelegenheit dazu kam rasch.

In Russland waren die Oligarchen ins Visier der Regierung geraten. Die Versorgungslage und die Armut weiter Teile der Bevölkerung sowie die damit verbundenen Unruhen setzten der Staatsmacht zu. Der Staat war durch den Ukrainekrieg nicht nur hochverschuldet, er war praktisch pleite.

Die Sanktionen des Westens, die weiterhin die russische Wirtschaft empfindlich schwächten, taten ein Übriges. Jenes klitzekleine Grüppchen an Milliardären und Oligarchen, die das System eines autokratischen Staates ermöglicht und begünstigt hatten, wurde jetzt von ebendemselben zur Kassa gebeten.

Der Erfolg war bescheiden. Die genervten Oligarchen hatten sich längst dafür entschieden, ihr Geld nicht dem maroden russischen Staat zu überlassen. Aus der Sanktionsfessel des Westens hatte man sich allmählich geschickt befreit, und das eingefrorene Vermögen war gerade dabei, sich wieder zu entfalten.

Alternativen waren schnell ausgemacht, und die Republik Österreich stand in den Überlegungen bei manchen Finanz- und Industriemogulen ganz oben.

»Noch einen Wodka Lemon?«, fragte der österreichische Kanzler in der Kitz Lounge des noblen Kitzhofs in Kitzbühel seine drei Gäste. Eigentlich war es umgekehrt. Wassili Nikitin aus Moskau, Valentin Jefimov aus St. Petersburg und Nika Meinikov aus dem südrussischen Rostow am Don waren die Gastgeber am Abend der Hahnenkammabfahrt.

»Nein, noch eine Flasche – und die geht auf uns«, antwortete Herr Nikitin, der offenbar der Sprecher der russischen

Oligarchen war. Die Zusammenkunft war natürlich rein zufällig, hatten doch alle vier am Nachmittag im Zielraum der »Streif« gestanden und einen österreichischen Doppelsieg beklatscht.

Die Wahl desselben Hotels war natürlich auch Zufall. Es wurde nicht lange um den heißen Brei herumgeredet, man wusste, was man wollte. Österreichische und Tiroler Banken würden sich über hohe, ja sogar sehr hohe Einlagen freuen. Joint Ventures mit dem Tiroler Tourismus und andere Investitionen inbegriffen.

Eigentlich war nur noch die Stiftung im Umfeld der Tiroler Vaterlandspartei und der Bundespartei offen. Man rief nach dem Tiroler Landeshauptmann. Eduard Bleichle war rein zufällig an der Hotelbar und unterhielt sich mit Hans Fischl, dem Obmann der Kitzbüheler Kaiserjäger, heute Abend in der Uniform der Tiroler Kaiserjäger, der hierarchischen Spitze dieses Regiments.

»Herr Landeshauptmann, lieber Freund«, sagte der Bundeskanzler freundlich, an die Adresse des Landesherrn gerichtet, »wie sollen wir deine Stiftung nennen?«

Die Herren aus Russland, die bestens Deutsch verstanden, lachten. »Enziwok«, sagte verschmitzt Herr Meinikov und dachte da an Enzianschnaps und Wodka. Oder wie wär es mit »TIROTAI«, mischte sich jetzt der Landesherr ein. »Das schöne Land Tirol und die schöne Taiga in einem Wort. Genial, oder?«

»Kein Problem«, sagte Herr Nikitin und klopfte dem Alpentroll jovial auf die Schulter.

»Heute ist leider Samstag. Sehr schlimm, wenn das Geld erst am Dienstag überwiesen wird?«

»Ja, eigentlich dachten wir da schon eher an Montag«, stieg jetzt Franz Bummerl in die Diskussion ein, »aber der Kollege aus Tirol muss da schon ein bisschen Geduld haben.«

Die Russen lachten schallend, gaben den Österreichern die Hand und stiegen in die Bentleys, die vor dem Kitzhof warteten und das steinreiche Trio in das Kitzbüheler Nachtleben entführten.

Im Nebenraum begannen russische Finanzleute und Juristen Gespräche mit ihren österreichischen Kollegen, die von RA Dr. Giuseppe Fritz angeführt wurden.

»Wie viel hunderttausend Euro werden's jetzt denn sein, Franz? Darüber haben wir gar nicht geredet«, begann der Landeshäuptling schüchtern.

»Aber Eduard, das haben wir doch alles schon vorher festgelegt. Für den Anfang gibt's jährlich 30 Millionen.«

»Nein, so viel kann ich nicht annehmen!«, jammert scheinheilig der Bergfex.

»Ja, da hast du recht, weil es sind 30 Millionen von jedem, also 90.«

Für Hoteldirektor Matthias Molterer bricht in diesem Moment sein Bild vom politischen Machtgefüge in Österreich zusammen. Im hinteren Bereich der Lounge küsst der Tiroler Landeshauptmann dem Bundeskanzler die Hand. Beim Abgang vermeidet er es tunlichst, dem Kanzler den Rücken zuzukehren.

Die Stiftung »STYREMIR«, die wenig später in der Steiermark eingerichtet wurde, bescherte der steirischen Vaterlandspartei fortan ein recht einträgliches Fortkommen und dem Landeshauptmann jenes Abhängigkeitsverhältnis von Bundespartei und Kanzleramt, das ganz im Sinne von Franz Bummerl war.

Die Scheichs aus den Arabischen Emiraten wollten nicht einmal in die Steiermark reisen, um dort Teile ihrer Ölmilliarden zu parken. Das erledigte man direkt von Abu Dhabi aus. Steirisches Kernöl hielt Einzug in den Küchen der Emirate. Käferbohnen verfeinerten orientalische Speisen.

Der Renner schlechthin war aber der steirische alkoholfreie »Schilcherwein«, der auch in den arabischen Nachbarländern der Emirate den Konsumenten das Gefühl verschaffte, ein exklusives Premiumgetränk zu sich zu nehmen. Den Königshäusern allerdings dürstete es nach echtem Welschriesling und Weißburgunder. Auf dem Etikett stand der nicht korrekte Zusatz »khali min alkuhul«[71].

Die Anbauflächen für Kürbisse, Käferbohnen und Wein erreichten Ausdehnungsrekorde.

»I' hob ghört, der Scheich steht auf Vielweiberei«, sagt Kürbislandwirt Christian Scheucher zu seinem Käferbohnennachbarn im südsteirischen Ligist.

»Von mir aus könnt' er unsere Frauenfußballmannschaft heiraten. Dann warat mir de spinnigen Weiber endlich los.«

Migration, Pflege- und Altenbetreuung »neu«

»Wo is denn scho wieda der Anwuli oder der Tesfaye?«, fragt der Wiener Heiminsasse Dusan Viplaschil seinen ebenso die Wiener Wurzeln betonenden Mitbewohner Bojan Stankovic.

»Immer woan ma se braucht, san s' net do, de depparten Ausländer. Und schwoaz san s' a.«

In der Wiener Kranken- und Altenpflegeeinrichtung mit dem sperrigen Titel »Haus der Barmherzigkeit Rodaun« eilt der Schwarzafrikaner Anwuli ans Bett von Herrn Viplaschil und stellt ihm die Schnabeltasse auf den Beistelltisch.

Die Unterhaltung der beiden Insassen wechselt abrupt: »Ja, brav, Murl[72]«, sagt jetzt Herr Stankovic zu dem Hilfspfleger aus Eritrea.

---

71 Ohne Alkohol

72 Wienerisch verniedlichend für: Mohr, Schwarzer

»Und mir bringst a an Kaffee. Aber richtig schwoaz, verstehst?« Die Pointe sitzt. Die beiden Insassen grölen.

Die Pflegehilfskraft Anwuli erhält in diesem Moment Support aus der Abteilung Raum- und Bettenpflege. Herr Ashkan und Frau Shalima helfen den betagten Herren aus den Krankenliegen und wechseln die Bettwäsche.

»Das haben wir alles dem Beuscherl zu verdanken«, schimpft Herr Viplaschil und wendet sich an Bojan Stankovic. »Lässt das ganze Gesindel nach Österreich und dann auf uns Hilflose los.«

Die Deutschkenntnisse der Exflüchtlinge aus Afghanistan sind deutlich besser als die ihres Arbeitskollegen aus Eritrea.

»Was ist Beuscherl? Wir nicht Gesindel. Du Gesindel!«

Die Heimleitung erteilte beiden Seiten eine Rüge.

Vor dem Volkshilfe-Seniorenzentrum Bad Aussee im steirischen Salzkammergut beendet die Polizei gerade einen Einsatz. Die Bewegung »Abendland statt Morgenland« war mit Transparenten aufgezogen und protestierte gegen die ihrer festen Meinung nach massive Überfremdung in der Alten- und Krankenbetreuung.

»Rudi und Mirko ja, Neger und Mohammedaner nein!« oder »Keine Mohren oder Muselmänner in der Pflege!« Auf anderen Tafeln war zu lesen: »Bummerl muss weg!«, »Keine fremden Händen an meinen Körper!«, »Mich pflegen keine Syrer, Afghanen und Schwarze.«

Aus einem Lautsprecher sang ein Muezzin »Ḥayya ʿalā ṣ-ṣalāt«[73], welches sogleich vom Ausseer-Schützenmarsch übertönt wurde. Über den Hintereingang erfolgte währenddessen der Schichtwechsel.

Die irakische Putzbrigade beendete den Vormittagsdienst. »Österreich nix gut«, sagte der Afghane Haschem zu der

73 Auf zum Gebet!

Syrerin Fadila und zwängte sich mit ihr durch die schmale Hintertür. »Alle böse, Arsch putz selbe machin.«

»Das heißt machen, Haschem, selber machen«, verbesserte Fadila.

Im zweiten Stock des Seniorenheims sagt die betagte, aber noch rüstige Josefa Ainhirn zu ihrer Heimfreundin: »Weißt du, Edelgard, so an Kongo-Neger hätte ich früher auch mal gerne gehabt, du weißt schon für was.«

»Aber Josefa! Pfui, schäm dich! Nicht einmal dran denken!«, entrüstet sich Witwe Edelgard Raudaschl.

»Du musst reden«, ereiferte sich jetzt Frau Ainhirn. »Dem Efi schöne Augen machen, das kannst du, jawohl!«

Vor rund drei Monaten hatten Franz Bummerl und seine Vaterlandspartei zusammen mit der folgsamen Partei der Weintrinker ganze Arbeit geleistet. Das jahrelang verschleppte und ungelöste Problem in der Altenpflege und des fehlenden Pflege- und Hilfspersonals in den Krankenhäusern versuchte die Regierung durch einen Überraschungscoup zu lösen, zumindest in hohem Ausmaß zu lindern.

»Österreich wird ab sofort keine Asylsuchenden und Flüchtlinge mir nichts dir nichts aufnehmen«, sagte der Bundeskanzler bei der Präsentation des zuvor geheim gehaltenen Regierungsprojektes im Parlament. Und unter donnerndem Applaus der AFÖ-Fraktion fuhr Franz Bummerl fort: »Wir können und wollen nicht mehr Leute, die unser Wirtschafts- und Sozialsystem ausnutzen, ad infinitum[74] bei uns aufnehmen. ›Sunt denique certi fines.‹[75]«

»Jawohl, fines, alle fines gehören sofort abgeschoben«, unterbricht ein enthusiastischer Hubert Gaggl.

Der AFÖ-Klubobmann lässt sich nicht von den Zurufen

74 Bis ins Unendliche.

75 Es gibt bestimmte Grenzen. – *Horaz*

und den Lachsalven anderer Abgeordneten stören. »Sag ich ja, fines. Die fines müssen weg«, und reckt beide Daumen Richtung Kanzler.

Dieser zündet jetzt die Lunte.

»Wer zu uns kommen will, muss sich für den Einsatz in der Alten- und Krankenpflege verpflichten. Beim ersten Versuch der Verweigerung wird die Person außer Landes geschafft.«

Und während Raunen und Staunen in den Bänken der Opposition und der Kiebitze im Parlament inklusive des bis dato unterbeschäftigten Medienknäuels sich breitmacht, setzt Dr. Bummerl fort.

»Damit werden wir dem akuten Pflegenotstand in unserem Land in perpetuum[76] ein Ende setzen. In wenigen Tagen wird diese Regierung die gesetzlichen Grundlagen dafür geschaffen haben und mit ihren Stimmen in diesem Haus beschließen. Wir werden uns, und damit anderen Ländern beweisen, dass Migration und Pflege einander ergänzen. Die Welt wird auf Österreich schauen. Dixi.[77]«

Sagt es und verlässt die Regierungsbank Richtung Ausgang.

Die Reaktionen waren natürlich von den Initianten erwartet worden, nicht aber deren Schärfe und Gehässigkeit, die nur manchmal mit Witz, Ironie oder Spott begleitet wurden. Die Opposition schäumte.

»Von wegen Balken runter«, donnerte der sich getäuscht sehende AFÖ-Chef Hubert Gaggl in die Mikrofone. »Asylanten, Wirtschaftsflüchtlinge und kriminelle Banden werden Österreich überrollen. Sie versprechen Arbeit, in Wirklichkeit hinterlassen sie Dreck, Schmutz, Verbrechen und noch größeren Murks in der Pflege. Kein Nigerianer oder

---

76 Für ewige Zeiten

77 Ich habe gesprochen.

Afghane wird mich je anfassen, so wahr ich Hubert Gaggl heiße und Österreicher bin. Lieber fasse ich mich selber an!«

Der letzte Teil des Interviews löste selbst in der AFÖ-Fraktion Belustigung aus:

»Mocht er eh jetzt a schon« und »Also des mit dem Masturbieren hattet er jetzt ned soag'n braucht'«, fanden die eigenen Abgeordneten Theresa Kleinschmid und Elisabeth Kleber, bei denen Gaggl schon einmal abgeblitzt war.

Doch die Haltung der AFÖ insgesamt war eindeutig und die Ankündigung der Regierung ein aufgelegter Elfmeter für die Haltung der Partei in der Asyl- und Ausländerfrage.

»Gegen jedes österreichische, europäische und Menschenrecht«, empörten sich Sozialdemokraten und Grüne und erhielten Schützenhilfe von Verfassungs- und Menschenrechtsexperten. Wirtschafts- und Sozialverbände konnten der Sache durchaus etwas abgewinnen.

Die Medien überschlugen sich wieder einmal. Allein die Ankündigung löste die Ausrufung der nationalen Katastrophe in Gazetten, TV-Anstalten und sozialen Medien aus. »Österreich wird schwarz! Nicht politisch, sondern in den Gesichtern!«, titelte der Boulevard. »Regierung verrückt. Asylanten werden Pfleger. Es wird finster bei uns!«

In Deutschland war wie immer die »Klappe«-Zeitung als erstes Medium am Thema dran: »Ösis locken jetzt Afrikaner ins Land. Sie sollen ihre Ärsche putzen! Kein Witz!«

»Wir sind auf dem Weg in eine Diktatur, wenn das, was die Regierung plant, heute hier durchgeht«, eröffnete Oppositionsführer und SPÖ-Chef Leopold Feichtinger die entscheidende Debatte im österreichischen Parlament. »Was Sie hier vorhaben, zerreißen Ihnen Juristen, Verfassungsgerichtshof und europäische Instanzen in der Luft! Unbedarfte und traumatisierte Flüchtlinge sollen unser verhunztes Gesundheitssystem aus der von Ihnen verschuldeten Misere retten oder abgeschoben werden. Wie ist das denn? Treten Sie und Ihr weintrunkenes Schoßhündchen Rebnik auf der Stelle zurück und begeben Sie sich in Behandlung. Sie werden froh sein, wenn Sie dabei in die Hände österreichischer und gut ausgebildeter Pflegekräfte geraten, die Ihnen helfen, ihre kranken Störungen zu überwinden!«

Die Grünen und die AFÖ schlugen in dieselbe Kerbe. Hubert Gaggl schüttete Faulschlamm über die Regierung und versuchte einen furiosen Schlusspunkt zu setzen:

»Pflege und Mirgation gegeneinander auszuspielen ist letztklassig. Wir brauchen keine Mirgation. Dafür ist die AFÖ immer schon gestanden.«

»Migration heißt das, nicht Mirgation«, der Zwischenruf aus dem Mund der Gelben Klubobfrau Saskia Katzenberger zeigte wenig Wirkung bei Gaggl.

»Sag ich ja«, fährt er fort. »Ich rufe alle aufrechten Demokraten in diesem Parlament auf, diesem Gesetz nicht zuzustimmen und diese Regierung mit nassen Fetzen aus dem Amt zu jagen.«

»Herr Kollege Gaggl«, begann der letzte Redner vor der Abstimmung, »lassen Sie mich Ihnen ein bisschen auf die Sprünge helfen.«

Der Kanzler hatte jetzt das Wort ergriffen.

»Hätten Sie wenigstens ein bisschen Latein gelernt, würden Sie wissen, dass Migration von *migrare*, ich wiederhole, von *migrare* kommt. Und migrare heißt wandern oder übersiedeln, Sie Bildungsmuffel, Sie sprachlicher Eierläufer!«

Die empörten Zwischenrufe von Gaggl geflissentlich überhörend, holte Bummerl sprachwolkig über die Lösung der Pflege- und Migrationsfrage aus. »Damit verlassen wir diesen ewigen circulus vitiosus[78] und machen Leute, die aus

78 Teufelskreis

humanitären Gründen zu uns wollen, zu nützlichen und wertvollen Mitgliedern der Aufnahmegesellschaft. *Do, ut des*[79] nannten die Römer einen solchen Vertrag – und das wollen wir auch so handhaben. Und Herr Gaggl und Sie alle, sehr geehrte Damen und Herren, werden uns noch einmal dankbar sein, wenn Sie krank und alt sein werden und auf Hilfe angewiesen sind, egal woher sie kommt. Finis coronat opus.[80]«

Die Abstimmung endete, wie sich die Regierung das erhofft hatte. Der Überhang von zwei Stimmen aus Vaterlandspartei und Weintrinkern gab den Ausschlag.

Asylwerber und Flüchtlinge mussten noch an der Grenze beim Übertritt nach Österreich das in Europa berühmt und berüchtigt gewordene Dokument »Carta aurea«[81], das in allen Sprachen dort auflag, unterschreiben oder wurden abgewiesen bzw. zurückgeschickt.

Mit der Unterschrift erklärten sie sich bereit, ab sofort für mindestens fünf Jahre in der Pflege zu arbeiten oder das Land zu verlassen, wofür die Staatsgewalt sorgen würde. Nach sieben Jahren würden sie die Staatsbürgerschaft erhalten und dürften dann auch in andere Berufe wechseln.

Familienzusammenführungen wären nach Überprüfung ausdrücklich erlaubt. Sie wurden noch am selben Tag an ihren Einsatzort gebracht, wo sie Unterkunft, Papiere und 1000 Euro Begrüßungsgeld erhielten. Nach einigen Tagen nahmen sie ihre Arbeit auf. Sie bestand aus Hilfsdiensten und Deutschkursen. Entlohnt wurden die Migranten wie ihre österreichischen Kollegen in Krankenhäusern, Alters- und Pflegeheimen und in der Hauskrankenpflege.

---

79 Ich gebe, damit du gibst.

80 Das Ende krönt das Werk. – *Ovid*

81 Goldene Karte

Schon nach wenigen Tagen rissen die Migrantenströme nach Österreich abrupt ab. Insbesondere für junge Männer war die Aussicht, in diesen Berufen arbeiten zu müssen, verstörend. Die Flüchtlingsrouten gabelten sich um Österreich herum oder gerieten ins Stocken.

In den Heimatländern der Migranten hatte es sich schnell herumgesprochen, und Schlepperorganisationen ballten die Fäuste gegen die neue Festung Alpenrepublik. Monatlich wurden auf diese Weise rund 800 Hilfskräfte, die neben dem Job die Ausbildung begannen, dem österreichischen Gesundheitswesen zugeführt.

Medien und Opposition stürzten sich auf die da und dort passierenden Hoppalas und Missgeschicke, die den durchaus ambitionierten Anfängern unterliefen.

»Pflegehelfer aus Nigeria füttert Bettlägerige mit Hundeflocken«, berichtete eine Tageszeitung. Der 19-jährige Tulu hatte bei der Zubereitung des Frühstücksmüslis statt der Haferflocken die Hundeflocken eingerührt, die Pflegeleiter Hans für seinen Therapiehund »Bonzo« liegengelassen hatte.

In der Ambulanz einer Linzer psychiatrischen Klinik mit Schwerpunkt Borderline-Persönlichkeitsstörung fixierten zwei junge Praktikanten den Chefarzt mittels Gurten in einem Fesselbett. Dieser war plötzlich in Zivilkleidung in einen Behandlungsraum eingetreten und wollte die beiden Afghanen des Raumes verweisen. Die wiederholte Missachtung seiner Bitte, die dazu noch stark in oberösterreichischen Dialekt verpackt war, erreichte mangels Sprachverständnis nicht die Adressaten.

Prof. Dr. Stelzhammer wurde laut und begann zu toben.

»Wer ist der Mann?«, fragte Bibo seinen Freund Amun.

»Ich glaube ein Dealer.«

»Wo ist der Gurt?«

Prof. Stelzhammer wurde gefesselt und erhielt einen Knebel.

Im Alten- und Pflegeheim der Osttiroler Gemeinde Iselsberg, in Rand- und Hanglage zum Lienzer Becken gelegen, ruft der betagte Holzknecht Sebastian Pfaundler mitten in der Nacht um Hilfe. »Hallo, Schwester, Hilfe, ich werde überfallen! Ein Neger ist da! Hilfe!«

Femu aus Somalia hat spät in der Nacht eine erkrankte Kollegin in einem ihm fremden Trakt abgelöst und routinemäßig beim alten Pfaundler nach dem Rechten sehen wollen. Die Angstschreie des alten und kranken Mannes veranlassen Emu, ihm fürsorglich kurz den Mund zuzuhalten, um andere nicht aufzuwecken. Jetzt schreit der Mann erst recht und versucht mit einer Vase auf den Hilfspfleger einzuschlagen. Ein Arzt wird gerufen, und nach gutem Zureden erhält Herr Pfaundler eine kleine Injektion. Im Doppelzimmer nebenan hat man den Vorfall mitbekommen und kann ihn einordnen.

»I' sog allweil: Bisch a Tiroler, bisch a Mensch, bisch ka Tiroler, bisch ka Mensch«, feixt Frau Scholastika Pirker zu ihrer Zimmergefährtin »Vevi« Genoveva Hainzer. »A Hilfspfleger von Afrika isch ka Tiroler, also a ka Mensch.«

»I' sog dir wos, Scholastika«, krakeelt Vevi: »Da Bummerl, oder wie sie in Wean sagen, das Beuschel, isch a Kraxn. So an Kanzler homm mir zwa nit verdient. Der soll doch die Negerleut' nehmen.«

In der Wiener Prater Alm erfährt die stets anregende Diskussionskultur neue Inspiration.

»Was sein Pflege, Frau Smekal?«, fragt Stanka ihre Chefin.

»Das ist ein ganz guter und wichtiger Beruf.«

»Was arbeiten Pflege?«

»Schau, Stanka«, versucht die Wirtin ihrer Kellnerin zu erklären und zeigt auf Herrn Todorovic: »Wenn der Herr Todorovic im Seniorenheim liegt, musst du ihm des Oascherl putzen.«

»Pfui, Herr Todorovic, machen selber!«

»Aber nein, das verstehst du falsch«, versucht Frau Smekal zu beruhigen, »dafür wirst du ja bezahlt.«

»Stanka nix Nutte«, kommt es trotzig aus dem Mund der Kroatin. Die Tischgesellschaft ist amüsiert.

»Geh, Stanka, bring mir noch ein gepflegtes Achterl«, ist Herr Todorovic um Deeskalation bemüht. Stanka kämpft mit den Tränen: »Nein, nix gepflegt mit Ihnen. Kuckin sin.[82]«

Viel Wein ist guter Wein

»Ick lach mir 'nen Ast«, sagte Otto Köter, »Klappe«-Chef am Journalistenstammtisch in der Edelkneipe »Zur fetten Ecke« in der Berliner Schlesischen Straße. »Kiek mal nach Österreich, dort wird ab jetzt staatlich verordnet Wein jesoffen.«

»Det gloob ick nüscht«, sagt ungläubig die taz-Redakteurin Kathrin Meinenke und hängt wie immer an den Lippen des Meinungsmachers der Republik.

Man verfolgte einen ORF-Beitrag über das »Weinreich Österreich«.

Mit der Regierungsbeteiligung der Weintrinkerpartei war Österreich mit einer hemmungslosen Kampagne über verstärkten Konsum von Wein überzogen worden. Der Kanzler selbst und Vizekanzler Dominique Rebnik, Önologe, Landwirtschafts- und Weinminister, waren die Protagonisten dieses Feldzuges, der mit Slogans und Testimonials gespickt war.

Das Projekt »Weinreich Österreich« sollte gesellschaftlichen Zusammenhalt und gesundheitspolitische Gesichtspunkte mit wirtschaftlicher Prosperität vereinen. »Nulla vita

82 Hurensohn

sine vino«,[83] »Essen ohne Wein, lass das sein« oder »Sag nicht Nein zum Wein« sollten die unterschiedlichen Saiten von Konsumenten zum Klingen bringen.

Auch Aspekte des All Day Drinking fanden Berücksichtigung: »Für Wein ist es nie zu früh« richtete sich an eine spezielle Zielgruppe. Insbesondere dem zwischenmenschlichen und kommunikativen Aspekt sollte durch Slogans wie »Mach den Wein auf, wir müssen reden« oder »Du bist nicht du, wenn du keinen Wein hast« Rechnung getragen werden. Man versprach sich durch eine Erhöhung von Produktion, Konsum und Export österreichischen Weines eine weitere Belebung von Wirtschaft und Budget.

»Wenn das so weitergeht«, sagte Lois Nikolic auf seiner Lokalrunde zu seinem Zechkumpan, »lerne ich bald alle Wiener Wirtshäuser kennen.«

Das erste Achterl war nämlich jetzt gratis. Die Wirte frohlockten ob des von der Regierung angestoßenen Gästebooms. Leute wie Lois Nikolic machten sich das zunutze und zogen von einem Wirtshaus ins nächste.

Drei Achtel Wein pro Tag wären der Gesundheit überaus zuträglich. Internist Prof. Dr. Wernher Benzer, selbst auch Winzer im Burgenland, lieferte der Regierung die entsprechende Expertise.

Getoppt wurde das österreichische Health-Gutachten noch durch eine deutsche Studie. Der schwäbische Kardiologe, Winzer und Vorsitzende der »Herzstiftung Neckar«, Prof. Dr. Lothar Säuele, ging sogar von einem halben Liter bei gesunden Männern und der Hälfte bei ebensolchen Frauen aus.

Auch daran hatte Weinminister Dominique Rebnik gedacht. Für die Zielgruppe Mädchen und Frauen gab es den

83 Kein Leben ohne Wein.

»Vinum femininum«, einen besonders leichten und spritzigen Wein. Die Donauuniversität Krems hatte gerade den ersten Jahrgang von Wein-Influencerinnen ausgebildet, die besonders auf weibliche Konsumenten abzielten.

Kurse für Weinsommeliers an Schulen und anderen Institutionen wurden überrannt. Schulkantinen boten den Spritzwein für »Young Pleasure« ab 15 Jahren an. Der »Gelbe Pass« im Handy bestätigte die Berechtigung bzw. das Alter. Man hatte aus der Pandemie gelernt.

Im Sanitätsraum der früheren Neuen Mittelschule, jetzt des Gymnasiums Hötting West in Innsbruck, nimmt die frühreife Pascal Zoller ihre Zunge aus dem Mund ihres jungen Sportlehrers. »Hardigatti, Simon, isch des bärig mit dir. Hol uns zwei Spritzer aus dem Schulkiosk, des gibt uns den richtigen Kick«, wobei das als »kch« gesprochene »k« für den Pädagogen heute besonders »kchnakchig« klang.

Sportlehrer Simon beeilte sich. Das kleine Biest musste altersbedingt nämlich noch einige Tage auf den »Gelben Pass« warten.

Die Pausen in Lehrerzimmern verwandelten sich in gesellige Events, die Schulsekretärinnen waren bemüht, die erforderliche Menge Spritzwein rechtzeitig vor Beginn der Pausen einzustellen.

Der psychiatrische Stammtisch in der Gösser Bierklinik in der Wiener Innenstadt sah wieder optimistischer in die Zukunft. Hatten die psychischen Beeinträchtigungen während und nach der Pandemie den Seelendoktoren einträglichste Beschäftigung beschert, war das jetzt wieder deutlich geringer geworden.

In wenigen Monaten schon, so der einhellige Tenor der dem frisch gezapften Bier frönenden akademischen Gesellschaft, würde sich das ändern. Die »Saufkampagne« der Regierung würde der Zunft wieder massenhaft Kundschaft, insbesondere Jugendliche, zuführen. »Auf Dr. Bummerl«, murmelten die Seelenklempner mit einem Schuss Ironie und tranken weiter. Nur klinische Psychologen hätten wahrscheinlich herausfinden können, ob da eine gewisse Dankbarkeit oder doch eine Prise Ironie mit im Spiel war.

In Regierungsstellen und nachgeordneten Behörden ging man mit gutem Beispiel voran und wollte etwas für die Gesundheit der Mitarbeiter tun. Spritzwein wurde in Kantinen und Mensen für 30 Cent angeboten. Bier und purer Wein wurden allerdings aus dem Sortiment genommen. Die Maßnahme fand nicht überall Zustimmung.

»Wia soll i' mit Spritzwein mei Pegel halten?«, fragten sich Legionen von Staatsdienern.

Auch Regierungsrat Heinz Sperling im Wissenschaftsministerium war not amused: »Bittschön, Frau Zobel, bringen S' mir des Weingeistflascherl, i' brauch wieda des update.«

Die besorgte Kanzleischreiberin tröpfelte das kostbare Addendum in den Spritzwein ihres Vorgesetzten.

Auch Sportminister Toni Polster legte sich in die Kurve und sang das Hohelied vom kontrollierten Weingenuss: »Zwei, drei Spritzer sind ein echter Blitzer.«

Und der oberste Tankwart, Weinminister Rebnik, verstieg sich sogar zur Bemerkung:

»Weintrinker sind bessere Liebhaber, Milchtrinker bessere Säuglinge.«

Weil er aber auch Landwirtschaftsminister war, musste er den Sager zurücknehmen.

Die österreichische Ärztekammer fühlte sich bemüßigt, ihre gesundheitspolitischen Überlegungen zu kontrolliertem Weinkonsum zu propagieren, und rief zu Mäßigung und Zurückhaltung auf.

Die von ihr ausgerufene »Aktionswoche Alkohol« zielte auch nach innen ab: »Suchtkranken Ärzten kann jetzt geholfen werden«, schrieb ein medizinisches Fachblatt, das aus Geheimkreisen der Ärztekammer zitierte. Die Botschaft nach außen war eigentlich klar und unmissverständlich: Übermäßiger Konsum von Alkohol, insbesondere bei der heranwachsenden Jugend, stelle eine erhebliche Gefahr für die Gesellschaft und die Volksgesundheit dar.

Als die Ärztekammer am vorletzten Tag der Kampagne den Titel »Aktionswoche gegen Alkohol« abänderte, vermochte das dick unterstrichene und fett hervorgehobene Insert »gegen« den Lauf der Dinge nicht mehr aufzuhalten. Die brav an Vorgaben der Behörden konditionierten Österreicher, denen auch eine gewisse Schlamperei im Verständnis von Texten und Kontexten eigen ist, lebten die »Aktionswoche Alkohol« fröhlich aus.

»So zwider san de Ärzte goar net«, freute sich Donat Höllmüller in der Buschenschank »Denk« im Wachauer Weinort Weißenkirchen an der Donau.

»Endlich sehen's ein, was uns guat tut«, ergänzte Metzgermeister Erwin Halbertschlager und bestellte noch einen Doppelliter Veltliner für den mit drei Zechern besetzten Tisch.

»Solche Aktionen könnten's öfter machen.«

Die Woche ging für die Statistik des österreichischen Alkoholkonsums in die Annalen ein.

Der inländische Weinkonsum sprang schon wenige Wochen nach dem Start der Kampagne auf ein Mehrfaches an. Wegen der prioritären Deckung des heimischen Bedarfs gerieten die Lieferketten für das Ausland in Schieflage. Die Nachfrage nach dem inzwischen berühmten sortenreinen Wein aus Österreich war aber nicht geringer geworden. Im Gegenteil. Der rote und gelblich-weiße Rebensaft war markentechnisch in den Abnehmerstaaten mit genügend Kaufkraft bei den jeweiligen Genießerschichten wirkungsmächtig geboostert worden.

Die Preise zogen jetzt dort auf das Dreifache an, geliefert werden konnte allerdings nur noch die Hälfte.

»Carum est, quod rarum est«,[84] schmetterte der Bundeskanzler alle Interventionen ab. Die Weinwirtschaft reagierte umgehend. Neben der Aufschrift »Premium Wine« stand jetzt bei den im Ausland verkauften Bouteillen der beziehungsvolle Untertitel »Carum est, quod rarum est«.

Im renommierten Londoner Offiziersklub »The Army & Navy Club« in der Pall Mall im Viertel St. James's ordert Field Marshal Reginald Skinner in seiner Funktion als Tischpräsident zwei Flaschen »Carum est, quod rarum est«.

Lieutenant Colonel Cecil Tudor raunt seinem Freund zur Rechten zu. »Those fucking Austrians. They sell us an inferior and overpriced wine. But simple-minded British people pay for a Latin name, even the British army.«

»Cheers! Let's drink to the king's well«, gibt der Field Marshal das Zeichen.

Die an feinen Whiskey und edlen Brandy gewöhnten Gaumen des Traditionscorps überstehen auch diese Beleidigung ihrer Geschmacksnerven. Aber was in zivilen britischen Klubs neuerdings in Mode gekommen war, sollte auch im schicken Offiziersklub zelebriert werden: die neuen teuren Weine aus dem bescheuerten Österreich.

Und der Kanzler? Franz Bummerl wurde nicht müde, landauf, landab die Kampagne zu tragen. »Cuique cenae vinum suum«,[85] war zu seinem Lieblingsbonmot geworden, gefolgt von »vinum album aut vinum rubrum[86] – sei's drum«.

Achim Fuchs hatte in der abendlichen »ZiB 2« des ORF versucht, den Kanzler in die Enge zu treiben. »Weintrinken

84 Teuer ist, was selten ist. – *Horaz*

85 Jedem Essen seinen Wein.

86 Rotwein oder Weißwein

rund um die Uhr, saufende Schüler, betrunkene Beamte und Alkoholexzesse, wohin man schaut, ist das Ihre Vorstellung vom ›Weinreich Österreich‹? Herr Bundeskanzler, was sagen Sie dazu?«

»Schauen Sie in die Gesichter der Österreicherinnen und Österreicher«, sagte der Kanzler, der es sonst vermied, die männliche und weibliche Form zu verwenden, »ich sehe da eine Aufbruchstimmung. Ich sehe pure Lebensfreude, fröhliches Lachen und wieder mehr Gemeinsinn. Die Leute kommen wieder mehr zusammen und mögen sich. Was soll daran schlecht sein, Herr Fuchs?«, blickte Franz Bummerl mit Unschuldsmiene Richtung Moderator.

Doch Achim Fuchs lässt sich nicht überlaufen und kontert: »Unabhängige Gesundheitsexperten und Mediziner warnen vor steigendem Alkoholgenuss und seinen Folgen. Sie fordern einen Abbruch der Kampagne, welche insbesondere die Jugend in die Sucht treibe. Können Sie diese Bedenken ignorieren, Herr Bundeskanzler?«

»Abusus non tollit usum«,[87] beginnt Franz Bummerl seine Apologie und pinselt alle Farben des gesundheitlichen Aspektes von kontrolliertem Weingenuss an die Wand.

»Und jetzt frage ich Sie, Herr Fuchs«, wollte der Kanzler das Thema beenden, »wer hat jetzt recht? Die Regierung mit ihren Gesundheitsfachleuten oder ein paar halbwissenschaftliche Studentenarbeiten als Spaßbremsen?«

»Mit Verlaub, Herr Bundeskanzler«, erwiderte der TV-Mann und wurde etwas pampig, »die Fragen stellt eigentlich immer der Moderator. Und als solcher habe ich Sie gefragt, was Sie …«

»Und ich habe geantwortet, Herr Fuchs«, fiel ihm der Kanzler ins Wort, »aber Sie haben recht, die Fragen stellen

87 Missbrauch hebt den Gebrauch nicht auf. – *Römischer Rechtsgrundsatz*

Sie. Fragen Sie mich mal nach den wirtschaftlichen Impulsen, die vom Weinreich Österreich ausgehen!«

»Das werde ich vielleicht ein andermal tun. Heute möchten ich und sicher auch unsere Zuschauer von Ihnen wissen. Wie viel Wien trinken Sie eigentlich pro Tag, Herr Bundeskanzler?«

»So wenig wie möglich und so viel wie nötig«, gab jetzt Franz Bummerl leicht genervt zurück. Der Moderator glaubte, seine Exitstrategie gefunden zu haben: »Zum Schluss frage ich Sie versöhnlich persönlich: Was ist für Sie ein guter Wein, Herr Bundeskanzler? Und bitte kein lateinisches Zitat!«

»Ich antworte nicht persönlich, sondern antworte für den Staat: Viel Wein ist guter Wein.«

Und was machte der eigentliche Schirmherr des österreichweit betreuten Weintrinkens? Landwirtschaftsminister, Weinminister und Vizekanzler Dominique Rebnik zog durch die Bundesländer und erfreute sich der Sympathiebekundungen, die er allerorts einheimsen konnte. In allen Lokalen, die sich an der Kampagne »Weinreich Österreich« beteiligten, hing sein Bild an der Wand. Jedenfalls so lange, bis einige Ärzte und sonstige Alkoholgegner dieses verunstalteten oder dessen Abnahme beim Wirt durchsetzten.

Der Bekanntheitsgrad des Chefs der Weintrinkerpartei erklomm bislang unerreichte Höchstwerte.

Die niederösterreichischen Stiftsklöster Göttweig und Klosterneuburg sowie das Weingut Schloss Gobelsburg im Kamptal gehören zu den von der katholischen Kirche vereidigten Lieferanten von Messweinen. Kirchen und Pfarren dürfen ihren Messwein, auch Altarwein genannt, nur von dort beziehen. Über die Einhaltung der Reinheitsgebote hat der Bischof selbst alle fünf Jahre Obhut zu haben. Bis vor einigen Jahrzehnten war Messwein in Österreich meist Rotwein gewesen. Doch wenn etwa ein Rotweinkelch am Altar umgefallen war, stachelte es die Volksfrömmigkeit an, darin gewisse »Blutwunder« zu sehen. Dies war der hauptsächliche Grund dafür gewesen, Rotwein zu substituieren. Es war in Österreich Usus geworden, für die Eucharistiefeier die Weißweinsorte »Grüner Veltliner« aus den genannten Stiften heranzuziehen.

Eine epochale Neuerung im Zusammenhang mit der Kampagne »Weinreich Österreich« hatte aber jetzt der Produktion, vor allem aber der Nachfrage nach Grünem Veltliner als Messwein, schwer zugesetzt, und man stand vor existentiellen Nöten.

Die Regierung unter Federführung des Bundeskanzlers und des weinliebenden Vizekanzlers hatte es geschafft, die katholische und die evangelische Kirche dazu zu bringen, die Transsubstantiation, also die Wandlung von Brot und Wein in den Leib und das Blut Christi, auf das gesamte Kirchenvolk auszuweiten.

Nicht nur der Priester, auch das Volk sollte bei der Kommunion nach dem Empfang, respektive dem Verzehr der Hostie, vom Messwein zu trinken bekommen. Es gab jetzt »vinum sanctum«[88] für den gewöhnlichen Verbrauch, an hohen kirchlichen Festtagen sollte der »vinum sanctissimum«[89], der durch eine leichte Süße an Dessertwein erinnerte, eine besondere geschmackliche Note einbringen.

Die Folgen dieser Neuordnung der Eucharistie waren enorm und hatten nahezu revolutionäre Auswirkungen auf die Kirchen.

Es galt, in beiden Kirchen zusammen 800.000 Kirchgänger mindestens einmal in der Woche mit Wein zu versorgen. Die logistischen Herausforderungen für den Weinge-

---

88 Heiliger Wein

89 Heiligster Wein

nuss in einer Messe variierten je nach Größe der Kirche und Anzahl der Gottesdienstbesucher.

Der Wiener Stephansdom musste bei Vollbesetzung bis zu 5000 Gottesdienstbesucher mit Wein bedienen. Anders als in den Zeiten davor, gingen jetzt fast alle zur Kommunion.

Nach Empfang der Hostie erhielten die Gläubigen – meist in einem Plastikbecher – einen Deziliter, also 0,1 Liter besten und reinen Messweines, den man adhoc auszutrinken hatte. Das folgende Kreuzzeichen beendete die Zeremonie, die jetzt einen Gottesdienst durchaus in die Länge ziehen konnte.

»Der Pfaffenwein is net schlecht«, raunte Ludwig Gruber seinem Freund zu, »und das auch noch gratis.«

Die beiden Obdachlosen hatten es eilig, denn auch in anderen Wiener Gotteshäusern wartete die Kommunion inklusive Getränk.

Irgendwann entschlossen sich die Pfarreien, die Gotteshäuser zehn Minuten nach Beginn der Eucharistie zu schließen, um dem Trinktourismus bei der Kommunion Einhalt zu gebieten.

In den Weingütern der Stiftsklöster arbeitete man am Anschlag. Zusätzliche Weinflächen wurden angekauft oder gepachtet, neue Flächen angelegt. Die Finanzkammern der Diözesen errechneten den jährlichen Bedarf an Messwein mit rund 5 Millionen Liter.

Die Zahl der Kirchenaustritte stagnierte erst, dann nahmen die Wiedereintritte rasch zu. Man ging jetzt nicht nur sonntags zur Messe, auch wochentags hatten Seelsorger samt Laienhelfer alle Hände voll zu tun, um den Ausschank in angemessener Zeit zu bewerkstelligen.

»Mama, warum hat Omi so rote Backen, wenn sie von der Kirche kommt?«, fragt Susi. Die Mutter zuckt mit den Schultern. Organisten glaubten zu hören, dass das Schlusslied lauter und mit mehr Inbrunst gesungen würde.

Betagtere weibliche Besucherinnen der Gottesdienste sangen auf dem Heimweg weitere Strophen.

Österreichs nördliche Nachbarn blickten mit Staunen und auch Belustigung auf das toll gewordene Weinland.

»Ösis versinken im Rausch. Kirchen schenken Wein aus!«, titelte die »Klappe«-Zeitung und sorgte detailreich für Erheiterung ihrer Leser.

Otto Köter berichtete selbst. »Wer in diesen Tagen durch eines unserer Lieblingsländer fährt, fühlt sich an den rheinischen Karneval erinnert. Allerdings mit einem kleinen Unterschied: In Österreich scheint dies ein Dauerzustand zu werden.«

Die Rede ist da von Rebensaft süffelnden Beschäftigten, Zelt- und Weinfesten, die sich wie Girlanden über das Land ausbreiten, überquellenden Gastronomiebetrieben, die das erste Glas sogar gratis anböten, und ein Schulwesen, welches das Trinken von Wein sogar promoten würde.

»Das beste aber sind die Kirchen«, schloss Köter: »Wer die Hostie empfängt, kriegt noch einen kräftigen Schluck Wein dazu. Und die Kirchen sind wieder proppenvoll.«

Deutschlands größter und bekanntester Biertrinkerverein, die »Biersekte e. V.« in der Goethestadt Weimar, schlug seinen rund 10.000 Mitgliedern vor, einmal eine Auszeit vom Bier zu nehmen, um nach einer kurzen Abstinenz umso mehr wieder die gereinigten Geschmacksnerven mit dem edlen Gerstensaft verwöhnen zu können.

Dafür eigne sich wunderbar das »Weinreich Österreich«. Hunderte Reisebusse aus Weimar und aus Thüringen fielen daraufhin in die österreichischen Weinregionen ein. Die heimische Reisebranche und die Weingastronomie frohlockten, ebenso die trinkfreudigen Gäste.

»Mir noch eine Halbe Wein«, rief der sonstige Hefetrinker Oliver Hoppe der enteilenden Kellnerin nach, »und macht nichts, wenn's schnell geht.«

Postzusteller Jens Heidrich verlangte seinen Wein in einem Maßkrug.

»Dann halt nicht«, antwortete er der Kellnerin, die verneinte. »Ich nehme dann zwei Halbe.«

Es dauerte, bis die Biertrinker aus der Zone den Unterschied der beiden Getränke verinnerlicht hatten.

Auch in der Wiener Prater Alm wurde neuerdings dem Wein verstärkt zugesprochen.

»Herr Todorovic, Sie haben Ihr Gratis-Achterl heute schon bekommen«, sagte Wirtin Leopoldine Smekal.

Der Stammgast war für eine Viertelstunde verschwunden, um sich in der Apotheke ein Kopfwehpulverl zu holen. Jetzt, nach der Rückkehr, will er die Einlösung des Bummerl'schen Versprechens, nämlich das erste Glaserl gratis.

»Nur heute und nur weil Sie's sind«, resigniert die Wirtin.

»Warum gehen Herr Todorovic so viel in Kirche, Frau Chefin?«, fragt Stanka.

»Wegen dem vinum sanctum, glaube ich«, weicht Frau Smekal aus.

»Das ist nicht wahr«, protestiert der eigentliche Atheist Todorovic. »Wegen der Transesusb ...Transeubsta ...tion, wenn ihr das genau wissen wollt.«

»Pfui, Herr Todorovic, warum treffen dort Transen?«, empört sich die Kellnerin im Abgang.

Internationale Anerkennung

Der Schulchor des Sacré Coeur Gymnasiums aus Bregenz am österreichischen Bodenseeufer skandiert die letzten Takte von Carl Orffs orgiastischem »In taberna quando sumus«[90].

90 Wenn wir in der Schenke sitzen.

Chorleiter Wilbert Herburger führt die in Festtagsuniformen verpackten Buben und Mädchen enthusiastisch und gespannt mit stummen Lippenbewegungen zum schreienden Schlussakkord dieses schmissigen und von mitreißendem Rhythmus geprägten Chorstückes, das die Vertonung lateinischer Gedichte des Deutschen Mittelalters unter dem Titel »Carmina Burana« zum Inhalt hat.

Tosender Applaus hallt durch den Krönungssaal des Rathauses in der deutschen Stadt Aachen. In dem Gebäude, das über der Königshalle Karls des Großen errichtet ist, versammeln sich jährlich zum Fronleichnamsfest ehemalige Regierungschefs und andere bedeutende Persönlichkeiten aus allen Ländern Europas.

»Die Stadt Aachen heißt sie alle herzlich willkommen«, begann die Bürgermeisterin der Karlsstadt ihre Begrüßungsrede. »Der Internationale Karlspreis zu Aachen, der 1950 erstmals vergeben wurde, ist der älteste und bekannteste Preis, mit dem Persönlichkeiten oder Institutionen ausgezeichnet werden, die sich um Europa und die europäische Einigung verdient gemacht haben.«

Die Bürgermeisterin begrüßte ehemalige Preisträger wie Emmanuel Macron, António Guterres, Angela Merkel, Jean-Claude Juncker und andere. »Ganz besonders begrüßen wir den Träger des Karlspreises 2027, den österreichischen Bundeskanzler Dr. Franz Bummerl.«

In der Urkunde, die ihm überreicht wurde, stand »Pater Europae[91].« Papst Joschka I. gehörte zu den ersten Gratulanten.

Der Aachener Pater Dr. Suso Krauthäupl, Kirchenrechtler, Latinist und Karl-der-Große-Forscher, hielt die Laudatio. »Facta loquuntur. Taten sprechen. Franz Bummerl, meine Damen und Herren, gehört zu den wenigen Staatslenkern,

91 Vater Europas

die weniger reden, dafür mehr handeln. Sein Einsatz und sein Engagement für die lateinische Sprache als das größte verbindende Element europäischer Historie, Zivilisation und Humanität wird heute zu Recht gewürdigt.

Austria felix – glückliches Österreich, können wir nur sagen, wo jedem Heranwachsenden die Wurzeln unseres Daseins mit auf den Weg gegeben werden und ihn befähigen, in einer komplexen Welt sich mit Logik und Sprachenkompetenz zu behaupten.

Latein lernen und pflegen erfordert Fleiß und Disziplin, beides Tugenden, die heute nicht allzu hoch im Kurs stehen. Aber gerade diese Tugenden werden von unserer Jugend neben anderen Dingen erwartet, um im Leben bestehen zu können. Franz Bummerl hat dies erkannt und beharrlich in die Tat umgesetzt. Das Vereinigte Europa schuldet Ihnen allergrößten Dank.«

Jetzt spricht der so Gelobte und Geehrte. Der Kanzler zitiert aus Einhard, dem Biografen des Frankenkönigs und römisch-deutschen Kaisers: »Latinam ita didicit, ut aeque illa ac patria lingua orare sit solitus.«[92] Franz Bummerl schloss mit dem Wunsch, dass andere in Europa dem Beispiel Österreichs folgen sollten. Der Applaus war freundlich, aber verhalten.

---

92 Latein lernte er so, dass er darin gleichsam wie in seiner Muttersprache zu reden pflegte.

Erste Früchte der Saat

Die anfängliche Aufregung um die Bildungsreform in Österreich hatte sich nach und nach gelegt. Latein als Pflichtfach für alle Kinder ab der ersten Klasse der Mittelstufe in der jetzt auch nicht mehr ganz neuen gemeinsamen Schule der 10- bis 14-Jährigen gab es nunmehr seit fast zwei Jahren.

Bildungsforscher stellten eine allgemeine Verbesserung sämtlicher Lernkompetenzen der Schüler fest. Ausländische Delegationen pilgerten nach Österreich, um das Projekt zu studieren, allen voran die finnische Bildungsministerin.

Das Wissenschaftsministerium der Republik China überwies Österreich einen dreistelligen Millionenbetrag und sicherte sich den Zugang zu allen Grundlagenforschungen und Evaluierungen des Latein-Frühunterrichtes.

»Kevin«, fragt der Wiener LKW-Fahrer Arno Petronijevic seinen 11-jährigen Filius, »was heißt Kupplung auf Latein?«

»Die Römer kannten noch keine Kupplung«, gibt der Nachwuchslatinist von sich.

»Was ist das für eine Sprache?«, ereifert sich Herr Petronijevic. »Aber ich weiß, was LKW heißt: *plaustrum*!«

»Was für ein Blau?«

Der Vater wendet sich ab.

Die einen oder anderen Auswüchse im Schulalltag waren natürlich unvermeidlich. Besorgte, meist blutjunge Lehrer, verfassten eigenmächtig dreisprachige Vokabelverzeichnisse. Da wurden etwa Listen mit den Rubriken »Latein-Deutsch-Arabisch« oder »Latein-Deutsch-Türkisch« an die entsprechende Lernklientel verteilt.

Wütende Eltern beschimpften Direktoren und Lehrerschaft. Leserbriefe in Zeitungen und Postings im Internet streuten Häme und Hass. »Aufhören mit Latein! Weg mit der toten Sprache!« gehörten noch zu den zurückhaltenden Kommentaren. Eine türkische Community verlangte Türkisch als Pflichtfach für alle Österreicher ab 8 Jahren.

Zum Missfallen vieler Lehrer interessierten sich ihre Zöglinge weniger für Vokabeln aus den Schulbüchern, sondern lateinische Schimpf -und Fäkalwörter waren plötzlich hipp. »Der Lehrer ist eine sus lutulenta[93]«, urteilte man jetzt über Pädagogen. Das unter Schülern beliebte Mobbing erhielt neuen sprachlichen Support. »Pathicus«[94], »pupillus[95]« oder »lotiolentus«[96] hatten Eingang in die Alltagssprache Jugendlicher gefunden.

Verhasste Freundinnen sprachen übereinander nicht mehr von bitches und Schlampen. Dafür sorgten die neuen Kultwörter »ambubaia«[97] oder »lupa[98]«, und das »Watschengesicht« hieß *verbero*. Das Wienerische »Geh scheiß'n« als Aufforderung, sich zu verdrücken, war einem »*I cacare*!« gewichen. »Lambe mihi podicem« hatte für Eingeweihte »Leck mich am Arsch« abgelöst.

Nicht mit Fäkalausdrücken, sondern mit Anweisungen und Hinweisschildern in Latein hatte der Kanzler selbst versucht Exempel zu setzen. *Claudite portam, quaesumus!* – Schließt bitte die Tür – war im Kanzleramt auf Türen zu Toiletten- und Erfrischungsräumen zu lesen. WCs waren mit *locus secretus* beschildert, die gendergerechten Hinweise *viri* und *feminae* erleichterten die Diskretion. Es gab jetzt weniger Büros, dafür arbeitete man für den Kanzler in einem *offici-*

93 Drecksau

94 Warmer Bruder

95 Muttersöhnchen

96 Bettpisser

97 Schlampe

98 Nutte

um scriptorum. Man bestellt *fibiculae chartarum* statt Büroklammern. Ein Mitarbeiter war ein *secretarius, secretaria* die Mitarbeiterin.

»Wie praktisch von den Römern«, dachte sich dabei der Kanzler. *Secretus* hieß ja abgesondert, geheim. Ganz im Sinne seiner internen Kommunikationsstrategie. Infolge der dauerhaften Absenz von Handys und der weitgehenden Außerachtlassung von E-Mail-Verkehr brauchte es für Besprechungen wegen der Message Control 2.0 immer mehr conclavia colloquiorum[99].

Im Eingangsbereich von Ministerien wies der dezente Hinweis *ne fumaveris!* auf das Rauchverbot hin. Über Spülkästen in Toiletten wurden zerstreute Regierungs- und Hofräte dezent mit »Memento perluere!«[100] an einfache Hygieneregeln erinnert.

Das Toilettenpapier war zur *charta hygienica* mutiert, seine Bestellung und Lieferung in einem Kollektorium[101] dokumentiert. Der Eintritt für Bittgänger und Besucher in Amtsräume wurde mit »Singillatim intrare, quaesumus«[102], geregelt.

Der *point of no return* hieß im neuen Sprachjargon des Wirtschaftsministeriums jetzt *punctus nullius reditus*, der USP, als Kürzel für den *unique selling point*, wurde vom *venditionis unicus punctus*, dem VUP, abgelöst.

Der Gebrauch klassischer lateinischer Ausdrücke, die Verwendung sogenannter Neologismen – Wortneuschöpfungen – und der Einsatz lateinischer Fremdwörter führten gelegentlich auch zu Überforderung des Personals.

---

99 Besprechungszimmer

100 Denk daran, spülen!

101 Aktenordner

102 Bitte einzeln eintreten!

»Bringen S' mir bitte die acta diurna[103] Frau Haluschka«, sagte Abteilungsleiter Ferdinand Mostböck zu seiner *secretaria*, »und den Koitus[104] mit Frau Dr. Schimanek müssen wir auf morgen verschieben.«

Die Sekretärin errötete: »Aber Herr Mostböck, sagten Sie wir? Ich muss doch sehr bitten! Sie und Frau Schimanek und ich – das geht zu weit!«

Die Lateinmania ging aber auch medial. Cosmo Valenta, der in Latein gut bewanderte Chef der »Kronen Zeitung«, brachte jeden Sonntag eine Doppelseite unter dem Titel »Lingua Latina cuique«[105]. Die Flut von protestierenden Leserbriefen wurde geschreddert, stattdessen hatte die Redaktion zustimmende zu produzieren.

Die »Wiener Zeitung« legte jeder Wochenendausgabe ein 24-seitiges Feuilleton in und über Latein bei. Die Zahl der die Redaktion erreichenden Leserbriefe von Zeitgenossen mit akademischem Hintergrund, die meist das 80. Lebensjahr schon überschritten hatten, war gigantisch. Redakteur Walfried Zengerle hatte die Einstellung neuer Mitarbeiter mit einem Eignungstest in Latein verknüpft. Den gerichtsanhängigen Klagen wegen Diskriminierung sah er gelassen entgegen.

Die deutsche »Die Zeit«, das Leitmedium für Intellektuelle in der Bundesrepublik schlechthin, widmete sich in einer 144-seitigen Sonderausgabe dem »Lateinland Österreich«.

»Henriette«, sagte mit empfindsamem Timbre in der Stimme der Zeit-Abonnent Justus Maria von Arenstorff im Blauen Salon seines Ansitzes im fränkischen Kulmbach zu seiner Gattin:

103 Tageszeitung

104 Zusammentreffen

105 Latein für jedermann

»Dieses Österreich wäre doch ein famoses Refugium für unsere alten Tage. Klassische humanistische Bildung und klassische Sprachen im Alltag, das gibt's nur noch im Vatikan, und auch dort immer weniger.«

»Du hast recht, Justus Maria. Dort gibt es jetzt sogar *scholae canisiae*, das wäre auch etwas für unseren Apollon«, entfährt es Frau von Arenstorff und zeigt mit dem Finger auf eine Hundeschule, die in der »Zeit« porträtiert wird.

Auf dem Briefkopf des Bundeskanzlers firmierte als Mittens, also Absender, der Schriftzug »Doctor Franciscus Bummerl, cancellarius rei publicae Austriae«[106]. Da wollten Unternehmen, die etwas auf sich hielten, nicht nachstehen und nahmen sich als neue Logos und Firmenmotti lateinische Namen. Agenturen, deren Mitarbeiter meist pensionierte Lateinlehrer oder verkrachte Philologiestudenten waren, boten ihre Dienste an.

Im Gasthof »Lagler« im niederösterreichischen Sonntagberg warben die Wirtsleute Eduard und Bibiane mit dem Wortspiel »Ede et bibe[107] bei Edi und Bibi«. Eine Kärntner waffenproduzierende Firma ließ sich »Impetus defensio optima«[108] als dimmenden Slogan patentieren. Auf Polizeiuniformen war jetzt der kleine Zusatz »amicus adiutorque«[109] auszumachen.

An der Bar des Gasthof »Lüftner« in der Linzer Klausenbachstraße erhielt der sinnige Werbespruch »Trunk sucht Abnehmer« den fremdsprachigen Zusatz: *Potus quaerit emptores.*

Die österreichischen Bundesbahnen begrüßten die neu

106 Kanzler der Republik Österreich

107 Iss und trink!

108 Angriff ist die beste Verteidigung.

109 Freund und Helfer

hinzugekommenen Fahrgäste in Deutsch, Englisch und neuerdings auch in Latein. »Salutamus hospites novos in itinere Salisburgo Vindobonam. Currus cenatorius medio in tramine situs est.«[110] – »Hab gar nicht gewusst, dass die jetzt auch Gewürztraminer im Speisewagen haben«, sagt der Handelsreisende Bertram Brauneder und begibt sich in Richtung Speisewagen.

Das österreichische Bundesheer brachte für alle Soldaten, Offiziere und das Verteidigungsministerium ein Vademecum[111] »Latein für den Dienst mit der Waffe« heraus. *Officium cum armis* war jetzt der Dienst mit Waffen, *vigilia diei* fortan die Tagwache, statt des gebräuchlichen *over* markierte jetzt ein kräftiges *finis* das Ende eines Funkspruches.

Im Angriffsmodus suchte man jetzt *destinata mollia* und meinte damit weiche Ziele. »Was heißt Vollkoffer auf Latein?«, fragt der Rekrut Klaus Wienerberger seinen Bettnachbar. »Warum denn das?« »Ich will wissen, wie ich den Oberstabswachtmeister nicht ansprechen soll.« »Versuch's mal mit *riscus plenus*«, sagt der Bettnachbar und verstaut sein Taschenwörterbuch.

Die Abteilung Schutz- und Spürhunde im Innenministerium wollte ihrem früheren Leiter Dr. Alfons Nachbauer, der jetzt im Kanzleramt an der Schaltstelle der Republik und damit quasi unter dem Latein-Baldachin des Kanzlers tätig war, besonders imponieren. Edelrüde »Welz von Karthago« oder Hündin »Daisy« lernten ganz schnell das lateinische Vokabular, wobei »*Sede!*« für »Sitz« und »*locus*« für »Platz« oder »*Cape!*« für »Fass!« noch die einfachsten neuen Befehle waren.

Das in diesem Fall geschlechtsneutrale *bonus canis*[112] als

110 Wir begrüßen die neuen Gäste auf der Fahrt von Salzburg nach Wien. Der Speisewagen befindet sich in der Mitte des Zuges.

111 Wörtlich: Geh mit mir! (Anleitung; kleiner, nützlicher Ratgeber)

112 Guter Hund

Ausdruck höchsten Lobes galt für den Rüden wie für die Hündin. *»Ad pedem«* hieß natürlich »bei Fuß«, *»Ad me«* »bei mir«. *»Veni!«* war die Aufforderung zu kommen, und mit *»Qaere!«* wurde der Hund auf Suche geschickt.

Der Hund wedelte jetzt nicht mehr mit dem Schwanz oder der Rute, sondern mit der *cauda*. Es stellte sich gerade heraus, dass die Hunde sich die lateinischen Vokabeln besser und schneller merken konnten als der eine oder andere Hundeführer.

»Apporta!«,[113] rief Major Moser seinem Schäfer zu und warf seinen Schlagstock in weite Ferne.

»Warum schreist denn immer nach dem Häusl? Geh halt endlich aufn Abort«, feixte sein Kollege Fähnrich Krottenbach.

Auch die »Flamingo-Bar« am Wiener Lerchenfelder Gürtel springt auf den Behübschungszug auf. An der Bar kann man bei Ramona und Shirley nebst Longdrinks und Schampus jetzt zwischen »coitus cum protectione«[114] (CCP), »coitus sine protectione«[115] (CSP) oder »Podex meus tibi est«[116] (PMTE) wählen. Eine Videowall am Eingang transportiert den neuen Namen des Klubs: »Hic habitat felicitas.«[117]

»Möchte haben eine felicitas«, sagt Tankwart Vlado Jovanovic zu Ramona.

»Was wollen?«

»Ich Vlado, du Ramona. Du mir machen eine *felicitas.*«

»Nix verstehen, schleich di.«

Vlado nimmt Zuflucht zur Gestik.

---

113 Bring herbei!

114 Koitus mit Schutz

115 Ohne Schutz

116 Mein Arsch gehört dir.

117 Hier wohnt das Glück.

»Ach so, ich verstehen«, sagt jetzt Ramona, »du wollen Fellatio.« – »Ja, fellicio. Was kosten?«

In der österreichischen Auslandsschule »Formatio« im Liechtensteinischen Triesen nimmt der Maturant Mio Stüssi gerade an der Bluse seiner wohlig schnurrenden Lateinlehrerin und fragt mit Unschuldsmiene. »Was heißt eigentlich MILF auf Latein, Anastasia?« Die 44-jährige Pädagogin, die sich mit dem Pubero im Physikkabinett eingesperrt hat, schmiert ihm eine und flüstert dann versöhnlich: »Aber Mio, das weißt du nicht?« Der Kürzel MQDO steht natürlich für »Mater, quacum dormire volo.«

Das inzwischen trilinguale Oberstufengymnasium, wo auch in der Primar- und Sekundarstufe Latein gebüffelt wird, hat sich mittlerweile zum Vorzeigeprojekt des österreichischen Schulwesens, wenn auch im nahen Ausland, gemausert. Die Gymnasiasten sprechen fast fließend Latein.

In mehreren Fächern ist die Unterrichtssprache Latein. »Manus in excelsum, pectus fores, venter intro«,[118] heißt es etwa beim Sport. Entschuldigungen für Absenzen oder nicht gemachte Hausübungen werden in Latein abgegeben. »Avus meus heri totum diem computatorio meo usus est. Itaque pensa mea facere non potui«,[119] schreibt Rufus Vogt seinem Mathelehrer.

Wettbewerbe für Poetry-Slams, die in Latein gehalten werden, locken sogar betagte, meist verschrobene Humanisten aus der nahen Schweiz in die Aula der Schule.

»Nolo, volo, Prolo, colo, solo, Molo, tick-tack-tick-tack, lac, fac, und Sack, lingua Latina Katharina, tick-tack, tack-tick, hic, sic, dic, amo me, amo me, he-he-he.«

Das Publikum trampelt begeistert auf die Dielen der Aula.

---

118 Hände hoch, Brust heraus, Bauch hinein!

119 Mein Opa hat gestern den ganzen Tag meinen PC verwendet. Deshalb konnte ich meine Aufgaben nicht machen.

Ladina Kindle im Outfit von Pop-Ikone Madonna beendet ihren preisgekrönten Poetry-Slam. Die Bildungsministerin aus Wien überreicht der Schule den höchsten österreichischen Staatspreis.

Das Getrampel ist auch im Physikkabinett zu hören, wo Schüler Mio wieder seine Unschuldsmiene aufgesetzt hat.

»Was heißt blank ziehen?«

»Nudum trahere.«

Am Benediktinermarkt in der Kärntner Landeshauptstadt Klagenfurt geht man natürlich auch mit der Zeit. Gemüse und Obst werden jetzt zweisprachig angepriesen. Beim Salat gibt es den Zusatz *lactuca*, *rapa* sind natürlich Rüben und *malum sinense*, eigentlich der chinesische Apfel, markiert die Orange.

»Ich hätte gerne ein Kilo cucumis[120] und vier cepae[121] und etwas holus[122]«, sagt Frau Rudolfine Werluschnig am Stand der Fruchthandlung »Pertl«.

»Gratias ago«,[123] sagt Frau Werluschnig freundlich. »Hob i' net. Des homm's heut' nid gliefert.«

Auch die mit lateinischen Ausdrücken nicht unterversorgte medizinische Zunft versucht mitzuhalten. Primarius Dr. Sigmund Skrbensky, Leiter der Abteilung Pulmologie am Wiener Wilhelminenspital, lässt den Restaurantleiter des Ärztebuffets zu sich rufen.

»Ihre Lateinkenntnisse in Ehren, Herr Amtmann, aber dass sie jetzt auch noch den Bundeskanzler auf die Speisekarte setzen, geht zu weit. Sie verstehen?«

---

120 Gurke

121 Zwiebeln

122 Kraut

123 Ich danke.

Romuald Amtmann verstand. Aus dem lateinischen *pulmo* für Lunge hatte er die Verkleinerungsform *pulmula* kreiert. Auf der Speisekarte firmierte jetzt das unter Ärzten allerdings nicht rasend beliebte Gericht pulmula acida[124].

Was im Krankenhaus fortan aus political correctness untersagt war, rutschte nach und nach auf die Speisekarten von Gasthäusern, Kantinen und Imbissen. Man bestellte unter entsprechenden Kommentaren von Zuhörern gerne auch einen kleinen Bundeskanzler, wenn die Aussprache des lateinisch gehaltenen Beuscherls Schwierigkeiten bereitete. Auf bessere Umsätze hoffende Gastronomen motzten ihre Speise- und Getränkekarten auf. Ansonsten bestellte man, um die eigenen Lateinkenntnisse zu demonstrieren, mit Vorzug *cerevisia frumenti* und meinte Weizenbier oder eine *sorbitio globulorum iecoris*, die Leberknödelsuppe.

Besonders lustig fand das saufende Nachtvolk Getränke wie das *duplex Rhomium*, den doppelten Rum oder die *fututio ad litus* – Sex on the beach. Missverständnisse waren praktisch vorprogrammiert. »Für meine Freundin eine tomaculum[125]. Und dann hätte ich von dir noch gerne die placenta mali[126]«, sagte Lukas Manner zur Bedienung am Buffet der Trabrennbahn in der Wiener Krieau.

»Schleich di, du perverses Schwein«, zischte die Kellnerin.

124 Saures Lüngerl

125 Bratwurst

126 Apfelkuchen

»Ave Maria, gratia plena«,[127] beginnt Pfarrvikar Grigori Klimenko erneut das »Gegrüßt seist du, Maria« in der Knappenkapelle der Kärntner Gemeinde Stockenboi, nahe am Weißensee.

»Dominus tecum, benedicta tu in mulieribus«,[128] stimmen die anderen Frauen ein, und die zweite Vorbeterin, Gertrude Anichhofer, schließt ab mit »ora pro nobis et cancellario nostro!«[129]

Wie jeden Montag, um 7.00 Uhr in der Früh waren die Ortsbäuerinnen um Gertrude Anichhofer den vom Stockenboier Ortszentrum leicht hinaufführenden Weg zur Knappenkapelle gegangen. Vor dem kleinen Gotteshaus hat Dorfschullehrer Heinz Torta den sinnigen Spruch »Hac ne vade via, nisi dixeris AVE MARIA«[130] angebracht. Man hält sich daran.

Seit der Inthronisation von Bundeskanzler Dr. Franz Bummerl hatten sich in ganz Österreich, mit Vorzug im ländlich-bäuerlichen Milieu, recht zahlreiche Unterstützungskomitees und kleinere Fanzirkel rekrutiert, die von Medien und Opposition gerne spöttisch als Kanzler-Anbetungsvereine apostrophiert wurden.

Besonders kanzlertreu war die Stockenboier »Congregatio pro salute cancellarii«[131], deren Ortsbäuerinnen sich auch

---

127 Gegrüßt seist du Maria, voll der Gnaden.

128 Der Herr ist mit dir, du bist gebenedeit unter den Frauen.

129 Bitte für uns und unseren Kanzler!

130 Geh nicht diesen Weg, ohne vorher ein »Ave Maria« gebetet zu haben.

131 Vereinigung für das Wohlergehen des Kanzlers

diesen Montag zum Rosenkranz versammelt hatten. Zeitgleich war auch die Lesachtaler Gebetsliga in der Wallfahrtskirche Maria Schnee in Maria Luggau zusammengekommen.

In der Bezirkszeitung »Spittaler« und in der »Lesachtaler Gemeindezeitung« war von der angeblich angeschlagenen Gesundheit des Bundeskanzlers die Rede gewesen. Man verstärkte die Bemühungen.

Auf dem Altar der Stockenboier Knappenkapelle ist neben einem Marienbild auch das Konterfei des Kanzlers in einen alten Bilderrahmen gepresst. Der Rosenkranz wird heute besonders inbrünstig gebetet, und die Blicke der Frauen hängen abwechselnd an beiden Bildern. Die Frauen sind des Lateins nicht mächtig, aber sie sind mit Andacht dabei.

Vikar Klimenko, der aus der Ukraine zu Hilfe gesandte Priester für die umliegenden Berggemeinden, konnte leider noch kein Deutsch. Er hatte die wichtigsten Gebete den Frauen auf Latein aufgeschrieben. »Jetzan noch ein pater noster für den Bummi«, sagt Luzia Knaflitsch Richtung geistliche Leitung der Kongregation. Klimenko stimmt an.

Beim Verlassen der Kapelle steckt ihm Gertrude Anichhofer einen Kärntner Reindling zu. Dieser Germkuchen erinnert den Geistlichen an den Paska-Osterkuchen seiner ukrainischen Heimat. Bei ihm zu Hause beten die Leute für Frieden. Aber hier in Österreich? Grigori Klimenko schüttelt den Kopf. Was war da passiert?

»Hat der Kanzler etwas zu verbergen?«, fragte der »Kurier« in der Sonntagsausgabe im Frühsommer 2028. »Muss man sich Sorgen um Dr. Bummerl machen? Wo bleibt der Gesundheitscheck? Kanzler drückt sich vor Wahrheit«. Andere Medien doppelten nach.

Was in den USA längst zu einem Ritual geworden war, hatte auch in den EU-Staaten Einzug gehalten: die Offenlegung von Regierungschefs und Präsidenten, wie es um ihre

Gesundheit steht. Einzig die finnische Präsidentin und der österreichische Bundeskanzler hatten bislang nicht geliefert. Bummerls bisherige Weigerung, seinen Gesundheitszustand öffentlich zu machen, befeuerte natürlich Gerüchte.

Es war eigentlich keine Weigerung, Franz Bummerl hatte es einfach nicht der Mühe wert befunden, darauf zu reagieren. Auf eine entsprechende Frage eines Journalisten hatte er lapidar geantwortet: »Sie dürfen davon ausgehen, dass ich um die Verantwortung meines Amtes weiß und deshalb auch dementsprechend handle – auch was meine Gesundheit anbelangt.«

Im Kanzleramt und in manchen Journalistenkreisen, natürlich auch bei der amerikanischen NSA und dem SWR, dem russischen Auslandsgeheimdienst, machten schon seit geraumer Zeit streng geheime Gerüchte die Runde, wonach Franz Bummerl gesundheitlich nicht up to date wäre. Mit die Finger in diesem undurchsichtigen Intrigenspiel hatte selbstverständlich wieder einmal Ante Popovic, dessen kompromittierendes Material über den Kanzler auf ein beachtliches Volumen angewachsen war.

Alkoholsucht, geheime Partys in der Kanzlerwohnung in einem Weingasthaus, Kontakte zu Frauen, über die man zu wenig weiß, hatte der allzeit verfügbare News-Ermittler Popovic, allerdings nur in kleinsten Dosierungen, gegen Bares dorthin geliefert, wo es der Desavouierung des Bundeskanzlers nützlich zu sein versprach.

»Fama crescit in eundo«,[132] das wusste der Kanzler nur allzu gut, und die alte römische Weisheit »semper aliquid haeret[133]« würden ein Übriges leisten, um an seinem Image weiter zu kratzen.

Ein Internist, der sich wichtig machen wollte, lieferte in

---

132 Das Gerücht wächst im Gehen. – *Vergil*

133 Etwas bleibt immer hängen. – *Francis Bacon*

einem Revolverblatt eine Ferndiagnose von Franz Bummerl. Sein Body-Mass-Index habe sich seit seinem Amtsantritt leicht nach oben verschlechtert, er würde wahrscheinlich nicht richtig essen, möglicherweise auch zu viel trinken. Er wirke oft unkonzentriert, meinte der Internist, und, sein eigentliches Fach verlassend, wagte er auch noch eine Beurteilung der geistigen Fähigkeiten des Kanzlers: »Es ist durchaus wahrscheinlich, dass auch leichte schizoaffektive Störungen in Schüben auftreten.«

»Schau dir mal die linke vordere Pfote von Kaia an«, sagte Franz Bummerl, der am Abend vom »Weinderl« gegenüber in die Tierarztpraxis seines guten Freundes Dr. Rudolf Hufnagl gekommen war.

»Sie hinkt hin und wieder, hoffentlich nichts Schlimmes«, sagte ein besorgter Kanzler. Das Steinchen zwischen den Krallen der Hündin war rasch gefunden.

»Ich könnte in den nächsten Tagen mal wieder eine kleine Vorsorgeuntersuchung bei Kaia machen, sicher ist sicher«, wollte Rudolf Hufnagel mit Blick auf die Veltlinerflasche auf dem Schreibtisch den veterinär-medizinischen Teil des Zusammenkommens beenden.

»Geht das auch bei mir?«, fragte plötzlich der Kanzler.

»Ich versteh nicht. Was meinst du?«

»Du weißt schon. Das Affentheater in den Medien um meine Gesundheit. Du gibst mir doch auch Tabletten und Medikamente aus deiner Tierapotheke für meine Wehwehchen.«

»Franz, leg dich mal da hin«, zeigte der Veterinär mit einem kaum wahrnehmbaren Lächeln im Gesicht auf den Katzen-OP-Tisch. Rudolf Hufnagls Hauspapagei »Kroko«, der wie immer, auf dem Medikamentenschrank sitzend, die Vorgänge in der Ordination beobachtete, wurde Augenzeuge eines Vorganges, den er bislang nicht kannte.

Draußen im Warteraum hörte Hündin Kaia das Surren eines Gerätes, das, wie »Kroko« drinnen live mitverfolgen konnte, üblicherweise über Elektroden mit einem bedauernswerten Tier verbunden ist. Heute war das anders. Und warum bindet sein Herrchen dem Herrn vom Haus gegenüber jetzt den Oberarm ab? »Kroko« fand das irgendwie seltsam.

»Tierarzt untersucht Kanzler« und »Bummerl verhöhnt uns – Gesundheitscheck durch Veterinär« war aufgeregten Vorabmeldungen in österreichischen Onlinemedien am Samstagabend derselben Woche zu entnehmen. Die gedruckten Ausgaben Sonntag früh waren noch deutlicher:

»Fleischbeschauer stellt Kanzler Gesundheitszeugnis aus«. Die deutsche »Klappe« freute sich über diesen Brüller und brachte auf Seite 1 die Schlagzeile: »Echt jetzt: Ösi-Kanzler hat Tierarzt als Leibarzt«.

Vorausgegangen waren diesen Aufregungen zwei Pressemitteilungen aus dem österreichischen Bundeskanzleramt. Zuerst trudelte bei den Medien die knapp gehaltene Meldung »Kanzler bei bester Gesundheit« ein. Der angehängte Gesundheitscheck bescheinigte Franz Bummerl »gute medizinische Werte«.

Nach mehrmaligen Urgenzen der Medien sah sich Hajo Plötzeneder genötigt, das Gutachten online zu stellen. Dieses wimmelte von medizinischen Fachausdrücken, allesamt fast nur in lateinisch-griechischen Fachtermini verpackt, die auch Medizinprofessoren nicht verklausulierter hätten verfassen können.

Da waren Passagen mit eingeflochtenem Deutsch geradezu erhellend: Die Rede war von normalen Exspirium, beiderseitigem hypersonorem Klopfschall und exspiratorischem Giemen. Man erfuhr etwas über Dr. Bummerls Carotis-, Radialis-, Femoralis- und Fußpuls, der noch dazu kräftig palpabel wäre. Außerdem seien keine Zyanose, Dyspnoe oder ein

Ödem festzustellen. Beim Cor konstatierte der unterzeichnete Gutachter tastbare Pulse der Aorten radialis, brachialis, femoralis, poplitea sowie tibialis posterior.

Es seien, so die abschließende Beurteilung, »weiterhin kraftvolle Auftritte und Aktivitäten des Kanzlers vom gesundheitlichen Standpunkt aus zu erwarten«. Neben einem allgemeinen und kardiologischen Befund war auch noch eine neurologische Besprechung beigefügt.

Psychiater und Neurologe Dr. Tomislav Seyfried habe dem Probanden mit Federstrichen gezeichnete Tiere wie einen Feldhasen oder einen Storch zur Erkennung vorgelegt, außerdem habe er einen Würfel nachzeichnen müssen.

Beides habe der Kanzler mit Bravour gelöst. Unterzeichnet war das Gutachten von Dr. med. vet. Rudolf Hufnagl, Klein- und Großtierpraxis, Schlachttier- und Fleischuntersuchungen; Pötzleinsdorferstraße 100, 1180 Wien.

Die Wogen gingen hoch, die mediale Entrüstung und Erregung gespielt und gekünstelt oder doch besorgt um Kanzler und Staat? Es war schwer einzuordnen. Für Gesprächsstoff war jedenfalls allerorten gesorgt.

In der Stockenboier Knappenkapelle hatten inzwischen Dankgebete die vormaligen Stoßgebete gegen den Himmel abgelöst.

Ebensolche stiegen jetzt auch über dem burgenländischen Firmament auf. Der Kanzleranbetungsverein »Pannonia orat«[134] im südburgenländischen Gaas bei Eberau war in der Wallfahrtskirche »Maria Weinberg« zusammengekommen. »Maria, mater Dei, gratias agimus tibi pro conservatione cancellarii«,[135] betete Diakon Sebastian Notdurfter vor. Ein freudiges Ave-Maria der Gemeinde folgte.

134 Pannonien betet.

135 Maria, Mutter Gottes, wir danken dir für die Errettung des Kanzlers.

»Trude, mi zwickt's immer so im Knia«, sagt der leicht hinkende Frühpensionist Karl Rossmanith im oberösterreichischen Stadl-Paura zu seiner Gattin.

»I' glaub, i' geh' zum Orthopäden.«

»Aber nein«, entgegnet die fürsorgliche Ehefrau. »Geh doch zum Dr. Leodolter und lass dir seine Pferdesalbe geben, die hilft Mensch und Tier.«

In der Tierklink von Dr. Kaspar Hölzl im Wiener Vorort Rodaun sind auch heute wieder auffallend mehr Menschen als Tiere im Wartezimmer auszumachen. Was für den Kanzler gut ist, sollte auch für den kleinen Mann und die kleine Frau gelten.

»Was haben Sie denn, Frau Kaiser?«, fragt die Dame daneben, die wegen einer kleinen Schnittwunde am Finger die nahe gelegene Tierarztpraxis aufgesucht hat.

»Ich bräuchte ein paar Kreislauftabletten. Und eine Stuhlgangprobe wegen meiner Verdauung habe ich auch mitgebracht.«

»Wir hätten noch ›Crattaegut-Herztropfen‹ im 3-erPack«, sagt die Sprechstundenhilfe zu Herrn Kothgassner, der mit Dackeldame »Cindy« im Begriff ist zu gehen: »Gut für Mensch und Tier.«

Herr Kothgassner nimmt zwei preisreduzierte Packungen.

Die Tierärztekammer fordert die Veterinäre in einem Rundschreiben auf, die Behandlung von Menschen nur im äußersten Fall, nämlich bei »Gefahr für Leib und Leben«, vorzunehmen. Und die Ärztekammer warnt Patienten ausdrücklich vor den Folgen einer Behandlung von »gewerbefernen Personen«.

Auch Dr. Rudolf Hufnagls Tierarztpraxis wird von Anfragen überrannt. Wildfremde Leute wollen einen Gesundheitscheck samt Attest von einer wirklich »unabhängigen und nur dem Wohle des Patienten verpflichteten Autorität«.

Wie zu erwarten, riss die öffentliche Kritik nicht ab. Hämische Kommentare zogen sich durch die Medien. Auf Twitter hatte sich unter #dolittle eine ulkige Community gebildet.

»Ob Mensch oder nur ein Tier, der Pferdedoktor hilft auch dir«, wurde zwei Millionen Mal geteilt.

»Dr. Hufnagls double-check: Mann und Maus. Tier geht gratis.« teilte den Erfolg der vorherigen Teiler.

Der Schlagabtausch im Parlament war abzusehen. Die Opposition höhnte.

»Ein Bundeskanzler, der sich von einem Fleischbeschauer gesundschreiben lässt, ist krank. Und zwar schwer krank im Hirn«, schmetterte AFÖ-Obmann Hubert Gaggl in die vollständig versammelte Korona der österreichischen Abgeordneten.

SPÖ-Chef und Gewerkschafter Leopold Feichtinger nannte den Kanzler einen »kranken Patienten und Drückeberger, der in die Klapsmühle gehört, und zwar jetzt.«

Die Grünen sprachen von Desavouierung und Verspottung von Ärzteschaft und der gesamten österreichischen Bevölkerung.

»Wer Zuflucht zu einem solchen Vorgehen sucht, hat etwas zu verbergen«, sagte die stellvertretende Grüne Klubobfrau Ayshe Ahmed und schloss: »Dieses ärztliche Bulletin ist eine Frechheit. Es ist eigentlich kein Bulletin, sondern eine Verarsche.«

»Sibi quisque proximus«,[136] reagierte jetzt jener Mann, der seit Tagen im Mittelpunkt der Aufmerksamkeit stand. »Wenn Sie sich nur halb so viel um das Wohlergehen des Staates als um meine Gesundheit kümmern würden, sehr geehrte Damen und Herren der Opposition, könnten wir uns wieder wichtigeren Dingen zuwenden. Sie müssen es schon mir überlassen, wo ich mir ärztlichen Rat einhole. Bei mir

136 Jeder ist sich selbst der Nächste. – *Cato*

ist es eben ein besonderer Arzt, nämlich ein Tierarzt. Und der ist immer noch besser als so mancher Quacksalber und Heilpraktiker, zu denen Sie eilen, wenn es irgendwo zwickt. Und, Herr Gaggl und Herr Feichtinger: Seien Sie froh, dass Sie sich nicht einem neurologischen Test unterzogen haben, denn sonst wäre ihr nächster Gang vorgezeichnet: nämlich amtlich bestätigt in die Psychiatrie.«

Es war jetzt gegen Ende der Debatte am Kanzler auszuteilen.

»Das nehmen Sie zurück«, rief ein erregter Feichtinger, »sonst gibt's einen Misstrauensantrag.«

»Ich nehme gar nichts zurück, Herr Klubobmann. Quod dixi, dixi[137]«, replizierte der Kanzler. »Und außerdem, Frau Achmed, Sie sollten sich überlegen, was Sie sagen. Es gibt kein Bulletin, sondern lediglich einen Befund. Ceterum censeo[138]: Wir haben Wichtigeres zu tun. Auch ich.«

Der Kanzler verließ den Plenarsaal. Nach einer kleinen Unterbrechung der Sitzung schritten die Abgeordneten zur dritten Lesung über das »Gesetz über das Verbot der Haltung von Alligatoren in einer Badewanne«.

»Was sein ein Bülltön, Franz?«, fragt Amin, der einen gutgelaunten Kanzler nach Hause fährt.

»Ist das Türkisch?«

Kanzlerhündin »Kaia« trifft Personalentscheidungen

»Was ist denn, Kaia?«, fragt verwundert der Kanzler und schaut auf seine Golden-Retriever-Hündin, die diesen Vormittag ausnahmsweise mit ins Kanzleramt gekommen ist.

---

137 Was ich gesagt habe, habe ich gesagt.

138 Im Übrigen bin ich der Meinung … – *Cato*

Auf einem langen Ablagetisch hat Kabinettschef Dr. Alfons Nachbauer die Bilder von zwei Damen und drei Herren aufgestellt. Aufmerksam verfolgt die Hündin, wie die beiden Herren die Bilder wie Schachfiguren hin- und herschieben und sich dazu äußern.

Doch Kaia hat es auf ein ganz bestimmtes Konterfei abgesehen. Egal, wohin die beiden Herren das Bild von Frau Wüstenhagen stellen, die Hündin folgt diesem schwanzwedelnd, stellt sich auf die Hinterpfoten und beschnuppert es.

»Kaia, die Frau kennst du doch gar nicht«, versucht Dr. Nachbauer der Situation etwas Lustiges abzugewinnen.

»Mach wieder Platz«, sagt jetzt auch der Kanzler.

Der Anlass für dieses Schachspiel mit menschlichen Figuren im Kanzleramt war ein dringender. Im Ministerrat am folgenden Vormittag galt es von der Regierung zwei wichtige Personalien abzusegnen.

Die Weintrinkerpartei hatte für sich schon den Vorstandsvorsitzenden für den Glückspielkonzern der Casinos-Spiel-AG reklamiert und auch erhalten. Der burgenländische Finanzbeamte und Eisweinwinzer Gregor Jandritschitsch war dafür nominiert. Ein parteiinternes Hearing habe ihn als den Qualifiziertesten erstgereiht, war von Vizekanzler Dominique Rebnik zu hören gewesen. Somit stand der Gelben Vaterlandspartei die Besetzung des Postens des Nationalbankpräsidenten zu, wie Franz Bummerl unmissverständlich dem Koalitionspartner bedeutet hatte.

»Wen sollen wir denn da nehmen?«, fragte der Kanzler und stellte die beiden Frauenbilder etwas zur Seite.

»Wenn du mich fragst«, sagte der Kabinettschef kleinlaut, »ist keiner der Herren eine besondere Leuchte, aber halt keine schlechten Parteigänger.«

»Also, was haben wir denn da?«, sagte der Kanzler zu sich selbst. Man besprach die drei Herren, die aus einer internen

Reihung des Sekretariates der Vaterlandspartei hervorgegangen waren. Herr Buchinger, der Prokurist des Raiffeisen-Lagerhauses im oberösterreichischen St. Lorenz, wurde von den Herren als Leichtmatrose eingestuft. Auch ein Controller der Hypo Bank Hainzenberg im Zillertal oder der Parteikassier der Vaterlandspartei im Wiener Nobelbezirk Innere Stadt vermochte Kanzler und Kabinettchef nicht wirklich zu überzeugen.

»Um ehrlich zu sein, Alfons«, resümierte der Kanzler, »ist es völlig egal, wen von den dreien wir nehmen. Eine Banken-Trägerrakete schaut anders aus.«

»Und die Damen?«, fragte vorsichtig der oberste Sekretär der Republik. Die Bilder von Siegtraude Wüstenhagen und Ivonne Tauschnigg, einer Kärntner Prokuristin der Bauernversicherung, wurden wieder in die Mitte des Tisches gerückt.

Jetzt gab es für Hündin Kaia kein Halten mehr. Der Schwanz wedelte wie ein Rotor, während sie das Bild von Frau Wüstenhagen beschnupperte. Ein freundliches Bellen beendete diese bei der Personalplanung nicht vorgesehene Übung.

»Na also«, sagt der Kanzler und klang irgendwie erleichtert. Dr. Nachbauer hatte verstanden und hatte jetzt Dringendes zu tun. »Gutes Hundi, braves Hundi«, sagte der Kanzler und blickte erst auf das Bild von Frau Wüstenhagen, dann auf das Dossier der Partei, das der Kabinettschef hinterlegt hatte. Frau Wüstenhagen sei Managerin eines Bitcoin Stores bei einer Wiener Privatbank.

Was ihre Karriere in der Vaterlandspartei betraf, war da unter anderem zu lesen: »Frau Wüstenhagen organisiert seit einem Jahrzehnt für die Wiener Vaterlandspartei die herbstlichen Laternen-Feste in den Bezirken Favoriten, Penzing und Hernals.« Man würde Fragen stellen.

Der Zeiger der Uhr war schon gegen 20.00 Uhr gerückt. Zu Hause bei Frau Papouschek gäbe es heute Fleischlaberln mit Erdäpfelsalat, und das Fernsehprogramm versprach am

Abend mit einer neuen Polizeifolge von »Wachzimmer Ottakring« beste Unterhaltung.

Eigentlich wollte Franz Bummerl noch mit Frau Wüstenhagen sprechen. Doch wenn Kaia ihr Urteil gefällt hatte, wäre das wohl nicht das schlechteste Omen für die Bestellung von Frau Wüstenhagen zur Präsidentin der Nationalbank. Außerdem wüsste er jetzt, wie sie aussah. Das würde peinliche Momente bei der Präsentation ersparen.

Nachdem am späten Dienstagvormittag nach der Sitzung des Ministerrates bekannt geworden war, welche Wichte von der Regierung für den Posten des Casino-Generals und der Nationalbankpräsidentin nominiert worden waren, wurde es immerhin Abend, bis Medien und Opposition sich ein Bild von Gregor Jandritschitsch und Siegtraude Wüstenhagen gemacht hatten.

Eigentlich kein Bild. Außer Interneteinträgen wie »Gregor Jandritschitsch Sieger im Eisstockschießen des ESV Pinkafeld-Sinnersdorf« oder »Siegtraude Wüstenhagen und Bernhard Wamper geben sich das Ja-Wort« war für Rechercheure wenig zu finden.

Die Parlamentssitzung war schon seit dem Vormittag im Gange. Gegen Abend hatten die Mitarbeiter der Oppositionsklubs genug Nicht-Material über die beiden Personalien zusammengetragen, um damit die Sitzung aufzumischen und die Regierung anzupatzen. Man zitierte den in Wien weilenden Kanzler ins Parlament und begehrte Auskunft über Qualifikation, Hearings und Auswahl der beiden Spitzenpositionen.

»Heute hat die Regierung einen weiteren Beweis ihrer Unfähigkeit geliefert, meine Damen und Herren«, sagte Oppositionsführer und SPÖ-Chef Leopold Feichtinger als erster Redner zum rasch eingeschobenen Thema »Besetzung von Spitzenpositionen in der Republik Österreich«.

»Sie, Herr Bundeskanzler, zaubern im stillen Kämmerlein einfach einen Herrn aus der Weintrinkerpartei und eine Frau aus Ihrer Partei aus dem Hut und präsentieren sie uns als Flaggschiffe des Staates, wie Sie selbst sagten.«

Und unter kräftigem Beifall aus den Reihen der Opposition wälzte Feichtinger eine nächste Fuhre Faulschlamm vor die Füße der Regierung und des Kanzlers.

»Sie hieven, Herr Bundeskanzler, unter tatkräftiger Mithilfe ihrer weintrinkenden Kompanie zwei Leute ohne jede Qualifikation in höchste Staatsämter. Ein kleiner Finanzbeamter der Verwendungsgruppe D, ohne höheren Schulabschluss, der bisher im Controlling für die Kommunalsteuer von Kleingemeinden tätig war, wird zum Chef des milliardenschweren Glücksspielkonzerns der Casinos Austria. Eine Qualifikation allerdings kann man Herrn Jandritschitsch nicht absprechen«, höhnte Feichtinger weiter und machte bei Stichwort Qualifikation mit den Fingern das Anführungszeichen: »Er ist immerhin der Kassier der Weintrinkerpartei der Ortsgruppe Pinkafeld-Sinnersdorf und als solcher im Umgang mit hohen Geldbeträgen vertraut.«

Das Ende jetzt einsetzender Lachsalven nicht abwartend, fährt Feichtinger fort: »Sie, Herr Bundeskanzler haben diesem schmutzigen Deal mit den Weintrinkern zugestimmt, um ihre Kandidatin für die Nationalbank durchzudrücken. Niemand aus dem Banken- und Versicherungssektor, den man nach Frau Wüstenhagen fragt, kennt diese Frau. Sie aber installieren eine Frau, die sich durch die Organisation von Laternenfesten für marode Wiener Bezirke ihrer Vaterlandspartei wichtig gemacht hat, zur obersten Hüterin unserer Banken und unserer Volkswirtschaft. Damit verlassen wir den von Kollege Gaggl gerne apostrophierten Affenstaat und bewegen uns in einen Staat, der nur noch von Kumpanei und Freunderlwirtschaft geprägt ist. Ich sage Ihnen eines: Selbst in Nordkorea gibt es bei der Besetzung von Staats- und Regierungsämtern mehr Transparenz als inzwischen leider bei uns. Sie versagen ein weiteres Mal und machen sich, und damit die Republik lächerlich! Wir sind gespannt, wie Sie das Zustandekommen dieser Personalien rechtfertigen.«

Die Aktion für Österreich, respektive AFÖ-Klubobmann Hubert Gaggl, schlug in dieselbe Kerbe und rieb dem Kanzler noch mehr Salz in die offenen Wunde.

»Sind Sie von allen guten Geistern verlassen, Herr Bundeskanzler? Hunderte hochqualifizierte Fachleute aus der Finanz- und Kreditwelt haben sich beworben, wie zu erfahren ist, und Sie zupfen sich zwei kleine Parteifuzzis heraus, die Sie nach Lust und Laune dirigieren können.

Ich und die Nation fragen Sie: Wer hat diese Nominierung und auf Grund welcher objektiver Kriterien durchgedrückt? Und legen Sie dazu endlich Schriftliches vor! Das Protokoll der entscheidenden Sitzung des Ministerrates ist eine Frechheit und eine Verhöhnung unserer Verwaltung! Darf ich Ihnen und uns vorlesen?«

Ein bisschen Zorn hatte sich bei Franz Bummerl schon aufgeladen, als er zur Replik und einem Gegenschlag ausholt: »Herr Gaggl, sie sollten keine Wortspiele mit meinem Namen betreiben, sonst müsste ich in die Abteilung Fäkalausdrücke greifen, um den Namen Gaggl zu paraphrasieren. Ein Intelligenzallergiker und Parlamentshanswurst wie Sie sollte sich in die komplexe Welt der Finanz- und Währungspolitik besser nicht einmischen. Dafür haben wir eine sachkompetente Regierung, der ich vorstehe.«

»Frechheit, das ist eine Beleidigung, wir brauchen keine Fake-Ausdrücke«, rief der aufgebrachte AFÖ-Chef.

»Sie halten sich am besten zurück«, entgegnete der Kanzler, »Sie können das Wort Fäkalien ja nicht einmal buchstabieren, Herr Gaggl. Und Sie, Herr Feichtinger«, setzte Bummerl fort, »den Vergleich mit Nordkorea und mangelnder

Transparenz sollten Sie besser unterlassen. Dies trifft wohl eher auf Ihre SPÖ-Fraktion zu. Schon vergessen, wie Sie Ihren Klub geputscht und Ihre Vorgängerin, Frau Dollinger, kaltgestellt haben?«

»Antworten Sie auf unsere Fragen! Wie sind die Entscheidungen zustande gekommen?«, schrie jetzt der in Rage geratene Feichtinger.

Franz Bummerl hatte die Nase voll. Er wollte jetzt den Bombenkeller der Verbalinjurien verlassen und tabula rasa machen. »Und um Ihre Neu- und Sensationsgier zu befriedigen, sage ich Ihnen die causa vera[139] bei der Bestellung von Frau Wüstenhagen.

Nachdem aus einem langwierigen und komplexen Auswahlverfahren durch Beraterfirmen drei Vorschläge zur Wahl gestanden waren, musste ich als Regierungschef die Letztentscheidung treffen. Nachdem alle gleich gut bewertet waren, habe ich eine Entscheidungshilfe zu Rate gezogen, um jeglichen Verdacht einer Parteilichkeit auszuräumen. Ich habe die Bilder dieser drei Kandidaten meiner Hündin vorgelegt, und die Entscheidung war eindeutig.«

In dem daraufhin ausbrechenden Tumult ging der letzte Satz des Kanzlers unter: »Und der Menschenkenntnis meiner Kaia traue ich immer noch mehr als jener der Herren Feichtinger und Gaggl. Dixi.«

»Unfassbar – ein Hund ernennt Nationalbankpräsidentin«. »Kanzlerhündin, nicht Kanzler, nominiert Notenbankchefin«. »Unglaublich, aber wahr: Siegtraude Wüstenhagen wird oberste Hüterin unserer Währung, weil ein Hund das wollte«.

Was die verschlafenen Österreicher und Österreicherinnen an einem Mittwochmorgen auf den Titelseiten der Tages-

139 Den wahren Grund

presse zu lesen bekamen, wurde erst überlesen, dann nochmals geprüft und dann ins Reich der Fake News verworfen. Das konnte nicht wahr sein.

Wer schon einige Stunden zuvor in sozialen Medien unterwegs gewesen war, hatte da allerdings – wie immer – einen gewissen Informationsvorsprung.

Auf der Titelseite der »Kronen Zeitung« prangte das Bild von Kaia. »Kanzlerhündin wählt Nationalbankpräsidentin aus!« Auf den Seiten 2 und 3 erfährt man mehr über den Golden Retriever: Herkunft unbekannt, vom Kanzler seinerzeit aus einem Tierheim geholt.

»Dieser Hund regiert Österreich«. Der Untertitel verschaffte dem rätselnden Leser Klarheit. Kaia ist die treue Begleiterin von Franz Bummerl, frisst alles, zutraulich, intelligent und verschlagen.

Aus der Homestory, welche die »Krone« vor Monaten gebracht hatte, wird ein Bilderreigen der Hündin ausgerollt. Dazu Superlative aus dem Mund des Kanzlers über die Intelligenz des Tierchens.

»Klüger als Durchschnittsparlamentarier«, »Intelligenzbestie« und »comes fidissima domini sui«[140].

Daneben werden in einem fett umrandeten Kasten die schrägsten und aberwitzigsten Aussagen und Handlungen von Donald Trump und Kim Jong-un den Hoppalas des Kanzlers gegenübergestellt. Ein Misstrauensantrag der Opposition findet keine Mehrheit, die auf Gehorsam gebürstete Koalition hält.

Das Konterfei der Hündin nebst Kanzlerbild geht um die Welt. Die causa prima in Österreich wird dort durchaus differenziert gesehen. Von Blamage, Lachnummer und Schande für die Demokratie ist die Rede. Einige Zeitungen glauben

---

140 Treueste Begleiterin ihres Herrn

da durchaus Kalkül des Kanzlers zu erkennen oder eine von ihm selbst inszenierte Parodie auf Postenbesetzungen. CNN und Fox News konkurrierten um die bessere Story. »This pretty dog rules Austria: Kaia Bummerl« oder »Austria on change to Animal Farm« versetzten Millionen von Amerikanern in Entzücken oder Heiterkeitsausbrüche.

Die Schweizer Bundespräsidentin fühlte sich gedrängt, zu reagieren.

»Herr Hüpp«, sagte Regula Flückiger zu ihrem Leiter der eidgenössischen Bundeskanzlei, »schicken Sie doch äm netta Clown z'Öschtrich a Tütli Guezli für's Hundi.«

Die Wiener Kabarettisten »Gebrüder Moped«, die ein Jahr zuvor mit ihrem Rap »Bummerl-Beuscherl-Bummerl-Beuscherl« schon einiges an Aufmerksamkeit erreicht hatten, lederten jetzt nach. Der Rap-Videoclip »Kaia, Kaia, wau, wau, wau!«, unterlegt mit fetziger Musik und bellenden Lauten, zeigt die Hündin in staatstragenden Situationen und Posen. Sie begrüßt mit Pfote den chinesischen und amerikanischen Präsidenten, thront auf einem Fauteuil in der Hofburg, vor dem sich wichtige Besucher verneigen. Beim Besuch im Vatikan klatscht Kaia »High Five« mit Papst Joschka I. In nur 12 Stunden erhielt das Video der Mopedbrüder zwölf Millionen Likes.

Im Land der Dichter und Denker, in der Bundesrepublik Deutschland, wo nebst der internetverfallenen Masse mehr als 50 % der Bürger täglich in rund 340 Tageszeitungen auf der Suche nach Spaß und Unterhaltung unterwegs sind, avancierten Franz Bummerl, Kaia und natürlich auch Frau Wüstenhagen zur dankbaren Lachnummer.

Die politische Kaste hielt sich mit Kommentaren bedeckt, man wollte die österreichischen Peinlichkeiten nicht noch befeuern. Umso mehr stürzte sich der Boulevard auf das Thema.

Auch die über die Vorgänge in der Alpenrepublik immer bestens informierte »Klappe«-Zeitung musste und wollte den Aufreger auswälzen.

Mit dem Aufmacher »Das glauben Sie nicht: Bei den Ösis regiert jetzt ein Hund« schafften es die Blattmacher wie immer mühelos, ihre Leserschaft zur vertiefenden Lektüre zu drängen. Bilder erleichterten und verstärkten noch die Leselust. »Einen neuen Höhepunkt an Peinlichkeiten, vielmehr einen Tiefpunkt, liefert abermals der österreichische Kanzler«, wird da ausgeführt.

»Franz Bummerl gibt zu, dass seine Hündin Kaia bei der Bestellung der Präsidentin der österreichischen Nationalbank den entscheidenden Impuls gegeben hat.« Im Eyecatcher der Fotostrecke zeigt Hündin Kaia mit der Pfote auf eine Frau, und der österreichische Kanzler reckt dazu den Daumen in die Höhe. »Können wir das nicht auch?«, fragt die Zeitung.

»Kuck mal die Ösis, Heike!«

Herr Aschenbrenner aus Bad Sülze hat im Café Schwarzwald auf Mallorca zum deutschen Filterkaffee auch die heimatliche »Klappe«-Zeitung vom Vortag erhalten.

»Die haben jetzt eine Hündin in die Regierung aufgenommen. Steht da. Und wenn es bei ›Klappe‹ steht, ist es so, auch wenn du es nicht glaubst«, tastet sich Herr Aschebrenner vorsichtig an die kritische Gattin heran. »Kaia sucht jetzt dort die Leute für Spitzenpositionen aus. Verrückt!«, ereifert sich der Dauergast in Spanien.

»Typisch Lügenpresse«, sagt jetzt Heike Aschenbrenner, »denen kann man doch nichts mehr glauben. Möchtest du zum Mittagessen Frikadellen mit Kartoffelsalat oder lieber Erbsensuppe mit Würstchen?«, fragt sie fürsorglich. »Beides«, bellt der Gemahl und unterbricht vorläufig den Diskurs.

Der Kanzler, besser gesagt Hajo Plötzeneder, sein in diesen

Tagen arg gebeutelter Pressesprecher, unternahmen indessen den Versuch gegenzusteuern.

In den »Oberösterreichischen Nachrichten« berichtete Franz Bummerl von einem Treffen mit einem Top-Headhunter. Dieser würde mit den letzten zwei in einem Ausleseverfahren verbliebenen Kandidaten zwanglos essen gehen. Die Bewerbungsunterlagen hätte er nicht gelesen. Sein einziges Interesse gälte der Beobachtung der Esser. Je nachdem ob diese beispielsweise hastig oder bedächtig äßen, würde er ihnen eher Qualitäten im harten Tagesgeschäft oder in der Konzeption und Planung zutrauen.

»Und eine lebenserfahrene und aufmerksame Hündin wie meine Kaia soll nicht erkennen, wen sie vor sich hat?«, fragte Franz Bummerl, ohne die Antwort abzuwarten.

Während die öffentliche Diskussion langsam wieder zu Themen wie der Abschaffung des scharfen »ß« und der von der Gewerkschaft geplanten Einführung einer Jausenzulage abdriftete, ergötzte sich das Wahlvolk aller Schichten weiterhin an der Hundeaffäre und der Qualifikation von Leuten für hohe und höchste Positionen im Staat.

»Du könntest doch auch Außenminister werden«, sagte Frau Helli Hawla am Imbiss-Kiosk am Wiener Kahlenberg zu ihrer Hundespazierfreundin Wilma Wessely.

»Wieso denn das?«

»Du gehst doch täglich mit deiner Nutella äußerln. Wenn das nicht Qualifikation genug ist?«

Die umstehenden Ausflügler lachen.

»Ja genau«, kräht jetzt auch Herr Zapletal, der kauzige Inhaber des Kiosk, und schneidet eine Scheibe Pferdeleberkäse ab. »Und i bewerb mi ois Verkehrsminister!«

»Aber davon verstehn Sie doch nichts, Herr Zapletal«, entrüstet sich Frau Wessely.

»Doch, ich hab täglich Verkehr, gern auch mal mit Ihnen, Frau Wessely. Wie warat's denn?«

Der Golden Retriever ist derweil im Begriff, den deutschen Schäferhund und den Dackel als beliebtesten Hund in Österreich abzulösen. Die Zentrale des Österreichischen Retriever-Klubs im niederösterreichischen Würmla verschickt an die Landesgruppen in großer Anzahl Bilder des Kanzlers samt Hündin Kaia. »Wir bitten, dafür Sorgen zu tragen, dass auch in allen unseren Ortsvereinen künftig dieses Bild seinen Platz findet. Das sind wir unserem Förderer und der Mitgliedshündin Kaia schuldig«, heißt es in dem Begleitschreiben.

Auf der Einladung und der Tagesordnung der Generalversammlung des Österreichischen Kynologenverbandes war das Verbandsmotto »Für unseren Freund – den Hund« versehentlich über einem Bild des Kanzlers gesetzt worden.

»Das ist zu viel der Ehre, sehr geschätzte Kynologinnen und Kynologen«, sagte Franz Bummerl, »mich auch noch als Hund abzustempeln«, und hielt die Einladung mit seinem Konterfei dem lachenden Auditorium entgegen. Der Kanzler hatte es sich nicht nehmen lassen, dort persönlich Grußworte an die tagenden Hundefreunde zu richten.

»Das Beuscherl hätte aber schon sein Hundi mitbringen können«, raunte eine Pudelbesitzerin, spitzte aber sofort ihre Lauscher. »Ich darf Ihnen noch eine Entschuldigung zur geschätzten Kenntnisnahme bringen«, fuhr Franz Bummerl fort. »Meine Kaia hat gerade einen unaufschiebbaren Arzttermin und lässt Sie alle herzlich grüßen.«

Anhaltender Beifall und fröhliches Lachen belohnten des Kanzlers Verweis auf die First Lady, wie Kaia neuerdings von respektlosen Schreiberlingen genannt wurde.

Die weiblichen Hundenamen Luna, Kira und Nele waren urplötzlich aus der Mode gekommen, und weibliche Welpen wurden fortan mit Vorzug »Kaia« gerufen. Das Tohuwabohu auf Hundewiesen, in Parks, aber auch auf Einkaufsstraßen war abzusehen. Herr Ludwig Diener, der seine auf die andere Seite der Wiener Einkaufsmeile der Mariahilfer Straße gewechselte Boxerhündin mit »Kaia, hier!« zurückruft, sieht sich erst von einer Schäfer- und einer Pinscherhündin bedrängt, dann von deren Besitzern.

»Was erlauben Sie sich, mein Herr, lassen S' meine Kaia in Ruh«, ruft eine erboste Frau in Stöckelschuhen und modischem Glockenhut.

»Ich zeig Sie an«, schrie ein aufgebrachter Pensionist, »meine Kaia kriagn S' net! Kaufen S' eahna selber an Schäferhund und net so an schiachen Boxer.«

Zufällig patrouillierende Streifenpolizisten leiteten eine Amtshandlung ein. Die Sache wurde aber noch vertrackter.

»Warum du rufin mich, Alter? Habin dir nix getan!«

Herr Öztürk stellt sich bedrohlich vor Herrn Krkal auf, der seinen täglichen Hundegang in den Salzburger Salzachauen absolviert.

»Verschwinde, ich hab dich nicht gerufen«, gibt Herr Krkal barsch zurück und lässt unmissverständlich seine Abneigung gegen ausländische Mitbürger erkennen.

»Du rufin auch mir gestern, warum machin, Alter?«

Der türkischstämmige Caya Öztürk lässt sich nicht abwimmeln. Viele seiner Landsmänner, die auf den weitverbreiteten Vornamen »Caya« hörten, fühlten sich von Österreichern angefeindet. Diese riefen ihre Namen, meist mehrmals. Wenn dann noch ein »Hierher!« folgte, fühlte man sich endgültig als rechtloser und herumgeschubster Ausländer.

Burli

»Franz, darf ich dir meinen absoluten Liebling zeigen?«, sagt Tierarzt und inzwischen bester Kanzlerfreund Dr. Rudolf Hufnagl und biegt mit dem Kanzler von außen um die Ecke eines luftigen Stallgebäudes. Im Gestüt mit dem nicht vom Kanzler erfundenen Namen »Equitamus«[141] im Gföhlerwald ist Dr. Hufnagl – meist an Wochenenden, wie gerade – damit beauftragt, bei den vielen Pferden nach dem Rechten zu sehen.

Auch an diesem sonnigen Herbsttag im Oktober 2028. In der niederösterreichischen Gemeinde Gföhl im südlichen Waldviertel verfügt das Gestüt über weitläufige Areale und kilometerlange Reitpfade, die sich in den Wäldern verlieren. Sogar eine Rennstrecke, die von kaum einem Reiter genutzt wird, führt in den Wald.

»Das ist mein Burli«, sagt Dr. Hufnagl und krault das zottige Tier, das jetzt vor den beiden Herren steht. Franz Bummerl ist leicht irritiert. »Burli« ist ein Kamel, recte ein Dromedar. Es wurde während der Pandemie zusammen mit zwei Artgenossen von einem Wanderzirkus auf dem Truppenübungsplatz im nicht weit entfernten Allensteig beim Abzug einfach zurückgelassen. Seither fristen die noch jungen und agilen Tiere hier zum Gaudium von Besuchern und neuen Besitzern ihr Dasein.

»Burli ist ein ganz besonderes Kamel«, sagt Dr. Hufnagl und streichelt und täschtelt ihm den langen Hals.

Burli grunzt und murrt zufrieden. Franz Bummerl tut es dem Pferdearzt gleich, und Burli will dem Kanzler das Gesicht lecken. Auch die mitgekommene Hündin Kaia wird von Burli freundlich beschnuppert und beleckt.

»Was ist denn das Besondere an Burli?«, will jetzt der Kanzler wissen.

»Wenn wir in Arabien wären, wäre ich mir sicher, er wäre ein tolles Rennkamel. Wir haben hier aus Spaß das schon probiert. Burli düst ab wie eine Rakete«, erzählt Dr. Hufnagl nicht ohne Stolz.

---

141 Wir reiten.

»Servus, Heiner«, begrüßt dieser jetzt einen Mann mittleren Alters, der in einer Karre Heu und Stroh Richtung Fressplatz der Kamele vorbeischiebt.

»Franz, darf ich dir Heiner Hunger vorstellen? Er ist eigentlich Kunsthistoriker und betreut ehrenamtlich nebenher unsere Kamele und alles, was hier, außer den Pferden, das Gnadenbrot erhält.«

Herr Hunger erzählt von einer seltsamen Entdeckung, die auch Hubert Hufnagl schon zu Ohren gekommen war. Bei einigen Ausritten habe er bemerkt, dass Burli, wenn er ihm zuvor ein größeres Stück Mohnkuchen gegeben habe, unglaubliche Aktivität entwickle und im Ritt kaum mehr zu bremsen sei.

Der im Waldviertel zu Hauf angebaute, geerntete und in Speisen aller Art verwertete Mohn habe offensichtlich eine stimulierende Wirkung, ergänzt Dr. Hufnagl.

»Ja, schade«, sagt Heiner Hunger, »dass es bei uns keine Kamelrennen gibt. Das wäre bestimmt lustig. Wegen den Saudis ist Kamelreiten jetzt sogar schon olympisch. Pervers!«

Der oberste Beamte der Republik, ein an und für sich angesehener Tierarzt – wenn da nicht die Sache mit dem Gesundheitsattest gewesen wäre –, und ein Kunsthistoriker plauderten und plauderten über eine belanglose Sache. Auch in Erwachsenen in höheren Positionen schlummert manchmal das Kind, und der Einfluss von Alkohol kann diese Neigung durchaus verstärken. Man war inzwischen bei der dritten Flasche Gelber Muskateller aus dem nicht weit entfernten Wachauer Weinort Weißenkirchen angekommen. Man hatte also schon einiges zu sich genommen.

»Wisst ihr, was? Wir gehen mit Burli auf die Sommerolympiade nach Tschechien und heizen den Arabern so richtig ein«, krähte der merklich bediente Dr. Hufnagl, »aber nicht den Mohnstrudel vergessen, Heiner!«

Franz Bummerl und der Magister Kunsthistoriker stimmten unisono ein.

»Das kriegen wir hin«, sagte Franz Bummerl, »so wahr ich Bundeskanzler von Österreich bin.«

Nichts lieber als das, sagte er sich im Stillen. Solche schrägen Aufgaben reizten ihn eigentlich viel mehr als die Besetzung von Botschafterposten oder das Unterschreiben von Dienststellenplänen. Und gesagt sei gesagt, und als Kanzler würde er den beiden Trinkkumpanen gegenüber nicht gern als Loser dastehen. Man öffnete die letzte und vierte Flasche.

Am darauffolgenden Tag entwickelte der Bundeskanzler in seinem Habitat, dem »Weinstüberl«, für einen Sonntag ungewohnt hektische Aktivitäten. Die Sommerolympiade 2029 war, nachdem Los Angeles sich vier Jahre zuvor aus nicht restlos nachvollziehbaren Gründen aus dem Rennen genommen hatte, an die Tschechische Republik und die Slowakei vergeben worden. Das olympische Programm war, nachdem Sponsoren sich zurückgezogen hatten und die überbordende Kommerzialisierung der Spiele weltweit unter heftiger Kritik gestanden war, auf ein Drittel der Bewerbe reduziert worden.

Der alte Fürst Schwarzenberg, ein gewiefter Diplomat mit tschechischen Wurzeln, hatte den Deal für die Vergabe der Spiele an die beiden Nachbarrepubliken eingefädelt. Man wollte wieder einfache Spiele haben. Die fehlenden Finanzen übernahmen die öl- und geldtriefenden Emirate am Persischen Golf, die dafür kurz in ihre Portokassa greifen mussten.

Die einzige Bedingung der Scheichs war, ihren Nationalsport Nr. 1, die Kamelrennen, als olympische Disziplin hochzustufen. Eine Bitte, der man gerne nachkam. Kein einziges Land außerhalb der arabischen Hemisphäre würde sich daran beteiligen. Die weiß gewandeten Milliardäre sollten ihren Spaß haben.

Am späten Nachmittag dieses Sonntags war der Präsident

des Österreichischen Olympischen Komitees, Dr. Charles Wurf, vom Kanzler ins »Weinderl« gebeten worden. Die beiden Alemannen kannten sich schon seit Studienzeiten. Die vom Kanzler vorgetragene Bitte nach Zulassung und Entsendung eines noch zu gründenden Kamelrennenvereins zur Olympiade löste beim Präsidenten einen Lachkrampf aus.

»Sag mal, Franz, hast du Medikamente genommen? Das ist doch wieder nur einer deiner Witze?« Dr. Wurf konnte sich kaum fangen. Nach dem zweiten Glas Veltliner war die Sache geritzt. Die »Notburga und Pankraz Redl-Stiftung« war zu diesem Zeitpunkt gerade neuer Sponsor der heimischen Olympioniken geworden.

Wenige Tage später wurde Frau Afra Tabakovic durch einen Schrei, gefolgt von einem Lachanfall ihrer Kollegin Insa Schlaff, aus dem wohlverdienten Büroschlaf gerissen.

»Das glaubst du nicht, was für eine Anmeldung wir da haben«, kicherte Frau Schlaff und hielt ein Schreiben in die Höhe.

Die an das Referat Vereinsanliegen der Wiener Landespolizeidirektion gerichtete »Anzeige einer Vereinseinrichtung« brachte die Gründung des Vereins »Societas amicorum camelorum«[142] zur gefälligen Anzeige. Angefügt waren die Vereinssatzungen, ein Protokoll der Gründungssitzung sowie ganz nach der Bummer'schen Devise »Tres faciunt collegium«[143] drei Verantwortliche und Zustellungsbevollmächtigte. Mehr Mitglieder hatte der Verein nicht. Da waren der Beamte Dr. Franz Bummerl als Präsident, der Pferdearzt Dr. Rudolf Hufnagl als Vizepräsident und der Kunsthistoriker Mag. Heiner Hunger als Kassier und Schriftführer angeführt.

---

142 Verein der Freunde der Kamele

143 Drei machen ein Kollegium.

»I' glaub's net, das Beuscherl ist jetzt auch noch Präsident eines Kamelvereins«, grunzte Frau Schlaff.

Man hielt das für einen Fake und schaltete den Verfassungsschutz ein. Major Schwindsackl hielt diskret Nachfrage. Der Polizeipräsident wurde informiert und strengste Geheimhaltung angeordnet.

Olympiapräsident Dr. Charles Wurf beschlichen indes düstere Vorahnungen ob seines vielleicht voreiligen Handelns. Spätestens bei Bekanntgabe des österreichischen Olympiateams im kommenden Frühjahr würde es ungemütlich werden.

Olympia

Die Teilnahme von Burli an der Olympiade, respektive die Vorbereitungen dafür, beherrschten seit Monaten den Alltag des Kunsthistorikers Heiner Hunger und des Kanzlerfreundes Dr. med. vet. Rudolf Hufnagl. Die sportpolitischen Voraussetzungen waren auf höchster olympischer Ebene schon geschaffen und keineswegs zum Nachteil des österreichischen Verbandes der Kamelreiter ausgefallen. Außer den Vereinigten Arabischen Emiraten, Oman, Saudiarabien, Katar, Kuwait und Bahrain gab es keine dem IOC gemeldeten Teilnehmernationen für diese nach Meinung der Lemuren im Komitee lächerliche Sportart, die man bekanntlich auf Druck der Hauptsponsoren aus der Golfregion genehmigt hatte. Sie sollten ihren Spaß haben, und warum Charles Wurf unbedingt auch noch einen österreichischen Teilnehmer dabeihaben wollte, war dem IOC noch unerklärlicher. Aber man ließ auch ihn gewähren.

Burli und Mag. Hunger hatten längst das Training aufgenommen.

»Josef, Josef«, rief entsetzt die Mohnbäuerin Frieda Futterknecht, die in den Hühnerstall zu ihrem Gatten gelaufen kam, »die Araber sind da! Jawohl, mit Militär und fliegenden Kamelen!«

Frieda Futterknecht waren nur nach mehrmaligen Versuchen seitens ihres Gatten Details zu entlocken. In der langgezogenen Waldschneise des angrenzenden Gföhlerwaldes sei hinter einem Militärjeep auf dessen rückwärtiger Ladefläche ein Kamel angebunden gewesen, ein anderes Kamel mit einem Scheich als Reiter sei in einem Höllentempo hinterhergelaufen.

Herr Futterknecht begann sich Sorgen um seine Frau zu machen. Man begab sich zum Marterl der heiligen Dymphna, um ihren Beistand zu erbeten. Dymphna ist die Schutzpatronin der psychisch Kranken.

Der Fahrer des ausrangierten Militärjeeps, auf dem hinten die Attrappe eines Kamels befestigt war, hielt inzwischen beim Gestüt »Equitamus« an. Dr. Hufnagl entstieg dem seltsamen Gefährt. Er wäre beinahe über den Haufen getreten worden. Heiner Hunger konnte »Burli« gerade noch rechtzeitig zum Stillstand bringen. »Großartig, das war wieder eine Durchschnittsgeschwindigkeit von 50 Stundenkilometern, am Schluss waren es sogar 62.«

Dr. Hufnagl war hochzufrieden. »Burli« hatte die olympische Distanz von 1,8 Kilometern ein weiteres Mal mit Bravour gemeistert. Das Kamel wurde gehegt und gepflegt und mit bestem Futter versorgt. Dr. Hufnagl war inzwischen zum echten Kamelkenner avanciert. Auch Dosierung und Verabreichung der Mohnschnitten, die im Kamel nach wie vor ungeahnte Kräfte freisetzten, hatte man inzwischen gut im Griff. Man ging trotzdem sehr sparsam damit um. Ein Gewöhnungseffekt sollte unbedingt vermieden werden. Da die Sportart bei Olympia neu war, gab es vom IOC kein

Reglement über Doping. Das wollte man sich ersparen, sollten doch die schleierverliebten Wüstenmänner dies selbst untereinander regeln.

Auch Hobby-Jockey Heiner Hunger hatte einiges zu regeln. Erst mal das Gewicht. Bei einer Körpergröße von 175 Zentimetern wog der gut gebaute, aber durchaus schlank wirkende Kunsthistoriker aus dem nahen Dorf Messern 78 Kilogramm, was für einen Jockey eindeutig zu viel ist.

Eine harte Heilfastenkur mit Fastenteemischungen erleichterte den Mann binnen einem Monat um fette 10 Kilogramm und das Kamel um 15 Prozent seiner zu bewegenden Last. Seine verdienstvollen Forschungen im und um das Ziegelmuseum im ebenfalls nahen Trabenreith gerieten vorübergehend ins Stocken.

War er in der Nummerierung der Ziegel und der chronologischen Typisierung in 14-er oder 16-er (je nach Jahrhundert) einigermaßen im Plan, so musste die spezifische Kategorisierung nach Farbe, Material, Brand und Bearbeitung jetzt ihrer Lösung harren.

Verdienstentgang für die beiden Herren samt nicht unbeträchtlicher Zulagen sowie alle anfallenden Kosten wurden großzügigst von der »Notburga und Pankraz Redl-Stiftung« übernommen.

Und der Kanzler? Er hatte sich in das possierliche Dromedar verliebt und es sich in ihn. Öfter, als es sich für einen Regierungschef geziemt, war er jetzt an Wochenenden mit Dr. Hufnagl im Gestüt und auf der Trainingsmeile im Gföhlerwald anzutreffen. Hündin Kaia musste bald schon zu Hause bleiben, sie war eifersüchtig geworden. Franz Bummerl hatte schließlich die Patenschaft für »Burli« übernommen, es war also sein Kamel. Dr. Hufnagl und Mag. Hunger ließen den tiervernarrten Kanzler gewähren.

Da das Programm der Sommerolympiade auf ein Drittel reduziert worden war, hatten die beiden ausrichtenden Länder Tschechien und Slowakei wenig Mühe, Wettkampfstätten aufzubieten und untereinander aufzuteilen.

Auf einer der schon zur Zeit der österreichisch-ungarischen Monarchie berühmtesten und vielleicht schönsten Pferderennbahn wurden die olympischen Kamelrennen ausgetragen werden.

Auf den weitläufigen Anlagen des Schlosses Kratochvil in Südböhmen, gerade mal 80 Kilometer von der Grenze zum Waldviertel entfernt, schmiegt sich dieser Rennparcours um Gärten, Parks und das Renaissanceschloss. In einem eigens adaptierten Viehtransporter war Burli mehrmals schon dorthin verfrachtet worden, um Trainingsläufe zu absolvieren. Das Tier hatte sich mit der Gegend angefreundet, wurde ihm doch dort immer besonders leckeres Futter dargeboten.

In den arabischen Staaten, die verrückt nach Kamelrennen waren, welche für die jeweiligen Herrscher das Prestigeprojekt Nr. 1 waren, wurde inzwischen erbittert um die Qualifikation gekämpft. Insgesamt 11 Gespanne aus Mensch und Tier waren vom IOC zugelassen, für den zwölften Teilnehmer aus Österreich interessierte sich niemand. Man hielt es für einen Scherz. Der österreichische IOC-Präsident Dr. Charles Wurf hatte nach Bekanntgabe des Olympiateams Erklärungsbedarf.

Medien und andere Sportverbände interessierten sich für den Olympiateilnehmer Heiner Hunger und das Kamel »Burli«. Man fand keinerlei Informationen über den Verein bzw. den Verband, eine Homepage existierte nicht. Findige Reporter konnten lediglich die Adresse des Vereins ermitteln: Pötzleinsdorferstraße 100, 1180 Wien. Über das dort gemeldete Vereinsmitglied Dr. med. vet. Rudolf Hufnagl erreichten die sensationsgeilen Medienleute schließlich Jockey und Trainer Heiner Hunger, der ein paar Interviews gab und das putzige Tier den Fotografen vorstellte.

»Ösi-Kanzler Bummerls Kamel geht zur Olympiade«. Die deutsche »Klappe«-Zeitung war abermals schneller. Eine Woche vor Eröffnung der Olympischen Sommerspiele in Prag brachte Chefredakteur Otto Köter die Enthüllung: »Der österreichische Kanzler Franz Bummerl ist Präsident des Österreichischen Vereines der Freunde der Kamele. Sein Kamel Burli geht an den Start des olympischen Kamelrennens auf der 1,8-km-Distanz. Wenn das keine Viecherei ist?«, schrieb Köter. Daneben ein Ganzkörperfoto von Burli, das sich vom Kanzler tätscheln ließ.

Die den deutschen Medienberichten hinterherhechelnden österreichische Medien sahen in der Vertuschung der Präsidentschaft des Vereines den nächsten Skandal in einer langen Liste von Fauxpas des Kanzlers.

»Ist das verrückt! Kanzler mutiert zum Kameltreiber«, titelte ein Boulevardblatt.

Die dem Fortschritt sich verpflichtet fühlenden Gazetten geißelten die Respektlosigkeit des Bundeskanzlers, der durch seine Eigensucht anderen Sportlern die Olympiateilnahme verwehre.

»Erst ein Hund, jetzt ein Kamel! Was kommt als Nächstes, Herr Kanzler?«, fragten entrüstet die »Salzburger Nachrichten« und sahen das Ansehen Österreichs ein weiteres Mal ramponiert.

Am Samstag, dem 4. August 2029, dem vorletzten Tag der Olympischen Spiele, hatte sich Bundeskanzler Franz Bummerl selbst freigegeben. Jenes Frühstück, das er so sehr liebte, aber nur ganz selten zu genießen wagte, stand heute am Beginn dieses für ihn und Österreich denkwürdigen Tages. Kanzlerchauffeur Amin hatte ihn mit dem Privatwagen von Frau Hilde Papouschek, der »Weinderl«-Wirtin und Kanzlergastgeberin, abgeholt. Man wollte kein Aufsehen erregen.

Nach wenigen hundert Metern hielt der Wagen an der

Shelltankstelle in der Wiener Gersthofer Straße. Eine Leberkäsesemmel, ein Kaffee und eine abgegriffene »Kronen Zeitung« waren ganz nach dem Geschmack des Kanzlers.

»Schlechteste Olympiabilanz aller Zeiten« stand auf einer Sportseite. Außer einem 4. Platz der jüngst eingebürgerten Nordkoreanerin Puma Kwak im Tischtennis waren für das Austria-Team nur Brosamen abgefallen.

Kurz vor der tschechischen Grenze wurde Prälat Sebastian Kienast aufgenommen. Mit im Reisegepäck des Geistlichen war jenes mit Weihwasser gefüllte Aspersorium, das schon bei der Rekonsekration des Redl-Grabes in Kleinzwettl gute Dienste geleistet hatte.

Der österreichische Staatsschutz musste am Grenzübergang Drasenhofen umkehren. Ein weißer tschechischer Lada übernahm.

»Ego te, Burli, benedico in nomine Patris et Filii et Spiritus Sancti«,[144] begann Prälat Kienast die erste und letzte Kamelsegnung seiner klerikalen Laufbahn.

Eine halbe Stunde vor Beginn des ersten olympischen Kamelrennens neuer Zeitrechnung standen jetzt Präsident und Kamelbesitzer Franz Bummerl, Tier- und Rennarzt Dr. Hufnagl und der hypernervöse Jockey Magister Hunger an der Seite des friedsam dreinblickenden Kamels und falteten die Hände zum Gebet. »Deprecatione Sancti Menadis, patronis camelorum, tibi, Burli, successus sit!«,[145] schloss der Prälat.

Der zum Tierfreund mutierte Geistliche tauchte den überdimensionierten Pinsel in das Aspersorium und besprengte Haupt und Vorderbeine. Burli schnappte sich den Pinsel

---

144 Ich segen dich, Burli, im Namen des Vaters, des Sohnes und des Heiligen Geistes.

145 Durch die Fürsprache des heiligen Menas, des Schutzheiligen der Kamele, sei dir, Burli, Erfolg beschieden!

und saugte das verbliebene Wasser aus den Borsten. Prälat Kienast gewährte. Vielleicht ganz gut für die bessere Verwertung des Mohn, dachte in dem Augenblick Dr. Hufnagl, der dem Tier zuvor eine doppelte Ration des üblichen Mohnkuchens verabreicht hatte. Die Wirkung würde alsbald einsetzen.

Der Bahraini Djamal Hashim hatte in Respektabstand zur katholischen Zeremonie seinen Gebetsteppich Richtung Bratislava und in Verlängerung Richtung Mekka ausgerollt. Der Jockey fühlte sich in seiner Konzentration gestört und betrachtete skeptisch den Weihwasserpinsel im Maul des österreichischen Rennkamels.

Franz Bummerl umarmte lang und innig seinen Burli. »Auch wenn du Letzter wirst, du wirst immer mein Burli bleiben«, raunte er dem Kamel ins Ohr. Die Wirkung des Waldviertler Mohns war jetzt augenscheinlich. Burli begann im Sand zu scharren und stierte auf seine hochgezüchteten Artgenossen, die von ihren Besitzern und Jockeys Richtung Startbox geführt wurden.

Burli und 11 einhöckrige Rennmaschinen aus der Wüste standen jetzt in der Box. Letztere hatten schlimme Tage hinter sich. Das feucht-ozeanische Klima hatte ihnen zugesetzt, und die Veterinäre vom Golf hatten zu wenig suffiziente Mittel zur Verfügung gehabt. Die untereinander tief verfeindeten Jockeys wollten ein taktisches Rennen reiten und würden einander belauern. Ein zu früh angesetzter Schlusssprint könnte da schon die Niederlage bedeuten.

Von alldem unbekümmert jagte »Burli« auf und davon. Der Mohn hatte seine Wirkung nicht verfehlt. Und während die muskelbewehrten Golfkamele von ihren taktierenden Reitern im Pulk zusammengehalten wurden, stob »Burli« schon in Respektabstand vor der Karawane her.

Die Kommentatoren von Al Jazeera überschlugen sich

jetzt. Sie hatten als Erste die Gefahr erkannt. »Fi eawn allah! Fi eawn allah!«,[146] schrien sie in die Mikrofone. Allah half nicht. Der mit Mohn vollgepumpte und mit Waldviertler Weihwasser gesprengte und getränkte Burli galoppierte samt jubelndem aufsitzendem Mag. Hunger mit deutlichem Vorsprung vor der geschlagenen Golfpartie durchs Ziel. Die in blindem Hass sich selbst ausbremsende Wüstenkolonne hatte sich vergaloppiert.

»Möbelix, Möbelix, kost fast nix«, tönt es aus dem Lautsprecher über dem Park und den Zuschauern des Schlosses Kratochvil. Die olympische Siegerehrung der Kamelreiter hatte mit einstündiger Verspätung begonnen. Die Organisatoren hatten an vieles gedacht. Die Hymnen aller teilnehmenden arabischen Staaten hatte man vorrätig, jedoch nicht die österreichische. Dass man diese brauchen würde, lag außerhalb jeder Vorstellung. Einem findigen tschechischen Techniker war es schließlich gelungen, ein YouTube-Video mit der von einer steirischen Harmonika gespielten Hymne ins Mikrofon zu halten. Leider mussten die Zuschauer im Rund des Schlosses, die Olympioniken und die übertragende Fernsehanstalt zuerst die Werbung des Möbelgiganten »Möbelix« hören.

Zwischen den feixenden Jockeys aus Katar und Dubai stand Goldjunge Heiner Hunger und richtete zum Klang der Hymne seine Blicke auf die aufziehende rot-weiß-rote Fahne. Heiße Tränen rannen über seine Wangen. Der Bundeskanzler und der Tierarzt fielen sich zum wiederholten Male in die Arme und führten das stolz einhergehende Tier in die Arme des jubelnden Jockeys. Sportminister Anton Polster war mit dem Hubschrauber eingeflogen worden, um sich mit Kanzler und »Burli« Fotografen und Kameras zu stellen.

---

146 Allah, hilf!

»Ich grüße meinen Sohn und meine Tochter und ganz besonders meine beiden Kinder – und was war nochmals Ihre Frage?«, war ebendiese an den mikrohaltenden Reporter.

Das bisher in Schockstarre darniederliegende und gedemütigte Österreich brach in einen Freudentaumel aus. »Unfassbar, aber wahr: Kanzler holt olympisches Gold für Österreich!«, »Bummerl holt mit Kamel Burli Goldmedaille« oder »Das hat es noch nie gegeben: Aktiver Kanzler wird Olympiasieger«.

Die Superlative in den Medien unterschlugen beinahe die Tatsache, dass nicht der Kanzler, sondern Mag. Hunger der eigentliche Sieger war. Das Bild von »Burli« ging tagelang um die Welt. In den Golfstaaten begannen tiefschürfende Analysen über nachbarliche Ressentiments. Die Arabische Liga kam zu einer Sondersitzung zusammen.

Olympiafunktionäre der unterlegenen Golfstaaten verlangten eine Überprüfung des Weihwassers, das »Burli« vorher appliziert worden war. Doch Prälat Kienast war samt seinem Aspersorium längst wieder in Österreich. Spätabends auch »Burli« und die drei Olympiasieger.

Im Gföhler Gestüt »Equitamus« floss der Wein in Strömen. Der Kanzler war nur schwer von Burli zu trennen. Mit feuchten Augen flüsterte er dem inzwischen schläfrig gewordenen Tier in die herabhängende Ohrmuschel: »Von mir aus kannst' jetzt Beuscherl zu mir sagen.«

Das Mohnbauernehepaar Frieda und Josef Futterknecht aus dem Gföhlerwald legte einen dicken Blumenstrauß am Marterl der heiligen Dymphna nieder.

»Ich hab mich halt getäuscht, damals im Wald«, sagte Frieda zu ihrem Mann. »Es waren nicht die Araber, es war der Bundeskanzler.«

Josef Futterknecht hörte auf, sich Sorgen zu machen.

»Der Ganzler hot net nur a Gamöhl[147], er is auch a Gamöhl«, stellt der der Regierung nicht wohlgesinnte Karli Schafranek im Buffet der Tankstelle Turmöl Quick mit Blick auf das Allgemeine Krankenhaus mehrmals fest. Einziger Zuhörer ist wie immer der Tiroler Anton.

»Kanzler, Kanzler, du depparter Weaner, nicht Ganzler«, ereifert er sich, wobei er das »k« richtig knackig als »kch« aussprach.

»Aber a Gamöhl is er scho«, mault Herr Schafranek zurück.

Es knirscht

»Also unser Beuscherl ist ein Genie«, sagt die Hofratswitwe Agathe Kotruba und legt die Edelillustrierte »Dame von Welt« auf den Tisch.

»Du meinst, den Dr. Bummerl?«, korrigiert die Fabrikantenwitwe Lotte Blahowetz ihre Freundin.

»Sag ich ja. Jetzt gibt's endlich auch mal was für uns Bessere. Die Regierung öffnet das Geldbörserl.«

An einem wolkenverhangenen Septembermorgen Anno Domini 2029 sitzen im traditionsschwangeren und rundum aufgefrischten »Hotel am Stephansplatz«, im ebenerdig kunstverliebt gestylten »Café Ciacomo Aragall«, die beiden Damen und besprechen wie jeden Werktag die allgemeine Lage. Eigentlich das, was aus den Titelseiten der Gazetten bei ihnen hängenbleibt und welche Veränderungen aus dem näheren Bekanntenkreis seit dem Vortag ihnen zugetragen worden sind. An diesem Ort, wo Klatsch und Tratsch schneller sind als das Internet, ist die Sitzordnung der Damen so ausgewählt,

147 Wienerisch für Kamel

dass man auf den Stephansplatz und das Hauptportal des Domes gegenüber sehen kann. Man ist also informiert.

»Den Großen Braunen für die Frau Dr. Kotruba und die Kardinalschnitte für die Frau Inschinör Blahowetz!«

Hoteldirektor Waldemar Lothringer serviert persönlich und vergisst nicht – ganz im Gegensatz zum heute abwesenden Kellner – die Titel der verblichenen Ehemänner deutlich zu prononcieren.

»Sagen Sie, Herr Direktor, spüren Sie auch den warmen Regen der Regierung für Leute wie die Unseren?«, fragt Frau Kotruba.

»Aber freilich, Frau Dr.«, antwortet der Direktor diensteifrig. »Ich bekomme jetzt Zuschüsse für Krawatten, Manschetten und Anzüge. Ein Mann in meiner Position braucht das, Sie verstehen?« Direktor Lothringer ist ganz begeistert. »Sogar den Friseur kann ich jetzt abschreiben. Sie doch auch?«

»Nein, wir leider nicht«, wendet Frau Blahowetz ein, »wir sind ja nicht selbständig. Aber der Witwenausweis für Gratisfahrten mit Taxis und Öffis sind ja auch nicht ohne. Und Massagen und Wellness übernimmt auch die Regierung.«

»Ja, das Beuscherl, ich mein den Dr. Bummerl«, seufzt jetzt der Direktor, »wenn wir den nicht hätten. Aber ich befürchte, das wird nicht mehr lange gutgehen.«

Die Regierung war schon Ende Sommer unter Druck geraten. Der Olympiasieg des Kanzlerkamels war bei den einen bereits in Vergessenheit geraten, andere wiederum hatten dies immer schon für einen Skandal gehalten. Vaterlandspartei und Weintrinkerpartei hatten in allen Umfragen ihre Mehrheit verloren, und die Opposition lauerte auf Neuwahlen. Es knisterte auch schon etwas innerhalb der Regierungsparteien. Die hauchdünne Mehrheit von zwei Stimmen wackelte. Und Franz Bummerls Landeshauptleute waren sich uneins, wie sie mit ihrem Chef weiter vorgehen sollten.

»Amin«, fragte der Kanzler seinen tüchtigen Chauffeur, »was möchtest du von der Regierung?«

»Amin wollin nix Steuer zahlin.«

»Zahlen heißt das, Amin, nicht zahlin«, verbesserte belustigt der Kanzler.

»Und was noch?«

»Regierung muss Leute mehr Geld gebin.«

»Geben, geben, Amin.«

Der Kanzler hatte genug gehört. Wozu teure Meinungsumfragen einholen, wo man doch selbst das Ohr am Volk hatte.

Zwei Wochen später öffnete die Regierung ihr Füllhorn. Man wollte sich die Gunst des Volkes wieder zurückerobern. Wahlen waren außerdem nicht mehr allzu fern.

Ein monatlicher Arztbesuch wurde mit 50 Euro belohnt und würde die Volksgesundheit fördern. Studenten erhielten für jede bestandene Prüfung innerhalb der regulären Studienzeit 200 Euro. Man wollte die Akademikerquote heben. Das Gesundheitspersonal erhielt eine Lohnerhöhung um 30 %. Man hatte aus der Pandemie gelernt. Das Pensionistenheer erhielt einen monatlichen Zuschuss von 200 Euro für Konsumationen und für Therapien.

»Herr Doktor, kann ich die 50 Euro für meine Frau auch gleich haben?«, fragt der Pensionist Gottfried Rinderer seinen Hausarzt. »Sie ist im Moment grad bei der Physiotherapie und heut' ist schon der Monatsletzte.«

»Aber freilich, Herr Rinderer«, sagt Dr. Fröhlich und reicht dem braven Mann einen Hunderter. »Was fehlt ihr eigentlich?«

»Also, wenn ich ganz ehrlich bin, Herr Doktor, der monatliche Arztbesuch«, sagt Herr Rinderer kleinlaut.

Universitätsdozent Dr. Bert Dragaschnigg ist am Rande der

Erschöpfung. Die Vorlesung »Theorie und Praxis der Plagiate« des Medienwissenschaftlers an der Klagenfurter Uni wird von geldsüchtigen Studenten unterschiedlichster Fakultäten überrannt. Wie viele seiner Kollegen muss jetzt Dr. Dragaschnigg bis spät in die Nacht sowie am Wochenende durchprüfen.

Schüler und Lehrer, die keinen Unterrichtstag versäumen, erhalten monatliche Prämien. Der Erfolg war durchschlagend. Größere Schulen richteten provisorische Krankenstationen ein. Wer mehr als 100 Kilometer mit der Bahn fuhr und dafür das Auto stehen ließ, erhielt gegen den Nachweis des Tickets die neue »Grünprämie«.

»Wo gehst denn schon wieder hin, Edmund?«, fragte die Wiener Hausfrau Poldi Zwirschitz ihren eben aus Amstetten zurückgekehrten Ehemann.

»I muss zum Bahnhof und foahr wieder noch Amstetten, wegen der Prämie«, beschied ihr der geschäftstüchtige Gatte.

Erstmals in der Geschichte der Republik hatte die Regierung kein Sparpaket, sondern ein Ausgabenpaket geschnürt. Die Einnahmen des Staates waren durch die Unternehmenssteuern der großen internationalen Konzerne auf dem Bundesgebiet nach wie vor im Steigen begriffen und ließen nach Meinung der Regierung noch weiteren Zucker für die verwöhnte Wählerschaft zu.

»Bis dat, qui cito dat«[148] war die Devise des Kanzlers, und man hatte sich daran zu halten.

»Mirjam, wir brauchen noch drei Quadratmeter mehr Radieschenbeet«, sagte der Penthousebesitzer Kajetan Schalk zu seiner neuen Freundin und zeigte auf die riesige Dachterrasse, »dann können wir den Gemüseanbau anmelden.«

Während Nationalökonomen, Finanzexperten und Verhal-

148 Zweimal gibt, wer schnell gibt. – *Publius Syrus*

tenspsychologen vor Zwangsbeglückung und Steuergeschenken warnten, sah das Wahlvolk dies gelassen. Man nahm, was man nehmen konnte, zahlen würde das ja ohnehin die Regierung und der ulkige Kanzler samt fügsamer Weintrinkerpartei.

Die politische und parlamentarische Ebene sah dies naturgemäß anders. Am Höhepunkt der medialen Aufmerksamkeit für den Kanzler und das von ihm mitgewonnene olympische Gold hatte im Herbst 2029 wieder die Arbeit im Parlament begonnen.

Sozialdemokraten, Grüne und die AFÖ waren sich einig. Die Regierung und der Kanzler würden jetzt frontal angegriffen. Keine Woche verging, in der nicht etwas aus der Vergangenheit des Kanzlers ans Tageslicht befördert wurde.

Eine gemeinsame Plakataktion sollte die Stimmung noch anheizen. »Schluss mit lustig! Für seriöse Politik!« stand da über einem Zirkusclown, der die Visage des Kanzlers trug. »Bummerl – ein Lachnummerl«, »Mehr Wärme statt Gelbe Kälte« und »Bummerl muss weg« waren die Sujets der zweiten Plakatwelle.

Ein Untersuchungsausschuss wollte die interne Kommunikation der Regierung überprüfen. Auch der Kanzler wurde vorgeladen. Da es noch keine strafrechtlichen Untersuchungen gab, konnten auch keine E-Mails und SMS der Regierung von den geifernden Abgeordneten der Opposition eingesehen werden.

»Wie man so hört, haben Sie nicht einmal ein Handy, Herr Bundeskanzler«, sagte AFÖ-Chef Hubert Gaggl bei der Befragung. »Richtig, Herr Gaggl, brauche ich auch nicht«, konterte der Kanzler, »ich hab ja Mitarbeiter.«

»Das entzieht sich meiner Erinnerung« oder »Darüber verfüge ich keine Kenntnisse mehr«, lautete die Standardantwort des Kanzlers.

»Der Bundeskanzler sagt nichts, weiß nichts, kann nichts«,

brüllte am Ende SPÖ-Chef Leopold Feichtinger und kündigte einen Misstrauensantrag gegen die Regierung an.

In der Vaterlandspartei und im Kanzleramt sah man sich einer realen Bedrohung der Macht ausgesetzt. Ein paar Abgeordnete der eigenen Partei hatten bei Abstimmungen bereits ihre Bereitschaft erkennen lassen, den ihrer Meinung nach selbstherrlichen Chef endlich über die Klinge springen zu lassen.

In Kärnten, im Burgenland und in Vorarlberg aber war man auf den Parteivorsitzenden und Bundeskanzler nicht gut zu sprechen. Hier hatte die Vaterlandspartei immer noch keine parteinahe Stiftung von Gnaden bzw. auf Vermittlung von Dr. Bummerl erhalten. Die Abgeordneten wurden angewiesen, sich häufiger kritisch in Wien einzubringen.

»Wollen S' net mit uns stimmen«?, fragte Leopold Feichtinger, mächtiger Gewerkschaftsboss und SPÖ-Parteivorsitzender, im Restaurant »Grüne Bar« im Hotel Sacher seine drei Tischgenossen.

Man hatte auf Feichtingers Einladung vorzüglich gespeist, und eine weitere Flasche fülligen Bordeauxweines wurde kredenzt. Die Tischgenossen waren Abgeordnete der Vaterlandspartei aus den vom Bundeskanzler zu wenig bedachten Bundesländern.

Allesamt gestandene Gewerkschafter. Man kannte sich, auch wenn man aus dem anderen Lager war. »Zustimmen, bei was?«, fragte der Kärntner Abgeordnete Lois Skarlonik.

»Na, bei unserem Misstrauensantrag gegen die Regierung!«, sagte freimütig der bullige Parteichef.

»Und was haben wir davon?«, wollten auch Rudi Scheffknecht aus dem Vorarlberger »Ländle« und der Tiroler Pistenwalzer Andreas Eberharter wissen.

»Bei Neuwahlen – und die werden so oder so kommen – seid ihr doch euer Abgeordnetenmandat los, da brauchen wir uns nichts vorzumachen«, beginnt jetzt Feichtinger mit bedeutungsvoller Miene seine kecke Suada. »Kommt's rechtzeitig zu uns, und ihr bekommt's sichere Listenplätze, so wahr ich Feichtinger heiße!«

»Auch für zwei Wahlperioden?«, fragte der als knausrig geltende Vorarlberger und dachte an sein noch nicht abbezahltes Ferienhaus im Montafon.

»Auch für zwei«, Feichtinger antwortete schnell und streckte die der harten Arbeit entwöhnte Pfote dem schlaksigen Gsiberger entgegen.

Auch Kärnten und das Burgenland willigten ein. Im einen Fall erhoffte man sich zwei Reitpferde für die Töchter, im anderen wollte man den Nebenerwerbsweinberg um drei Hektar verdoppeln.

»So mies sind die Rota gär nit«, raunte Scheffknecht auf der Sacher-Toilette seinem Kärntner Kollegen zu.

»Sichalich, sichalich«, meinte Loisl aus dem oberen Gailtal, »los ihn lei mochn.«

Für Donnerstag, den 25. Oktober 2028, dem Vorabend des Nationalfeiertages, hatten die Oppositionsparteien im Parlament einen Misstrauensantrag und einen Neuwahlantrag in geheimer Abstimmung eingebracht.

Die Opposition wiederholte die sattsam bekannten Angriffe auf die ihrer Meinung nach gescheiterte Regierung und den längst rücktrittsreifen Kanzler und sparte nicht mit Übergriffen und wohlkalkulierten Wortverdrehungen.

Die Vaterlandspartei hatte den Vorarlberger Hinterbänkler Rudi Scheffknecht, der seine zweite Rede in der bisherigen Gesetzgebungsperiode hielt, zur Verteidigung von Kanzler und Regierung ans Rednerpult geschickt.

»Diese Regierung arbeitet unablässig zum Wohle der Bevölkerung«, las Scheffknecht fehlerfrei vom Blatt, das seine Kollegin schon bei einem ähnlichen Anlass vorgelesen hatte.

»Und deshalb werden die Regierungsparteien den infamen Versuch der Opposition, Neuwahlen zu erzwingen, ablehnen«, schloss der Mann aus dem Ländle seine Rede, die er selbst so nie geschrieben hätte.

Kurz vor 21.00 Uhr begann im österreichischen Staatsfernsehen eine »ZiB -Spezial«. Aus dem Parlament meldete sich eine Reporterin: »Die Regierung Bummerl wurde abgewählt, und es wird Neuwahlen geben.«

Mindestens vier Abgeordnete der Gelben und der Weintrinker hatten gegen ihre eigene Partei gestimmt. »Gibt es zum Christkind einen neuen Kanzler?«, fragte die »Kronen Zeitung« und stellte gleich noch eine zweite Frage: »Wird es diesmal ein Roter sein?«

Als Wahltermin wurde Sonntag, der 16. Dezember 2029 festgesetzt. Man wollte Klarheit vor den Feiertagen und dem Jahreswechsel.

Der Wahlkampf

An dem der Abstimmung folgenden Freitag, dem Nationalfeiertag, war das Vorzimmer des Bundeskanzlers schon um 8.00 Uhr gut gefüllt. »Warum hat der Wiener Sportklub schon wieder einen neuen Trainer?«, fragt Franz Bummerl »Cerberus« Dr. Nachbauer, seinen Kabinettschef, und legt die Sportzeitung zur Seite.

Auch in innenpolitisch schwierigen Zeiten beginnt der Freitag immer mit der Lektüre des »Kicker«.

»Da sind Landeshauptleute draußen«, sagt Dr. Nachbauer.

»Sag ihnen, ich telefoniere noch«, gibt Franz Bummerl die Devise aus und widmet sich der Tabelle der 3. Landesliga in Vorarlberg.

Die vier »Gstopften«, wie sie im Jargon des Kanzlers hießen, wollten anderen Beschlüssen der Partei zuvorkommen, hatten sie doch durch Bummerls Vermittlung einträglichste Stiftungen erhalten, derer sie und ihr Parteivolk sich über Umwege schamlos bedienen konnten. Und so versicherten die Landeshauptleute aus der Steiermark, Salzburg, Oberösterreich und Niederösterreich dem Nochkanzler ihre vollste Unterstützung bei der Kür zum Spitzen- und Kanzlerkandidaten.

»Darüber habe ich noch gar nicht nachgedacht«, antwortete Franz Bummerl kryptisch, »das wäre ja mal ganz was Neues. Keine Verwechslung, sondern eine richtige Wahl.«

»Aber freilich, Franz«, bemühte sich das kriechende Quartett rasch hinzuzufügen, »die Stimmen unserer Länder hast du, und das sind ja nicht wenige, oder?«

Franz Bummerl wurde in der Vaterlandspartei wenige Tage später unter Beifall der Delegierten zum Kanzlerkandidaten ausgerufen.

»Hilde, gibt's noch ein Beuscherl?«, fragte Franz Bummerl am selben Abend nach seiner Rückkehr vom Parteitag.

»Aber natürlich«, sagte Wirtin Hilde Papouschek, die ihr Heurigenrestaurant »Weinderl« wie immer für den Abend schon gesperrt hatte. »Und der neue Muskateller ist auch schon eingekühlt.«

Franz Bummerl wirkte abgespannt, aber die Laune schien gut zu sein, befand Hilde Papouschek und glaubte hinter seiner Miene jenen Schalk wahrzunehmen, den es dann zu erkennen gab, wenn er den Wein zu schnell trank, wie gerade eben.

Man holte den früheren Laufburschen des Lokals und jetzigen in der Staatskarosse wartenden Kanzlerchauffeur Amin herein. Amin musste ebenso wie Dragica und die aufgeräumte Wirtin samt Tochter Susi ordentlich mittrinken. Der Kanzler gab den Takt vor.

»Jessas«, entfuhr es Frau Papouschek, »jetzt sollten wir aber auch dem Dr. Hufnagl Bescheid geben, dass wir feiern.«

Wenig später war der Kanzlerfreund und Tierarzt mit besonderem Interesse für Kamele über die Straße herübergekommen.

Ante Popovic lag wieder einmal auf der Lauer und beobachtete durch seine Nachtfilmkamera, wie der Tierarzt mit freudigem Hallo und einem vollen Glas Wein begrüßt wurde. Er hatte eine Tasche mitgebracht, aus der er jetzt eine riesige Keksdose auspackte.

Die fröhliche Gesellschaft griff immer wieder zu den Keksen. Ante Popovic konnte sich darauf keinen Reim machen.

»Die schmecken prima«, sagte jetzt auch der Kanzler und reihte sich in die Riege der schmatzenden Lobspender ein, »wie kommst du zu denen, Rudi?«

»Es ist das Geschenk eines dankbaren Kunden. Ich habe seine beiden Wachhunde, die seine Heilkräuterplantagen bewachen, behandelt.«

»Verstehe, Hanf«, lachte der Kanzler.

»Nein, nein«, wehrte Dr. Hufnagl belustigt ab. »Schafgarbe, Brennessel und anderes ödes Zeug, du weißt ja.«

Der Kanzler wusste nicht. Mit Fortdauer des Abends wurde es rasch lustiger. Die Wunderkekse, Wein und jetzt auch noch Grappa und Baileys für die Damen verwandelten die fröhliche Runde in ein erst kicherndes, dann quietschendes und schließlich ausgelassenes Partyvolk.

Nach all den Ereignissen der jüngsten Vergangenheit und dem heutigen Parteitag wollte der Kanzler mal richtig abschalten und feiern.

Am Klavier hämmerte Franz Bummerl ein Feuerwerk von Boogies und Rock ›n‹ Rolls in die Tasten, begleitet vom ekstatischen Gejohle der erhitzten Feiernden. Rudi Hufnagl fütterte den Wurlitzer wieder mit Coins. Binos »Mama

Leone« und Peter Alexanders »Kleines Beisl« wechselten mit »Baby Cool« und »El Condor Pasa«.

Gewechselt wurden jetzt auch schon glasige Blicke und feuchte Küsse. Die Stimmung war am Höhepunkt.

»Amin«, krähte der Kanzler zu seinem Chauffeur und wurde von einem Lachanfall geschüttelt, »du könntest als Verkehrssprecher, nein als Verkehrsminister kandidieren.«

Schallendes Gelächter im angetrunkenen Rund gab der Fantasie neuen Stoff: »Und unsere Dragica vielleicht Ausländerbeauftragte?«, schlug die Wirtin vor, die jetzt wieherte.

»Und für Susi und den Dr. Hufnagl finden wir auch noch was«, schaltete sich wieder der Kanzler ein. Tränen verliehen seinen Lachsalven noch einen zusätzlichen Heiterkeitsfaktor. Die Runde wollte sich nicht mehr einkriegen. Die Kekse zeigten Wirkung.

»Wir spielen jetzt Angelobung«, gab der Kanzler erneut den Takt vor und verschwand mit der Wirtin kurz in der Küche. Ante Popovic, der in Beobachterposition das alkohol- und drogengeschwängerte Treiben des Kanzlers und des Nachtvolkes mit wachsendem Interesse gefilmt hatte, war jetzt außer sich. Der Kanzler kehrte in Frauenkleidern und grell geschminkt in die Wirtsstube zurück. Auf der Schank lagen ein Stapel Speisekarten und ein Besen.

Frau Bundespräsidentin wiegte jetzt die Hüften und wackelte mit dem Busen und strich sich ordnend über die Perücke. Amin war zur Angelobungszeremonie an den Tresen getreten.

»Ego, Sirikit Panzenböck, praesidens rei publicae«, begann Franz Bummerl mit hoher Stimme und übersetzte selbst: »Ich, Sirikit Panzenböck, Bundespräsidentin, te Amin Suleiman ministrum commeatus nomino, nominatum declaro, declaratum proclamo.«[149]

---

149 … ernenne dich, Amin Suleiman, zum Verkehrsminister. Diese Ernennung erkläre ich für rechtmäßig.

Mit dem Besen schlägt die Präsidentin – wie bei einem Ritterschlag – dem kichernden Austrojordanier auf die Schultern. Die Speisekarte ergreifend, überreicht jetzt Franz Bummerl die Bestellungsurkunde. »Accipisne mandatum?«[150]

»Accipio«, antwortete der so Ausgezeichnete in lupenreinem Latein. Die Bundespräsidentin küsste darauf den Neominister. Die Umstehenden johlten, Amin wischte sich das feuchte Rouge von der Wange.

Dann wurde Dr. Hufnagl als Gesundheitsminister angelobt. Ihm folgten Dragica als Integrationsministerin und Wirtstöchterlein Susi als Tourismusministerin. Allein Wirtin Hilde Papouschek lehnte ein Ministeramt ab.

Ein zufriedenes Grinsen legte sich über Ante Popovics Gesichtszüge. Mehr brauchte er jetzt nicht mehr.

In der Wiener Prater Alm schaut der politikinteressierte Stammtisch auf den 4K-Fernseher hinter der Ausschank. Franz Bummerls Vaterlandspartei präsentiert ihre neuen Nationalratskandidaten. Der spätestens seit seinem tierischen Gesundheitsattest für den Kanzler nicht ganz unbekannte Dr. Rudolf Hufnagl verspricht für den Fall seiner Wahl »eine neue Ära für die Gesundheit von Tier und Menschen in unserem Land«.

»Diese Vastic konn jo net amol Deitsch«, empört sich Herr Todorovic lautstark, »und so eine soll uns Ausländer – i' mein die Ausländer – regieren?«

Dragica Vastic hatte auf die Frage, was sie denn als ihre wichtigste Aufgabe als Integrationssprecherin sähe, geantwortet: »Chef uns auch viel Geld geben wie Österreichmann und Österreichfrau.«

»Stanka«, Herr Todorovic konnte sich nicht beruhigen, »da kannst du dich auch bewerben!«

---

150 Nimmst du die Bestellung an?

»Ich nix Österreichfrau, Stanka sein Jugofrau«, wehrte die kellnernde Balkanfrau ab.

Die Vorstellung des Austrojordaniers Amin als Verkehrssprecher der Gelben, gar als künftiger Verkehrsminister, löste noch heftigere Kontroversen aus, auch am Stammtisch der Wiener Prater Alm.

»An Murl[151] ois Minister mit am Wortschatz von an Behinderten, i' wear deppart!«

Auch der Freund von Herrn Todorovic, der inzwischen 51-jährige Frühpensionist Hansi Wurglowitsch, war außer sich.

Das erste Interview von Amin Suleiman war nicht ganz nach Geschmack der Wahlkampfleitung verlaufen: »Amin machin viel Verkehr für Leute, und groß Autobahn bauin nach Ungarn für besser einkaufin.«

Wahlkampfkapriolen

Im Speisessal des Lindenhofes im Bischöflichen Campus Augustinum in Graz kapitulierten die Veranstalter vor dem Gästeandrang. Für die Motivation nach innen hatte das Seminar »Steuererklärung für Kommunalpolitiker« im auf 200 Teilnehmer ausgelegten Saal Grenzen gesprengt. Es waren weitere 200 nicht angemeldete Entscheidungsträger angereist. Zur erfolgreichsten Veranstaltungsreihe der Wahlbewegung in allen Bundesländern war der wahlkämpfende Franz Bummerl zur Begrüßung nach Graz gekommen.

»Paupertas mordet«,[152] sagte Bummerl bei der Eröffnung, »aber das soll nicht für unsere zehntausenden Mitglieder in

151 Ein Mohr

152 Armut tut weh.

Städten und Gemeinden gelten. Wer sich von früh bis spät für seine Mitbürger abrackert, soll auch seine Aufwendungen dafür von der Steuer absetzen können. Ich wünsche der Tagung guten Verlauf und danke allen für ihr Kommen.«

»Kann ich auch meine neuen Krawatten für die Gemeinderatssitzung von der Steuer absetzen?«, fragte indessen im Augustinum der Grazer Gemeinderat Erwin Ulreich.

»Aber sicher«, erwiderte der Steuerfritze am Podium.

»Das tragen Sie im Formular B unter Punkt 12 ein.«

Eine Frau Schrittwieser erkundigte sich nach der Absetzfähigkeit der Handtasche.

»Auch das geht«, wurde der erfreuten Ersatzgemeinderätin beschieden. »Wenn Sie darin die Unterlagen für die Sitzungen mitbringen.«

»Da kann ich ja auch den neuen Handmixer für meine Frau steuermindernd geltend machen«, sagte Bezirksrat Hubert Krainer zu seinem Sitznachbarn. »Aber wie geht das?«

»Das läuft dann unter Tombolaspende für den Sparverein.«

»Ein toller Mann, dieser Bummerl. Die Österreicher wissen gar nicht, was sie an dem haben. Hoffentlich wird er gewählt«, flötete die kommunale Abfallberaterin Roswitha Lederhaas und fragte nach der Absetzfähigkeit für Friseurbesuche.

Die Einführung des kommunalen Mittagstisches war aber die Paradeidee des Kanzlers. In allen Bundesländern gab es auf Kosten der Vaterlandspartei Einladungen zu Mittagessen in Gasthäusern, bei denen in zwangloser Atmosphäre mit einem Abgeordneten oder einem sonstigen Abgesandten der Partei kauend und schlürfend über Politik diskutiert werden konnte.

»Wenn essand ihr normal z'Mittag?«, wollte Wolfram Amann auf dem Weg zum Gräflichen Palast der Familie Waldburg-Zeil im Vorarlberger Hohenems von seinem Kumpel Dieter wissen.

»Umma zwölfi, ußer wenn Bsuach do ischt. Denn warten mer, bis'r weag ischt!«

Die beiden erreichten gerade den Speisesaal der Palastgastronomie. Dort kümmerte sich an diesem Dienstag Mittag Wirt Andreas Birnbaumer besonders intensiv um die hungrigen Mäuler.

Der Bundeskanzler hatte es sich nicht nehmen lassen, sich persönlich ein Bild von seiner neuen Veranstaltungsreihe zu machen. »Als euer Landsmann ist es mir eine Freude, bei euch vorbeizuschauen, um etwas über eure Sorgen und Nöte zu erfahren, und euch aus erster Hand über die Bundespolitik zu berichten«, sagte Franz Bummerl.

Mohrenbier, Südtiroler Rotwein und Apfelschorle wurden aufgetragen.

»Mir noch ein Weizen«, ruft Silvio Mathis der Kellnerin zu, die eben eines gebracht hatte.

»Man weiß ja nie, ob es später noch eines gibt.«

Sein Nachbar tat es ihm gleich. Auf eine Anzeige im Gemeindeblatt hatten sich hunderte Leute gemeldet. Die ersten 30 erhielten die Einladung. Ein buntes Völkchen aus Rentnern, Arbeitslosen, Hausfrauen und Stadtoriginalen aß und trank jetzt nach Herzenslust.

Während die leeren Salatteller abgetragen und durch dampfende Leberspätzlesuppe ersetzt wurden, sprach ein weithin unbekannter Abgeordneter über »Global denken, vorarlbergerisch handeln«.

Des Kanzlers wohlgewählte Phrasen und Formulierungen fanden mäßigen Anklang. Klirrende Gläser, klapperndes Geschirr und Besteck vermengten sich mit der Unterhaltung der Speisenden zu einer erheblichen Geräuschkulisse.

Als Zwiebelrostbraten aufgetragen wird, erhebt sich der

Kanzler. »Wenn ihr, liebe Hohenemser, Fragen habt, kann ich diese gerne beantworten«, sagt Franz Bummerl.

»Kann man auch noch Nachschlag haben?«, fragt Gerda Linder und spricht den meisten Anwesenden aus der Seele.

»Aber natürlich«, ermuntert Bummerl freundlich.

Gerd Häfele, der Aushilfstankwart, lässt sich den Nachschlag in Alufolie einpacken.

»Ich hätte da auch noch eine Frage«, meldet sich etwas schüchtern Elsa Waibel.

»Nur zu, liebe Frau.«

»Wann gibt es den nächsten Mittagstisch?«

»Ja, wenn Sie mich so fragen«, gibt sich Franz Bummerl leutselig, »vielleicht schon recht bald. Und wenn dann keine weiteren Fragen mehr sind, danke ich allen für ihr Kommen und wünsche noch einen schönen Tag.«

Bei heißem Apfelstrudel, Vanillesauce und Birnenschnaps endete der kommunale Mittagstisch.

»Die SPÖ muss ganz schön Kohle haben«, sagt Rudi Vogel beim Weggehen zu seinem Feuerwehrkameraden Armin.

»Aber nei, des ischt sicher die AFÖ.«

Franz Bummerl ist zufrieden. Kritische Politikkonsumenten, satte Bäuche und keine schwierigen Diskussionen, was will man mehr. Im Grunde haben sich die Wähler nicht verändert, sagt sich der Kanzler, um dann einen Besuch bei Tochter Laetitia und Enkel Elred zu machen.

»Liebe Österreicher! Heute, am 1. Weihnachtsfeiertag, spreche ich als Euer Bundeskanzler zu euch und wünsche allen ein schönes Fest.«

Der 16-jährige Jonas Csekits aus Deutsch-Tschantschendorf im Burgenland sitzt vor einem Tannenbaum, der in den Farben Rot-Weiß-Rot geschmückt ist, und hält die Weihnachtsansprache des Kanzlers. Hunderttausende begeisterte und Millionen entgeisterte Österreicher sehen sich über Instagram diesen Fake an und geben ihre Kommentare ab.

Auf YouTube-Kanälen sagen Jungstars die Neujahrsansprache des Kanzlers auf, andere halten eine Rede zur Lage der Nation. Technik und Räumlichkeiten samt penetranter Bewerbung in sozialen Medien wird von der »Clyde Redl-Stiftung« geliefert.

In den Bundesländern waren die Repräsentanzen der Stiftung zu Fernsehstudios umgemodelt worden. »Mach's wie Bummerl« – der Aufruf war an die österreichische Jugend ergangen. Jeder konnte da einmal den Kanzler mimen.

»Ab heute werden alle Schulnoten abgeschafft, so wahr ich Franz Bummerl heiße«, krähte die 17-jährige nuttig gestylte Clio Hasenöhrl aus dem Weinviertler Mistelbach in die Kamera und unterschrieb in einer Mappe, die ihr von einem Grufti auf den Schreibtisch der Nation geknallt wurde. Gothic Rock beschloss die Szene, die aus dem Stiftungsstudio St. Pölten live auf YouTube ging. Anschließend konnten Millionen Gaffer auf Handys und Tablets mitverfolgen, wie Clio die Toilette aufsuchte.

»Schau mal, die Schnecke hat krassen Druck auf der Leitung«, sagte die aus dem Orient stammende Erstwählerin Tyra Farid in einer Wiener Brennpunktschule zu ihrer Freundin Arbnora.

Clio Hasenöhrl hatte vergessen, ihre Kopfkamera, über die man ihren gesamten Tagesablauf mitverfolgen konnte, auszuschalten, und so war ihre dringend nötig gewordene Verrichtung der Notdurft nicht nur live zu sehen, sondern auch deutlich zu hören.

»Und deswegen soll ich jetzt Franz Bummerl wählen?«, fragt Arbnora.

»Lima la?«[153]

---

153 Warum nicht?

Im Central Head Post Office der indischen Großstadt Mumbai hat der 19-jährige Ronny Windbichler aus Linz das Briefpostfach geöffnet. Hierher wird ihm von seiner Mutter vorsortierte wichtige Post nachgesandt. Der Aussteiger ist seit Monaten in Mumbai. Nach der Matura will er zu sich selbst finden und haust in einer WG am Stadtrand. Er kommt gerade vom »Art of Living Ashram«, wo er täglich auf der Suche nach Erleuchtung war.

Ronnys Interesse gilt einem handschriftlich adressierten Brief an seine Heimatadresse. Auch der Name der Absenderin ist händisch auf das in leichtes Rosa getünchte Couvert gekritzelt: Sarah Glantschnig, Jungfernsprung 12, A-9844 Heiligenblut/Kärnten. Abgestempelt ist der Brief vom Postpartner Hotel Talstation in Heiligenblut. Die Briefmarke zeigt den Großglockner.

»Ich kenne keine Sarah, und auf dem Glockner war ich nie«, sagt sich der angehende tantrische Buddhist, und mit Blick auf den ebenfalls handgeschriebenen Brief vermeint er, plötzlich ein gewisses positives Karma zu spüren.

»Lieber Ronny«, beginnt der Brief. »Du kennst mich wahrscheinlich nicht. Aber als junger Mensch mache ich mir ein bisschen Sorgen um unsere Zukunft hier in Österreich. Du vielleicht auch? Bald finden Nationalratswahlen statt. Du darfst dabei erstmals, wie auch ich, mit deiner Stimme über unsere Zukunft mitentscheiden. Wenn dir dies ein Anliegen ist, mach es doch bitte wie ich und gib deine Stimme Franz Bummerl. Bei unserem Kandidaten sind Sorgen und Wünsche der jungen Generation an die Politik gut aufgehoben. Du kannst mir gerne auch antworten, und wir bleiben in Kontakt. Ich wünsch dir, lieber Ronny, noch ein schönes Leben. Sarah.«

Neben einem gemalten Herzchen war noch Sarahs WhatsApp-Kontakt vermerkt. Nach einer dreitägigen Frist des Abwägens entschloss sich Ronny zu einer Antwort.

»Liebe Sarah. Franz Bummerl und die Gelben gehen mir am A … vorbei. Aber einen handgeschriebenen Brief habe ich noch nie bekommen. Ich bin derzeit ziemlich einsam hier in Indien. Kann ich ein Bild von dir haben?«

Die Frequenz der WhatsApp-Nachrichten zwischen Heiligenblut und dem indischen Bundesstaat Maharashtra erhöhte sich deutlich.

Die Jungschwänze der Vaterlandspartei hatten ganze Arbeit geleistet. Die von Franz Bummerl aus dem Hut gezauberte Aktion hatte die rund 50.000 Mitglieder der Nachwuchsorganisation Junges Vaterland zu fleißigen Briefeschreibern gemacht. Fast eine halbe Million Erst- und Jungwähler erhielten handgeschriebene Briefe. Männlein schrieb Weiblein und umgekehrt.

In der akademischen Studentenverbindung Raeto-Bavaria zu Innsbruck, deren Mitglied der Bundeskanzler ist, herrscht Aufruhr. Rund einhundert sogenannte »Alte Herren«, meist jenseits von 60, waren Opfer einer Adressverwechslung geworden. Die briefeschreibenden Freundinnen der Couleurstudenten, die allesamt ihre Adressen hinterließen, hatten die Adresslisten der Jungwähler mit der Adressliste der Alten Herren verwechselt. Die Folgen waren krass.

Im Urbacher Bierstübchen in Köln-Porz ist es am Stammtisch laut geworden. »Diesen hier!«, sagt entrüstet der 70-jährige Pit Klostermann und reckt die Feigenhand empor. Das Mitglied der Raeto-Bavaria zu Innsbruck entnimmt einem rosa Couvert einen handgeschriebenen Brief und liest vor:

»Lieber Pit! Ich bin Julia Biedermann aus Innsbruck und 18 Jahre alt, also in deinem Alter. Wir machen uns doch beide Sorgen um die Zukunft unseres schönen Österreich. Gib auch Du Deine Stimme Franz Bummerl.«

Ärzte, Lehrer, Rechtsanwälte und andere Mitglieder der Raeto Bavaria in Tirol, Vorarlberg und anderswo erhielten ähnliche Briefe. Sie waren, wie auch Pit Klostermann, zusammen mit tausenden Österreichern Opfer von Verwechslungen geworden. Frauen im fortgeschrittenen Alter hielten Briefe von Jünglingen für Anbahnungsversuche und interessierten sich für Dates. Noch größer war die Zahl von Männern jenseits der 50, die den jungen Briefeschreiberinnen versprach, Franz Bummerl zu wählen, und Fotos mitschickten.

»Also die Gelben pfeifen schon aus den letzten Löchern, und des Beuscherl is jetzt am Oasch!«

In der Wiener Prater Alm kann Herr Todorovic sich nur schwer beruhigen.

»Schreibt mir doch so eine junge Parteischlampe einen Brief und will, dass ich den Bummerl wähle. A Frechheit!«

Herr Todorovic wedelt mit dem rosa Brief, den jetzt die Wirtin und ein paar Stammtischler sehen wollen.

»Jessas, i muss aufs Häusl«, rettet sich Herr Todorovic aus der Situation. Dort wählt er die Nummer der Adressatin, die in ihrer Schlusszeile vermerkt hatte: »Gerne kannst du mich auch anrufen, und wir treffen uns. Ich bin übrigens schon 19 geworden.«

Das Meisterstück lieferte aber der Thinktank der Wahltruppe des Kanzlers mit der visuellen Kampagne APA. Animal-Person-Agreement war der Versuch, Politiker in der Darstellung und Visualisierung mit kuscheligen Tieren zu versehen und ihnen so deren positive Eigenschaften assoziativ zu verleihen.

Doch wer sollte die Auswahl und Zuordnung treffen? Man sah von der Inanspruchnahme teurer Agenturen ab. »Wir lassen jene Bevölkerungsschichten auswählen, die immer die Wahrheit sagen«, befahl Franz Bummerl, »Kinder und Betrunkene.«

In der freien Montessorischule Gmunden am Attersee hatten die Kids in der 1. Klasse der Grundschule heute besonderen Spaß. Frau Blume, ihre Bio- und Kunstlehrerin, beobachtete mit Interesse das Treiben der kreischenden Bande. In Beobachterposition war auch der Studienleiter »Marketing« der »Clyde Redl-Stiftung«, Dr. Thilo Platte. Hier, wo man die Mathehausaufgabe vortanzen und die Lehrerinnen mit Ölfarben bepinseln durfte, erhoffte man sich einen empirischen Turboschub.

»Das ist aber eine böse Tante«, ätzt die pausbäckige Carla vor dem Bild der Wirtschaftsministerin und stellt ein Krokodil davor.

Die top gestylte Generalsekretärin der VP erhält vom pummeligen Finn ein Pony zugewiesen. Der uralte Präsident des Nationalrates wird von Noah mit einer Schildkröte bedacht.

»Das sind ja nur Gelbe Politikerinnen und Politiker«, tönt es jetzt aus dem Hintergrund. Frau Mooslechner und Frau Sykora hatten sich von ihren Yogamatten erhoben. Die beiden Mütter verbrachten meist den Vormittag in der Schule und hatten das bunte Treiben beobachtet.

»Dem Franz Bummerl gibst du das Stachelschwein, Ingo«, bellt jetzt Frau Sykora herrisch ihrem Dreikäsehoch zu.

»Wer ist Franz Bummerl?«

Im »Padrino Express«, dem Bahnhofsrestaurant im steirischen Voitsberg, versucht eine andere Bevölkerungsschicht ihr Bestes zu geben. In der Bahnhofshalle hatte man unter verratzten Junkies mit glasigen Augen einige Exemplare mittleren Alters, die eher vermehrtem Alkoholkonsum zuzuordnen waren, ausgesucht. Gegen eine warme Mahlzeit und ordentlich zu trinken würden sie an einer Meinungsumfrage teilnehmen.

»Host an Euro für mi?«, fragte Hansi den Assistenten von

Dr. Platte. Hansi war zusammen mit anderen ausgewählt worden.

Gösser Bockbier mit einem Leutschacher Edelbrand als Stütze und feinstem Barberawein bildete die Grundlage, die mit mediterranen Grillplatten ein Upgrade erfuhr. Die Probanden waren angehalten, passende Tiere für Politiker zu nennen.

»Krähe, ja, Krähe«, krähte Sigi Acham, als der Studienleiter ihm das Konterfei des Finanzministers Joschi vorlegte. »Ist das ein Schauspieler?«, fragte Sigi nach.

»Ja, so ähnlich«, gab es zur Antwort.

»Das ist ja zweimal der Franz Bummerl!«

Der schon ziemlich bediente Joschi, wie man ihn in der Szene nannte, war stolz. Der Studienleiter schenkte ihm nach.

Der Wahlausschuss der Vaterlandspartei war begeistert. Bummerls Hofschranzen hatten ganze Arbeit geleistet. Das Studienergebnis war nochmals von Experten valorisiert worden. Der Kanzler wurde mit einem Adler in Verbindung gebracht, unter dessen Fittichen sich Österreich wohlfühlen würde. Ein possierliches Lamm war fortan das Erkennungszeichen der Justizministerin und der schlaue Delphin der treue Begleiter des Finanzministers. Ein brüllender Löwe kündigte den Verteidungsminister an, ein Schäferwelpe den Innenminister.

Mit Hyänen, Affen oder Schlangen waren von den Studienteilnehmern Vertreter der anderen Parteien assoziiert worden. Damit war man für Dirty Campaigning bestens gerüstet.

»Wenn du die Wahl gewinnst, lieber Jeschko, gäbe es dann für uns Raeto Bayern auch Jobs im Kanzleramt?« Laurenz Cöllen, junger Couleurstudent der akademischen Verbindung Raeto-Bavaria zu Innsbruck, nimmt allen Mut zusammen. »Aber freilich, lieber Bundesbruder«, antwortet Bundeskanzler Franz Bummerl dem akademischen Pubero.

»Wir Raeto Bayern sind immer schon die Besten der Besten gewesen. Tüchtige junge Leute wie ihr aus dem Westen sind mir immer lieber als die Milchgesichter und Wasserköpfe am Wiener Balkan.«

Donnernder Applaus unterbrach die Antwort des Kanzlers, der jetzt zu rhetorischer Hochform aufgelaufen war. Jeschko, so der sogenannte Kneip- oder Vulgoname von Franz Bummerl, war seiner Verbindung immer treu geblieben, wenn auch die Besuche rar geworden waren.

Am Ende seiner letzten Wahlkampfveranstaltung vor dem Innsbrucker »Goldenen Dachl« hatte er es sich nicht nehmen lassen, am Freitag Abend vor der Wahl bei seiner geliebten Studentenverbindung, deren Alter Herr er war, vorbeizuschauen. Beim Bier an der Bar erinnerte man sich später an alte Zeiten. Das Wiedersehen mit alten Freunden und Bundesbrüdern wie Stoffl, Kroko, Pablo, Gyx, Hero und wie sie alle hießen, versetzte den vom Wahlkampf gezeichneten Kanzler in nostalgische Stimmung.

Auch ein paar Mitglieder eines nicht näher bekannten Presseclubs mit angeblichem Nahverhältnis zu Studentenverbindungen hatten es geschafft, durch die Einlasskontrolle zur Veranstaltung zu kommen. Bummerls Staatsschutz musste ja immer noch die Bannmeile einhalten.

»Darf ich mich vorstellen, Herr Bundeskanzler? Ante Popovic mein Name.«

Entsetzt ließ Franz Bummerl die Hand des Schmierenjournalisten los. Längst wusste er um die Machenschaften des sogenannten »Aufdeckers«, der ihn zu Fall bringen wollte. Man war kurz alleine in einer Ecke des Tresen.

»Verschwinden Sie«, raunte der Kanzler.

»Gerne«, sagte Popovic, »vorher möchte ich Ihnen noch was zeigen.« Und ehe sich Franz Bummerl versah, hielt ihm Popovic sein Handy entgegen. Der Kanzler schaute kurz weg. Zu spät. Auf dem Display erkannte er ein Bild, wie er an der Hotelbar eines Ringstraßenhotels die namibische Regierungschefin Abiona Kamati eng umschlungen küsste. Popovic scrollte schnell weiter. Die Schwarze Messe im »Weinderl«, Küsse mit der tanzenden Dragica samt Schnapsflasche ebendort, das Cannabis-Essen mit den Weintrinkern, zum Schluss noch den Mitschnitt eines Gesprächs mit der Bundespräsidentin über ihre Wiederwahl. »Es ist genug«, stieß der Kanzler hervor.

»Was wollen Sie?«

»Wenn Sie nicht zurücktreten, spätestens nach der Wahl, Herr gewesener Bundeskanzler«, fauchte jetzt Popovic, »wird dieses Material an die Medien gehen, so wahr ich Ante Popovic heiße. Es gibt natürlich auch Kopien davon.«

Sprach's und ließ einen vorerst entgeisterten Kanzler an der Theke zurück.

»Mir noch einen doppelten Grappa«, sagte der Kanzler in Richtung Barfux, das ist jenes blutjunge Mitglied einer Studentenverbindung, das Getränke auszuschenken hat. Wenige Minuten später hatte sich Franz Bummerl wieder gefasst. Er hatte eine Entscheidung getroffen. Und aus voller und feuchter Kehle stimmte er jetzt in das Lied »Auf dem Iselberge steh' ich« ein.

Aus der Traum

Im Café »Alt Wien« in der Wiener Innenstadt schauen am Sonntag, dem 16. Dezember 2029, die spärlichen Besucher gespannt auf den Großbildschirm. In wenigen Minuten würde die erste Hochrechnung des ORF den Ausgang der Neuwahlen voraussagen. In einer Nische sitzt Ante Popovic. Auch wenn man ihm es nicht ansieht, heute ist vielleicht sein großer Tag und morgen die Abrechnung mit dem Kanzler. Das Film- und Fotomaterial, das er morgen Nachmittag in Hamburg dem Nachrichtenmagazin »Spiegel« und anschließend der regierungskritischen Wochenzeitung »Falter« in Wien übergeben würde, ist säuberlich geordnet und chronologisch aufgefädelt.

Kurz nachdem Ante Popovic an diesem Nachmittag seine Wohnung in der Glockengasse im 2. Wiener Gemeindebezirk verlassen hatte, erhielt diese von niemandem bemerkten Besuch. Vier Männer und zwei Frauen öffneten gekonnt das mit Hochsicherheitsschlössern abgesperrte Appartement des Kanzlerjägers. Man sprach Russisch und Englisch, Letzteres mit amerikanischem Slang. Wyat Ross, der Chef des NSA in Wien, und Makari Konowalow vom russischen Auslandsgeheimdienst SWR, waren von Washington und Moskau angewiesen worden, die Überwachung des Kanzlers und der Regierung weitgehend einzustellen. Eine Wiederwahl wäre ganz im Sinne der Großmächte. Ins Visier der Russen und der Amis war allerdings Ante Popovic geraten, der das Privatleben des Kanzlers und seiner Umgebung offensichtlich ausspionierte. Die Wohnung des abwesenden selbsternannten Spions war rasch durchsucht. »Vse chisto«[154] las

154 Alles sauber.

man um 16.00 Uhr in Moskau, und wenig später meldete auch Wyat Ross sein »All clean« in die Staaten.

Im Gepäck des abziehenden binationalen Säuberungsteams befanden sich ein Laptop sowie alle USB-Sticks, derer man habhaft werden konnte.

Ante Popovic starrt jetzt angestrengt auf die Glotze. Im Café »Alt Wien« wird es leise, als um Punkt 17.00 Uhr die erste Wahlprognose über den Schirm flimmert und die Balken der Parteien nach oben oder unten klettern. Franz Bummerls Vaterlandspartei hat knapp die Nase vorn, wenn auch mit deutlichen Verlusten. Dicht dahinter folgt die SPÖ. Die verbliebenen Wählerstimmen verteilen sich auf Grüne, AFÖ und Weintrinker.

»Der Wahlsieger will gleich eine Erklärung abgeben«, sagt jetzt die Moderatorin der Sendung »Wahl 2029«.

»Meine Damen und Herren«, ergriff der Noch-Kanzler das Wort, »ich danke allen, die mich und die Vaterlandspartei gewählt haben. Ich darf Ihnen versichern, dass meine Partei alles daransetzen wird, das in uns gesetzte Vertrauen zu erfüllen. Wir werden zum Wohle der Republik mit allen Parteien das Gespräch über das Zustandekommen einer Regierung führen. Ausgenommen davon bin ich. Ich trete mit heutigem Tag von allen Funktionen in Partei und Regierung zurück.«

Und unter Hinzufügung seines schon legendären »Dixi«[155] signalisierte Franz Bummerl, dass am heutigen Tag – und wohl auch in den nächsten Tagen – von seiner Seite aus alles gesagt wäre.

Es meldete sich beim Kanzler die Bundespräsidentin und bestand auf ein sofortiges Treffen. Nicht in der Hofburg, sondern ohne Öffentlichkeit bei ihr privat. Franz Bummerl

155 Ich habe gesprochen.

hatte nichts einzuwenden. »Bloß weg hier«, sagte er zu sich und entschwand mit spärlichstem Geleitschutz aus dem Kanzleramt.

»Darf ich Sie auf einen Drink einladen, lieber Herr?« Ante Popovic blickt in das Gesicht eines freundlichen Mannes, der mit leicht amerikanischem Akzent spricht. »Es gibt doch sicher etwas zu feiern, oder?«

Ohne eine Antwort abzuwarten, reicht Wyad Ross dem lächelnden Popovic ein Glas Whiskey und sagt: »Trinken wir auf Österreich! Cheers!«

Nur Minuten später kann man beobachten, wie zwei Herren einen schwankenden Mann fürsorglich in ein Auto verfrachten, das vor dem Café »Alt Wien« vorgefahren ist. Die K.-o.-Tropfen haben ihre Wirkung nicht verfehlt.

Die Durchsuchung des jetzt dahindämmernden Mannes förderte einen weiteren USB-Stick zutage. Ante Popovic würde erst am darauffolgenden Montag in seiner Wohnung aufwachen. Die vorübergehende Absenz seines inzwischen um wichtige Dateien bereinigten Laptops und sämtlicher Datenträger würde er vorerst nicht wahrnehmen.

Am Montagmorgen des 17. Dezember 2029, dem Tag nach der Wahl, räkelt sich schlaftrunken eine elegante Dame im Boxspringbett einer Penthousewohnung nahe dem Wiener Rathaus. Die nackte Frau in den besten Jahren liegt bäuchlings auf einer zerwühlten Tuchent und ist gerade im Begriff, ihre Augen noch an das im Dunkel liegende Schlafzimmer zu gewöhnen. Die Beleuchtung vom Christkindlmarkt schimmert nur spärlich durch die Rubelli-Gardinen.

Plötzlich spürt Sirikit Panzenböck eine mächtige und feuchte Zunge an ihrem Po. Oh Gott, tat das gut, so geweckt zu werden! Wie aufmerksam von ihrem Liebhaber, dachte sich die elegante Dame und reckte und streckte sich.

Der Vorgang wurde jetzt drängender und schneller, lüstern reckte die Frau ihren Po zurecht und die sabbernde Zunge rutschte Richtung präsidialer Lustgrotte. »Aah, Franz«, kam es kehlig über ihre Lippen, und Frau Panzenböck griff mit der Hand nach rechts, um sich abzustützen. Ein gellender Schrei unterstrich ihr Entsetzen, als sie Kopf und Gesicht von Franz Bummerl neben sich zu greifen bekam. Im selben Moment wurde das Lecken durch Sabbern und Hecheln abgelöst. Kaia, die Hündin des Kanzlers, springt mit einem Satz zwischen die Liebenden und will gestreichelt werden.

»Oh, Francisce«, haucht jetzt die Frau, »fac mihi equum!«[156]

»Libenter!«[157]

---

156 Mach mir den Hengst!

157 Gerne!